体现人性幽微的都市心理小说

# 刚好遇见你

中短篇小说集

闫峰 著

中国言实出版社

**图书在版编目(CIP)数据**

刚好遇见你 / 闫峰著. -- 北京：中国言实出版社，
2024. 10. -- ISBN 978-7-5171-4963-7

Ⅰ. I247.7

中国国家版本馆CIP数据核字第2024B4H516号

## 刚好遇见你

责任编辑：史会美
责任校对：王君宁

出版发行：中国言实出版社
    地　　址：北京市朝阳区北苑路180号加利大厦5号楼105室
    邮　　编：100101
    编辑部：北京市海淀区花园北路35号院9号楼302室
    邮　　编：100083
    电　　话：010-64924853（总编室）　　010-64924716（发行部）
    网　　址：www.zgyscbs.cn　　电子邮箱：zgyscbs@263.net

经　　销：新华书店
印　　刷：北京铭传印刷有限公司
版　　次：2025年1月第1版　　2025年1月第1次印刷
规　　格：880毫米×1230毫米　　1/32　　11.625印张
字　　数：250千字

定　　价：68.00元
书　　号：ISBN 978-7-5171-4963-7

闫峰

中国自然资源作家协

会会员、签约作家，江苏

省作家协会会员。国家二级心理咨询师，青少年心理健

康导师。发表诗歌、小说及散文作品六十余万字。曾荣

获2012年《小说选刊》"昭通杯"全国国土题材短篇

小说大赛优秀奖等。

# 读闫峰的小说

## ——明亮与幽暗的心灵博弈
## 烛照人生的诗意情怀

祁　智[①]

写小说，简单地说，就是讲故事。

这里面有两个关键词，一个是"讲"，一个是"故事"。孰先孰后？当然故事在先。讲故事，首先得有故事可讲。没有故事，讲什么呢？

也有把讲放在第一位的。但那是在有故事之后，而且故事很多。这就如同一个厨师，拥有了充足的食材，接下来最

---

① 祁智，江苏省作家协会副主席，著名作家、编审。国家有突出贡献中青年专家，江苏省"德艺双馨"中青年文艺工作者，江苏文艺"名师带徒"计划名师。

重要的就是做。没有食材，再厉害的厨师也是"巧妇难为无米之炊"。

还是故事在先。我认为，只要是小说，无论是中国还是外国，无论是写实还是先锋，无论是穿越还是魔幻，无论是批判还是讽刺，无论是形式还是自然，无论是存在还是表现，无论是超现实还是意识流……故事都在先。故事是最重要的。除非不叫小说，叫诗歌——还得把"叙事诗"除外，叫散文——还得把"叙事散文"除外。有没有故事，是我评判小说好不好的首要标准。


闫峰的小说，有故事。《求医记》中杭女士的故事；《恍惚》中老聂的故事；《春天的六十九级台阶》中老丁和苏老师的故事；《春风慢》中朱刚的故事；《我是你的谁》中德萱的故事……闫峰的每一篇小说，都有故事。

我以为，故事可以分为两种。一种是有意思的，一种是没有意思的。没意思的，我就不多说了，就说一句："没有意思的故事很多，把读者都写跑了。"

我说有意思的。有意思可以分解成两个标准：新鲜的，好玩的。什么是新鲜的？就是别人没有讲过的，读者从来没有看过的。什么是好玩的？就是有情节的，有波澜的，让人心甘情愿被讲故事的人牵着走的，让人意想不到的。闫峰的故事，是有意思的。

闫峰到底讲了什么故事？

《断崖》。"她"在婚姻上有过挫折，她心有所系，无奈总是落空。她动机不纯地找"老马"帮忙，老马心细如发、洞若观火，却始终是正人君子的做派，以至于她气急败坏。老马呢？并非圣贤，苦衷难以启齿。男女之事，一步之遥，却咫尺天涯。

《恍惚》。老干部局的老聂油腻，他让媳妇变了身份，自己却忘记变，结果在不知不觉中被变。当他想变的时候，没人相信他，连他自己都不认识自己。老聂脸上长出的胡须，其实是心灵的荒草萋萋。

《春天的六十九级台阶》。老丁和苏老师是两个孤寡老人。老丁不知道做了什么"坏事"，被苏老师抓住了。这时候来了一个警官老李，还有两只鹦鹉。可能会发生什么事？大概率是要破案吧，至少是排解纠纷。结果，带出了一个一根筋、单相思式的黄昏恋。六十九级台阶，让老丁和苏老师步步高。

《香翠里夜宴》。昔日的宋大怪成为宋总，在同学聚会的酒席上一掷千金，意在曾经心仪的阚梅。男女同学都想着宋总越来越大的红包，唯独阚梅好言相劝，甚至扫兴提醒注意身体。结尾处，故人未远，人情已冷。

《回家过年》。任洋和舒丽误打误撞结婚。日子苟且，婚姻不堪。其实都努力过，难以如意，却又必须继续坚持。明知坚持不住，却又只能认真维持。回家的路漫长而崎岖，却又必须回，但何处是家？

《非常艳遇》。"他"的老婆别出心裁，把巨款缝在他的裤裆里，让他去坐火车旅行。他遇到了黄牙男乘客，戴墨镜的女乘客。他提防黄牙男人，但在女乘客近似勾引的温情脉脉前，心猿意马，臆想在同一个目的地的另一个城市，会有水到渠成的浪漫。女乘客和黄牙是一伙的吧？他要上钩了吧？结果女乘客是特警，早就发现他裆下不正常，最后"出脚"救了他。

《B形发卡》。张菊的生活不容易，也不如意。她与曹一梅相遇，死对头一般唇枪舌剑。张菊忍无可忍，终于爆发，拔刀对人也对己，醒来却发现躺在医院，原来是酒中恍惚。自己纠缠的，其实都已成为昨日，就连曹一梅也在一年前去世，自己还去送了最后一程。人生总有一段美好，要不要抓住面前的机会，握住李民伸过来的手？

……

闫峰的故事，我没有在其他地方见过、听过。因此，我判断，他的故事是新鲜的，是他自己的。故事要生存，靠的是独立性、首创性，如同一个鲜活的个体生命，不能也不可能与他人雷同。

闫峰的故事，我畅快地读下来了。这说明，他的故事是好玩的，既有人生困境也有浪漫诗意，但都充溢着逼近人生的温暖情怀。好玩的故事是一种感觉，是说不清的，但如果具体分摊在情节、细节、人物上，那就可以触摸。我读到了曲折的情节、生动的细节，以及扑面而来的带着心跳和温度的人物。

什么是好故事，闫峰是懂的。如果拾人牙慧，读起来味同嚼蜡，他何苦在文学上浪费时间？他完全可以不写故事，去写诊断书；他也完全可以不讲故事，去告诉你，性格要完好、智力要正常、认知要正确、情感要适当、意志要坚强、态度要积极、行为要恰当……闫峰在医院工作，是心理健康专家。

这就要说到闫峰的身份。闫峰是县级作家协会主席，但工作单位不在作协，在医院。作家的身份很重要，身份在文字里如影随形。医院不同于机关，不同于学校。写公文、备课笔记的笔，与写诊断报告的笔，毕竟不一样。搞不好，一笔就是人命关天。因此，他要"把脉"、诊断，看表象、问近况、寻病根，再做各种检测，然后一笔一笔写下来。白纸黑字，要经得住查。

我读闫峰的故事，怀疑他把故事中的人物，都当成了患者。医生往往这样，望闻问切，层层推进，步步深入，由表及里。有时候非常冷静，不暴露自己，有时候又漫不经心，扯点闲篇。不管怎样，他心里透亮。最后一针见血，有病治病，没病防病。

但闫峰又不是一般的专科或全科医生，他是心理健康专家。通俗一点儿说，他看心病。肌体之病，诊断可以凭自己的医术，借助仪器的力量，治疗可以吃药、输液、开刀。那么心病呢？

古人说，心病"在肓之上，膏之下，攻之不可，达之不及，药不至焉，不可为也"。意思是说，心病藏在膏、肓之间，不能针灸，不能手术，吃药也没有用，治不好了。

闫峰要"可为"。张丽娜靠写诗打发岁月，心底里却有很深的伤口，永远无法愈合（《刚好遇见你》）；警察"华队"以佩兰的名义，自己给自己发了一条暧昧的短信，原来是分裂症患者忘记吃药（《召唤》）；一柱要工钱给妻子秋月看病，自己眼神不好，遇到好事总是疑惑（《一柱的春天》）；戴墨镜的女子是个特警，被"他"当成可以类似"一夜情"的女子（《非常艳遇》）；宋大怪得病死了，同学们就没病吗？曹一梅死了，张菊就没有病吗？秃头是个好人，却被栗夫确信为杀人犯（《并非谋杀》）……

看病的人，未必都有病；有病的人，未必都是绝症；没病的人，未必将来没病……看心病的人，谁敢说没病？这是生命个体的体现，也是生命群体的现状。人有病，天知否？

讲故事的另一个关键词是"讲"。有了充足的故事之后，怎么讲，就显得特别重要了。闫峰，很会讲故事。

如果闫峰的讲，是"现实主义"的"传统叙事"，说实话，"讲"的意义，要大打折扣。读了闫峰的小说——哪怕就只读了一篇，也会感觉得到他的特别，他的匠心。

小说是叙事艺术。叙事中有动作描写，肖像描写，环境描写……描写非常重要。传统的"四大名著"，如果离开了描写，将是一地鸡毛。比如李逵、鲁智深的肖像，比如武松的"打"虎，比如山神庙的雪下得"紧"。

闫峰不是单纯的描写，他孜孜不倦地叙述，在叙述中裹挟描写。叙述多于描写，不是不可以，但叙述必须要有相当的功力。闫峰有这个功力。

限于篇幅，我不一一列举。

整体靠"叙述"推进，生动交给"描写"负责，情感的流动自然而贴切。既有人也有事，既有景语也有情语，既有明言也有暗喻。每一处都精练、内敛，每一处又都铺陈、恣肆。营造出来的是层次感、节奏感、愉悦感，还有时代感。要做到这一步，闫峰必须有广泛的涉猎，传统的、现代的，中国的、外国的。他必须深悟其道，再得体地糅合。

闫峰还是心理健康专家。他必须揣摩心理，把握心理，疏通心理。所以，他的讲，某种意义上说，是一种"布道施德"式的表达。作家和医生，或者医生和作家，闫峰结合起来了。


一部小说，拼的是故事，拼的是表达。闫峰拼的是这个，拼对了。闫峰的故事，都有一个主故事，然后有若干个分故事。主故事如同主干，分故事如同枝叶。所以，闫峰的小说是"树"的。树起来才有高度，才会枝繁叶茂，有比树本身更高的高度。我们看一棵树，从来不会因为树有多高，就以为这棵树只有多高。我们会向上看，想象更高的高度。在想象的地方，天高云淡。

回到开头。我说，写小说，简单地说，就是讲故事。必须承认，我把写小说比成讲故事，是不准确的。

故事里的故事，目的就是讲故事，讲完了就行；小说中的故事，目的却是写人，人物通过故事活着。就像武松活在"武松打虎"里，张飞活在"喝断当阳桥"里，孙悟空活在"大闹天宫"里，林黛玉活在"葬花"里。就像宋大帅、张丽娜、四贯、张菊、栗夫……活在闫峰的小说里。

读闫峰的小说，我总觉得好像在看诊断书。这个印象，从看他的第一篇小说就有了。我以为是错觉，但这个印象却挥之不去。直到读完这个集子里的全部的小说，我仿佛看见闫峰坐在桌后，翻着病历："请下一个。"下一个是谁啊？

# 目 录
CONTENTS

# 刚好遇见你

## 一

张丽娜三十岁以后的日子，像两滴雨后檐角迟疑着滑落的水滴一样。日子挨着日子，有时又像古董算盘上的两粒算珠那样相互靠近。在无形手指的拨动下，有时是加法，有时是乘法。对她来说，时间不是靠分针和秒针走完的，而是在上午、下午和晚上这三个时段摆渡。她完全不用跟时间斤斤计较，谁会抱着一百斤重的米袋子，去一粒粒地数着米粒的数量过日子呢？

冬天有雾的早晨，她从火车停稳之前最后几下沉闷的震动中醒来。打开铁皮屋的小窗口，扭亮靠近窗沿的日光灯，用断了齿的塑料梳子浅浅梳几下蓬松的头发。在结了冰的毛巾上浸一茶杯的开水，用来化冻，趁着余热未尽，擦一下眼角和额头。不计较那件贴身灰夹袄的纽扣已脱落了两个，露出里面红毛衣破损的线头，就把身子凑向窗口，看着那些在出站口的浓雾里像吐烟圈一样被吐出的人群。走走停停，左顾右盼的人们总会光顾小店。于是，一天里第一波生意开始了，那些旧杂志，隔天的报纸，廉价香烟，火机，小食品，快过保质期的花花绿绿的饮品就有了去处。

她清楚地记得一天中每一班到站和离站的列车，她知道在什么时候该把注意力聚集在小窗外的出站口。有时，她也会被一些细小的事件打扰到，比如，当她拿起笔想在纸上写下一句诗的时候，骑电动三轮送货的许姑娘把三轮车停到门前，码好配送给小店的各类小东西，记好货单，非要袖着冻伤的两手站着跟她闲聊几句……有时，那三十度坡道上若干个沉重旅行箱的轮子滚过的声音过分刺耳，轰鸣声压过出租车司机、快餐店的小店员、卖水果的摊贩揽客的杂乱声音，及时提醒她放下脑子里胡思乱想的念头，要尽快准备好亲切柔和的声调，露出干净温暖的微笑，还有夸赞自己店里东西最好的圆滑说辞。他们问路，找小旅馆，关于天气和车辆班次的烦琐问讯，她都会一一耐心解答。这是她每天工作和生活的重要部分，是她生存于此必须做的事。今天，她作了一首小诗，记在自己的宝贝本子上了：

在生活的中间部分
我总是流浪在生活的中间部分
努力地分辨左右和前后
像在站台上
遇见平行铁轨下面平行的枕木
一模一样的颜色、质地和长度
串起简单又冷漠的重复和重复


　　这是今年的第六十首诗。自前年起，她坚持一星期写一首诗，写在加厚的大本子上，用加长的订书针把两个本子订在一起，连反面也不浪费，写满了就放在柜台下面那个锁着现金的木箱子里。那些每天都在小店附近出现的女出租车司机、检票员、卖水果的大妈、常常流连在广场上卖糖球的老头，甚至面相熟悉眼神诡异的小偷，都看见过她在本子上写写画画。没人以为她是在写诗，顶多以为她是在记下卖东西的流水账。这首诗是她吃过早餐以后就写下的，她的早餐只是十枚红枣和一杯开水。那些红枣是她店里临近过期的山西大枣，用开水一泡，个个胖大如福娃。这样的早餐她吃了差不多一个月，还剩下四大袋，够她吃一个月，她觉得挺好，一上午不觉得饿。

# 二

简单地吃过早餐后，她一直沉浸在快乐里。那种快乐像什么呢？反正比蜜甜，比肉香，比一百元的钞票还漂亮结实，让她一整天都眼神发光，沾沾自喜。她为自己写的那句"我总是流浪在生活的中间部分"而高兴，这句话切合自己，像一个装修工把合适的零件安装在恰当的机关中，使其与机器本身完美结合在了一起……自己过了四十岁，也算中年了，这是人生的中间部分。她总是在午夜时分醒来，在这一天与下一天的中间部分突然睁开眼睛，在窄小的弹簧折叠床上扭亮手电筒，在被窝里记下一两句诗。那些光顾她小店的人，都是匆匆而过的旅途中人，她与他们在他们旅行的中间部分相遇。而这一切，又都在沉默、机械地重复着，不是吗？

她从来不讨厌这种生活，好像拥有了那两本日记本就能让这种生活合理有趣地继续下去。她还订了一本《诗潮》杂志，她在上面还发过几组小诗。就在上个月，那组发表的短诗上面还登着她的照片和简介，收到杂志时，她在兴奋而略感恍惚的一天中犯了几次错，不是忘记提醒人家扫码付款了，就是拿了东西给人家还没听到收款的语音提醒就放走了顾客，一天中损失了几十块钱。她又向杂志社订购了二十本杂志，放在自己的小店里卖，一星期居然卖出去了三本，是半价卖出的，竟然还是三个中年男人买的。她没想到现在的社会还有人读诗，还会有带着满脸生活印记、装满心事的中年人读诗。也许旅行的人都太无聊了吧，或者根本没看清是一本什么样的书？她真的期望有一个顾客翻着书看到她的照片和诗句，惊奇地打量着眼前的她，然后给她一句热情的夸赞，并让她签上自己的名字。这一天肯定会到来，她坚信。

她这样想着自己的心事的时候，看见街对面青年旅馆东面杨老太肥大的身影向自己走来。她移动得异常缓慢，她有肺气肿，面色苍白衰老。张丽娜拿了一把椅子，放在铁皮屋的门口，让她坐下来好好地喘口气。

"你，你看我容易吗，闺女？"她捂着胸口，呼呼地喘着气，"连个马路都过不了了，我还能活几天哪？唉！"

张丽娜给她倒了一杯水，让她喝口水平平气。她低下头，不太敢与杨老太对视。杨老太那双浮肿的眼睛老是发炎，眼角上总是水汪汪地蓄着泪，眼白上的血丝像白布上绣着的红线那么刺眼。

"闺女，你坐下，我过来就是为了和你拉个呱。"她瞅着张丽娜，想从那张脸上看出点什么答案来。她一星期前突发奇想，要把自己五十岁智障的儿子介绍给张丽娜，她知道自己不久于人世，而这个儿子需要一个母亲以外的人和他过完下半生。她在自己的远房亲戚里搜罗了一遍，没有发现合适的托付者。她总是怀疑他们承诺将来会照顾儿子是图谋那两层楼和她门前的停车棚生意。她在火车站广场对面的临街处有一间半两层的旧楼房，二层租金有一千五百元；门口二十平方米的电动车停车棚，每月有两千多元的停车费，这点收入在小县城里维持一对夫妻不算寒酸的生活也够了。如果儿子能有个跟他过一辈子的媳妇，她在九泉之下也可以含笑闭眼了。她让卖水果的戚大娘给做个媒，还让儿子赶早去道北张聋子那里买了两只烧鸡送给她，当作谢礼。那天上午，她远远地看见戚大娘提着一小串香蕉笑嘻嘻地走向张丽娜的铁皮屋，时间不长，她就低着头回到水果摊，一下午都闷闷不乐地坐在板凳上，第二天才到她这里回了话，拐着弯说张丽娜不想结婚。

"咦，有这种事？她，她，"听到这话杨老太狠狠地喘了一口气，说，"她一个人，又要养活一个老母亲，不结婚指望这小店过一辈子？等明年这广场改造，我看她上哪儿去挣钱？"

她在心里生了一个星期闷气，坐在车棚底下往路这边的铁皮屋张望，那里不下旅客时，有几个人去买东西？肯定还没有她家的停车棚生意好呢。她一个月能挣多少钱？一千还是两千？她回家做饭的时候，儿子两手拿着兑车的小铝牌，脖子上挂着一串钥匙，在车棚里跑来跑去地忙乎，虽然偶尔少收顾客的停车钱，但车子从来没错发过一辆。有这么多家业，哪点配不上一个四十岁开小店的孤身女人？她这么一想，就觉得一定是戚大娘没有全力撮合，不禁心疼起那两只热腾腾酥烂的烧鸡，干咽了两口唾沫，决心自己去试一试。

"闺女，你看，你在路这边，我在路那边，都三年了，我们还没好好拉过呱呢。"她胸口里的气平顺了些，脸也比刚坐下时多了几分血色，接着说，"这样，我也不绕弯子，就直说了，上星期我托你戚大娘说的事……"

张丽娜低下头，脸居然红了一下，脑子里不合时宜地跳出一句话来，把自己吓了一跳："我想死，也想去巴黎！"这不是《包法利夫人》书中艾玛的那句名言吗？可笑至极，难道潜意识是在说：我想死，也想去恋爱吗？她为自己在这严肃场合跳出的可笑念头摇了摇头。她的意识总不在生活的现场，没有清晰的开端和明确的结尾，总是一下子跳到潜意识里那最敏感最新鲜最痛苦又最真实的部分。

杨老太大概注意到她表情和动作里相互矛盾的地方，迟疑地盯着她看，想确切知道眼前这个衣衫平常有些邋遢的女店主的真实想法。她看见张丽娜鬓角里隐约着浅浅灰白的部分，一些细小的白头发在耳郭后边潜伏着，另一些正在灰白之间犹豫，她心想，我年轻时那么苦，三十五岁就没了丈夫，四十岁时还没有白头发，这孩子是怎么了？

"孩子，"杨老太看见有人向小店走来，她不想让这场重要谈话被无故打断，"你看，那二层小楼是俺的，还有车棚，一个月总有个三五千的收入。嗯，明年城东要修高铁，这儿老车站广场改造，要是拆迁，政府补偿给的钱也能买得起几十万的小区房了，还会有剩余。到那时，就是不做停车生意了，你两人随便开个小店，也能将就过一辈子。你看，我那儿子是有点傻，但心眼好，从不起坏主意，听话，还不懒，比正常男人是差一些，不过，平常人过日子，不就图个有吃有喝有个伴吗？"

张丽娜一句话也没听进去，她进店卖给来人一包烟和一瓶矿泉水，又特意翻开日记本，读一遍早上写的那首诗，脸上的笑意慢慢升上来。杨老太探头看她那样，以为她还在听自己说话，就接着说道："闺女，我说的都是实话，一句虚的没有。我听说你也不容易，家里就你一个人，又没个兄弟姐妹，在这县城也没什么亲戚，你老母亲也和我差不多大吧？我听说在陵河巷那个养老院里，动也不能动，整天躺着。唉，像俺们这样的家庭，老了依靠谁啊？我这张老脸不怕羞，和你说的事你好好想想，行就行，不行就拉倒，你给个明白信，也别窝在心上。"

张丽娜站在屋里，她在屋外，把手里的那杯水喝完了。看看屋里张丽娜始终趴在柜台上看本子上的字，脸上一层浮云般的笑，似乎在害羞，又像是在算账，心想这孩子要真能答应，倒是个持家的好能手，比前年在她家落脚的那个女人强很多。她收留过的那个曾经在广场上的中年女人，据说是离婚出走的外地妇女，在她家和傻儿子一起住了半年，原本答应和儿子过一辈子，也不知有没有真正同过房，不但没能如愿给她怀上一个孙子孙女，到最后说要回家取结婚的手续材料，还拿了她五千块钱路费跑掉了，恨得她咒骂了两个月才消气。

张丽娜在小窗口看见杨老太吃力挪动的背影，心里感觉到几分可怜。她无法让老人家的心愿实现也无法让老人明白自己，她的儿子心眼是很好，常常晃着一双略略前倾的肩膀过马路来买东西。他夏天时喜欢吃一块钱的冰棍，杨老太一天只许他吃一根，老太去亲戚家串门的时候，他就吃两根或三根，并且喊张丽娜姐姐，央求她不要告诉自己的母亲。他一边呲着冰棍，一边害怕地回头看母亲有没有回来，他那张永远的娃娃脸和额上几道松弛的抬头纹让她印象深刻。她一点都不讨厌这娘儿俩，还觉得自己的身世并不比他们优越，但是，内心里有一个地方固执地告诉她，这不是她想要的生活，甚至现在的这个小店，也不应该是她将来生活的全部依托。至于她想过什么样的生活，到现在还没有一个清晰而明白的答案。

## 三

配货工许姑娘喜欢到她这里来，总是快到中午时到她店里送货。从城北批发市场出来，沿城里的小店送上一圈，到她店里时已快到中午了。这个好心的许姑娘是她目前最要好的朋友了，常常带两份凉皮，干面，或是烙饼卷蘑菇，到店里和她一起吃午饭，省得她天天上马路对面去吃那千篇一律三块钱一盒的垃圾快餐。上个月的一天，她中午兴冲冲地跑过来，从肥大的牛仔蓝布工装里掏出一部半新的华为手机，说："张姐，你看，老板抵给我一部手机，还是新款的，功能很多，我还不太会用，你教教我。"张丽娜知道她先前用的是老款手机，很卡，小视频都看不顺畅，就很耐心地把手机界面打开，一步步地教她操作，还让她整整衣冠，给她拍了两张大头照。她把相册打开，想看看照片拍得如何，里面居然还有一大堆照片，不看则已，一看，很多的不雅照片，都是网上下载的那种。两个单身女人凑在一起的脸红透了，把那该死的牛老板骂了个痛快，赶紧把照片给删除了。张丽娜说："这个老板真不是好人啊，你怎么要他的手机？"许姑娘说："他欠我一个月的工钱，用这个顶一半的工资，还说便宜了我。"张丽娜说："别信他的，这种旧手机值不了几个钱，二手市场上最多几百块钱，抵不了你工资。而且，他还不怀好意，你小心点。"

许姑娘是个老实的乡下姑娘，一个弟弟上高中，姐弟俩相依为命，家里很困难。在县城打零工好几年了，也没个固定住处，原本晚上是和另一个女孩在老板的批发店里看店，每月多给她三百元的工资。那个女孩后来谈了个对象，晚上总把男朋友带到批发店里那间小小的宿舍里来。那间小宿舍在批发店的一楼，是一个废弃卫生间改造的，只容得下一张老式的上下层的木架床、一张小方桌和两把椅子。同事女孩常带男朋友在屋里聊天吃饭，许姑娘没法待在店里，又不想向老板告状，就在附近街面转悠，看看有什么可干的兼职。因为除每月有十天左右的晚上要在店里接货点货，其余二十天上半夜都闲着。后来她在夜市真找到了一家烧烤店的兼职，从晚上六点到夜里十二点，虽然忙得不可开交，但她身体结实，能受得了。去上班一天得一天钱，差不多一个月多赚一千多元。好心的烧烤店老板有时还会送给她些卖不完的蘑菇卷饼、客人剩下的烤串剩菜什么的，给她省下第二天的一顿饭钱。工作虽然很累，但她干得很开心。她把所有的钱仔细地存在一个账户里，盘算着有一天攒够五万元的整数，就回老家去把奶奶留给她的那两间小瓦屋重新翻建成两间平房，给弟弟建起一个像样的家，再给奶奶和父亲的坟上立上两块大一点的青石碑。为了完成这两个心愿，她觉得再苦再累也值得。而现在，她的存款数额距离期待值还远着呢，但每一天做着加法，感受着一点点逐渐靠近目标，让她干劲十足，感觉未来可期。有时在小宿舍里仔细地在纸上画下那两间屋子的规划设计草图，并一遍遍地改动。窗户放在哪里，门怎么设计，弟弟的床和书桌摆放在什么位置，都是需要费心思的。改动了十几遍，还是没有定稿，于是她把画出来的简易草图拍在手机里，一有空闲就打开来琢磨，每当这时候，就会感觉时间过得飞快，且心里充满了小小的快乐。

那天，她把手机要退给牛老板的时候，老板居然和她翻脸了。拿过手机摆弄了几下说，你怎么把我手机里的重要文件弄丢了？你给我原样恢复了再退给我！那牛老板五十出头，头脸硕大，被人戏称为牛大头，在批发一条街上算得上大户，很有钱。自开上大奔那天起，就觉得自己在这条街没什么事做不到，而且自以为很帅，冬天喜欢穿呢子大衣，夏天喜欢穿窄款紧身T恤，以突出他在健身房里练就的三寸厚的胸肌。平常对待员工都是一副居高临下的姿态，每到要给员工发工资的那几天就会撂下一张驴脸，一副不开心的样子，到处找碴儿，总能在平常的小事上找到员工的错误，扣除最少几十块乃至几百块的"罚款"。

许姑娘想辩解，又不知如何说清楚。承认删除了就等于说看过了那些黄片子，不承认又等于撒谎。她不会撒谎，又不擅长给自己辩解，只好央求牛大头把自己的工钱打折给她，她把手机退回。牛老板坚决不同意，甚至还重重地拍了一下桌子，说："你别以为我不知道，你每天晚上出去挣外快，夜里一两点才回店里，我根本就不该给你那三百元夜班费，你应该付给我住宿费！如果要算清楚，你要把夜班看店的钱退给我，还要把你晚上出去干私活的钱也分给我一半，因为那是用我买断的夜班时间出去挣的钱！"

还有，牛大头边说边指着同值夜班的那位姑娘说："小曹，你老实告诉我她每天是几点回到店里的？"小曹吞吞吐吐道："我……我也不知道，我困得厉害，每天睡得早，晚上十一点多就睡了，许姐回来时，我都睡着了。"牛大头得意地仰着头说："看看，连小曹都说晚上十二点前就没见过你，你还有什么话说？要我挨个查每天的监控你才肯承认？"

牛大头又跟站在门边嚼口香糖的胖媳妇说："你上次送给她的那双大半新的运动鞋得值三千多吧？"胖媳妇耷拉着眉眼点点头。牛大头有了底气，转过脸来对许姑娘喊叫着说："你要是还跟我计较手机的事，那你把那双鞋的钱也打半价给我，现在就给！还有，你现在得退给我这半年的夜班费。从今天起，不准你在这店里住宿，下午就把你床上的那堆破烂给我弄走！"

那晚，许姑娘和张丽娜挤睡在一起，在铁皮屋外寒风吹起的长长短短的号子声里，两个相似的单身人互相安慰，讲着自己的故事，眼泪像远处铁轨传来的震动声，有的消失了，有的才刚启程。许姑娘那一晚说了很多话，讲了自己父母离婚后不幸的童年，以及在奶奶那里得到的深厚的爱。她说如果不是牢记奶奶在世时常常嘱咐她的话，她也不会像现在这样心宽。奶奶常说，鸡有鸡命，鸭有鸭命，狗有狗命……别嫌弃，别抱怨，好好地活着就是赚了……奶奶是一个农村老太太，早年丧夫，自己一个人拉扯大几个孩子，且一辈子都在帮助人，留下来的全是爱。她每天乐呵呵地从不厌倦劳动，去世的那天上午还给我们姐弟俩下了一锅鸡蛋面。下午躺在椅子上一点动静没有就走了，整整活了八十八岁，比自己的父亲还多活了三十年。所以她最爱奶奶，最忘不了奶奶。

说到最后，许姑娘声音慢慢小下去，还结巴着问了张丽娜，什么是力量型体格？她说在烧烤店打工时，有一个食客是武术教练，说她是力量型的体格。张丽娜也不太懂，就含糊地告诉她，就是天生有劲儿，适合打拳练武的那种吧？许姑娘听后深长地叹了一口气，又问她："姐姐你说我现在练这个还来得及吗？"张丽娜笑着说："你都多大了，怎么想起练武术？"许姑娘断断续续地说："我就想……把牛老板狠狠地……揍一顿。"张丽娜苦笑着听完，掐了一把许姑娘，没想到她没吱一声，也没叫痛。很快，呼噜声一长一短地响了起来。张丽娜睡不着，一边听着许姑娘的呼噜声，一边还想着自己的诗句。那个早晨，她又写下一首短诗：

如果上苍不嫌

做只蝼蚁又如何

一粒米一滴水的饥渴多么简单

黑暗里怀抱一颗草籽酣眠

做千分之一的蝴蝶梦

浪费万分之一的青春柔情

在温暖的季节

干干净净地走完一生

## 四

对张丽娜来说，中午人少时许姑娘挤在铁皮屋里和她一起吃饭的时光是快乐的。许姑娘知道她写诗，但她完全看不懂，只会竖起大拇指再补上一句："姐姐，你太牛了。"上个星期，她还拿了张丽娜发表的诗回去给在村小学教书的表哥看，表哥同样赞美有加，想有一天到城里来结识她。表哥是他们村的怪人，一个痴迷于研究《易经》的人，四十多岁还未结婚。除了教书就是在家里研读古书，没有其他爱好。因脑力操劳过度，看起来像个饱经风霜的老人。许姑娘曾经跟张丽娜说过，是不是可以把表哥介绍给她，张丽娜回赠一句自己的诗："我想在孤独中繁忙地活着，不为任何羁绊。我想要云霄之上的歌唱，孤独就是我的身份证。"

今天许姑娘来得晚一些，她把电动三轮车停在视线可及的梧桐树下，冻得发紫的手拿出烙饼卷蘑菇午餐，张丽娜用两杯红枣茶来迎接她。许姑娘一进小屋，就跟她说，路口张四烧烤门口躺着个人，在树底下的冰面上，会不会冻死啊？

"是谁呢，是胡二麻子？"张丽娜问。

"灰头土脸的，看不清啊。一堆人在看，有的笑着用脚碰碰他的脸，有的还嘲笑说喝得还不多，小便还没尿到裤子里。好像也有人喊他胡二混。"

张丽娜往外边看看，远远地，还有几个人在那里，缩头缩脑地围着。她说："这一片，除了他，还有谁呢？胡二混就是胡二麻子，他口袋里有了酒钱就得喝，总有一天会喝死。"张丽娜怎么会忘记他呢？那个死了老婆的电动三轮车夫。去年年底的时候，他有几天像鬼附身似的往她这里凑，还特意理了头发，剃净了下巴，来店里买两包烟要跑三个来回，没话找话说。一星期后看看没什么进展，竟在一个晚上用铁棍撬她的门，幸好张丽娜警醒得很，用乘警王小丽送给她的过期辣椒水喷了他一脸，才打消了他的念头。

现在，她想着那个男人也许会死在那里，就给120打了电话叫了急救车。许姑娘吃吃地笑了，说："死了个酒鬼你也心疼啊姐。管他做什么？"

张丽娜说："蝼蚁虽小也是条命啊，何况人呢？那次他酒醒了还到我店里赔过礼，抱了一箱方便面，往屋里一扔，就吓得跑开了……这个人倒不至于那么坏，人都说他老婆在的时候，他不这样。"

许姑娘点着头，咬了一大口烙饼，嘟囔着说，姐是好人呢。

张丽娜一小口一小口地慢慢吃着中饭，想起三年前那件事。一天晚上，她发现一个穿西服白净脸膛儿书生模样的南方男人，在车站广场梧桐树底下坐了两个晚上，不吃不喝地发愣。那个男人被女人骗了，通过网聊见了两次面，私订了终身。带了全部家当来投奔女人，准备结婚后合伙做生意，却不料被女人全数卷走钱款，不见了踪影。男人路过此地转车，就是在这个车站，女人消失在他上厕所的那十分钟内，大包小包都拎走了，连他随身的手机钱物都带走了。男子身无分文，万念俱灰，像一截空心的木头搁在树下的铁椅子上，一动不动。王小丽跟张丽娜说起这个人，都觉得可怜。她们一起去树下看那个男人。张丽娜只看了一眼，就一下子被那个男人眼睛里的沧桑触动了，感觉那个人好像与她有某种精神上的关联，好像这张脸这个表情在她生命里出现过。他脸上空旷辽阔的虚无感那么强烈，像锥子一样刺中了张丽娜内心深处最柔软的部分。她往那个人口袋里塞了一千块钱，又提了一大袋子的食品，和王小丽一起把他送上了火车。那个人在火车快开动时流了泪，脸贴在窗上向她们缓慢地挥手……这个人，从那一刻起就从她生命中消失了，像一滴水消失在江河中，无从找寻。那时，她在自己的小屋里莫名地哭了三个晚上，她不知道自己为什么会哭，为一个男人心痛地流泪，除掉父亲死去的那年，再没有第二个了，何况是一个萍水相逢的陌生男人。

张丽娜常常沉浸在自己的思考里，这是常有的事，许姑娘喊了她两声才引起她的注意。许姑娘说："姐，别发愣了，跟你讲个事，我刚才给对面的那个店送货的时候，店主男人说广场快改造了，你知道吗？"

张丽娜说："知道，不是明年吗？"

"不是。那个男人说是最近一个月就开始搬迁，城东高铁站已经动工了，老火车站改造要加快进度。可能先要动你这边的小店铺，你没听说吗？对面街上新建大楼的一层二十多间门面房，不是快装修好了吗？听说是一个大老板买下来开商铺的，广场内的商户都要集中到那里。到那时，广场边上分散着的临时建筑小店都要拆掉。"许姑娘有些担心地慢慢说。

"没有啊，"张丽娜说，"我只看到上个月贴出的一张布告，说是要整顿广场秩序，清理乱设乱放的水果摊杂货摊，没有听说要拆迁小店铺的事啊？"她拿着杯子的手停顿下来，竟有些抖。如果是这样，那真是人生中的大事件了，没有了这个店，她就没有了生存依托的经济来源，她感到一阵慌乱。

"姐，别怕，下午你可以去车站管理处问一问。你刚才说让我给你看一会儿店，是要出去办事吗？"许姑娘说。

"是的，"张丽娜说，"只有明天去问一问了。下午我要去交水电费，交营业税，交车站的管理费，还有老母亲保险的钱。另外，我还要去看看老母亲，给她交这个月的费用。她最近喘得厉害，可能肺部炎症又加重了。"

许姑娘叹息着点了点头，同情地看着张丽娜，眼眶有些湿润。她此时也想到了自己死去的奶奶，那个最疼爱她的老人。她握住了张丽娜的一只手，用自己两只手温暖的掌心焐着，感觉着张丽娜的手不但冷，还有些轻轻地抖动。她说："姐，你别太担心，阿姨会好的，天一暖和就会好的，老人不都是怕冷天吗？"

张丽娜若有所思地点点头，没有说什么，但心里隐约有一阵莫名的疼痛。

张丽娜说："如果能租到一间新铺面，当然好。只是新铺面可能太贵了，租不起啊。"

许姑娘和张丽娜一起望向窗外，陷入了沉思。这时，零零碎碎的雪花随着潮湿的寒风荡进屋内，瞬间就消失不见了。她们倚在堆满杂物的柜台上，一时不知道还能说些什么，做些什么。

## 五

在街上办完一系列琐事，张丽娜又到文艺圈书店买了一本《诗潮》，才往陵河边老城区的私人养老院走去。每一次走那条略显杂乱的背街巷子，她都感觉心在发紧。距母亲所在的地方越近，过去生活中零碎的画面就会不断涌现到眼前，层层叠叠地压迫着她。她不由得想到那个男人，不由得想起青春时代的三年痛苦婚姻。如果能把这些她不想要的记忆从大脑里删除该有多好啊，那样她就不必一次次跟那些遥远的记忆决斗了。

母亲就是她过去生活的符号，是她与过去生活割裂不断的一条血脉。母亲促成了她不幸的婚姻，那时候，母亲被那些美丽的谎言欺骗了。

她忘不了刚工作不久的那个下午。在散发着刺鼻纸浆味的造纸车间，她拿着质检员的记录本，和车间组长黄吕一起到九米高的纸垛上层抽检纸张。她穿着白底碎花裙子先上梯子，黄吕在下面扶着梯子，她没注意他在偷看她。这个面相狡猾的男人之前几次三番献过殷勤，都被她忽略了，那时她是二十岁的女文青，有着不一般的骄傲和自信。他们在纸堆的深处检测纸张，身体与身体有了轻微的擦碰，就是那一瞬间的对视，黄吕从后面一下子把她抱住，身体逼近她，急促地在她耳边说："你最好当我女朋友，因为我看上你了！"幸好，机智的她把手里的记录本扔到了地面上，引起了地面上黄吕徒弟小谢的注意。小谢走到梯子前，仰着脸问道："本子怎么掉下来了？"她立刻回应道："我不小心碰掉了，现在就下去。"小谢拿着本子往上爬，她乘机用力地推开黄吕往下走，一边走一边低声对黄吕说："再有下次我会到厂保卫科告你！"

这时，小谢已在梯子边探出了头，看见她一脸绯红，好像察觉到什么，故意大声说："师傅你没事吧？"黄吕借坡下驴道："没事没事，上面堆放不平整，小张和我跌了一跤。那个，她要先到二车间去看看，我们这边检查过了没问题，一看就合格，是不是啊张质检员？"

那时，张丽娜的父亲是厂实验室副主任，一个出自南方农村的怯懦寡言、胆小怕事的男人。他不抽烟不喝酒，也没有几个本地朋友，在家里一切都听妻子的，张丽娜从小到大几乎没听到过他们激烈地吵架，往往是母亲开始大声说话，并且把手里的东西摔出动静时，父亲就闭上嘴了。他那随着年龄增长迅速委顿的男子气概曾经让张丽娜又生气又心疼，还觉得可怜。所以，车间里的黄吕威胁她的事发生以后，她没敢跟任何人说，包括自己的父母。她真怕黄吕伤害他们，他们都是20世纪70年代初从学校毕业后分配来到这里的，在这个偏远的地方没有一个亲戚。

有时她也会对自己产生怀疑，到底有没有听清楚黄吕对自己说的话？难道他真的出于喜欢自己才会做出出格的举动吗？那时，黄吕在厂里大多数的职工眼里是个上进的好青年。年纪轻轻就当上了车间组长，还被推选去参加过厂里的青年后备干部培训班。人前人后恭敬有礼的青年，怎么会对她说出那么恶狠狠的话？

有一段时间，只要一有机会他就出现在张丽娜的眼前。厂子里开会或是搞集体活动时他主动往张丽娜的身边凑。张丽娜都没有搭理他。后来他摸准张丽娜的上下班时间，掌握了她的家庭住址，就会十分巧合地和她"相遇"在路上，涎着一张笑脸非要陪着她一起走。节假日经常在她家门前徘徊，时间长了，让邻居误认为他就是她的对象。这些庸俗老套的追求方式并没有感动张丽娜。直到那年冬天一场雪的到来，改变了事情的走向。

张丽娜记得经过半年毫不留情地拒绝之后黄吕似乎选择退却了。那个冬天有两个星期没有之前的"巧遇"，张丽娜感觉到一种少有的放松。那天晚上小县城下了一场大雪，她在质检科加班出报告，直到晚上八点才回家。临近自己家所在的巷口时，一辆摩托车快速地冲向她，将她撞倒在雪堆里，她一只脚剧痛到站不起来，另一只脚卡在自行车里，那辆肇事摩托早就消失在雪夜中了。路口处车很少，也没有行人拐到这条巷口，她躺在地上足足有十分钟不能动弹，直到有一个熟悉的身影出现在眼前。那么巧，正是黄吕。是他打了120，是他通知了她父母，是他帮着把她送到医院，又推着担架车送她做了各种检查。等把她送进病房后，又去配合交警队的调查，几乎忙乎了一整夜。那个晚上改变了一切，黄吕作为她的救命恩人理直气壮地随时走进病房，那些来看望张丽娜的厂里同事都看到了这一切。不用说了，这个乐于助人的好青年，难道配不上她吗？时间不长，整个厂子里的人都知道张丽娜是黄吕的女朋友，而且差不多快订婚了，这个英雄救美的故事很快在全厂传播开来，人们的好奇心很自然地填补了事件的未知部分。即使这样，张丽娜仍然忘不了在造纸车间发生过的那一幕，她的直觉里仍然不能认同这个连父母也夸赞的见义勇为的"好青年"。

后来她出院了，黄吕作为准"女婿"频频登门。到她家里去的时候，不但大声敲门还"阿姨，叔叔"喊得响亮，以致左右邻居都能听到，引得他们好奇地探头观望。每次都不会空着手，烟酒糖茶水果不断。有时还会送给张丽娜一本新出版的《读者》，表现出他对张丽娜爱读书的习惯的认同。甚至有时会在她的面前低下头去，微微红了脸，像一个老实而羞怯的青年。他让张丽娜的母亲相信：这也许是一个被女儿误会了的好青年，虽然可能有些毛病，但可以做一个合格的女婿。

对于那次车祸黄吕所做的一切，她的确有过短暂的感动，但不足以成长为爱情，她还是想要找一个爱读书的文化青年。她开始坚持不答应这桩婚姻，但是强势又爱贪小便宜的母亲做出了决定，用威吓的方式逼她就范，父亲则只会用无奈沉默的表情面对她，默认母亲的意见。即使她说起造纸车间的那件事，也不被母亲认可，母亲认为坏青年也可以洗心革面，从善如流，不能拿老眼光看新问题。最后，她自己也选择了屈从顺应。

婚后的情形完全两样了：黄吕的本性在两个月后慢慢呈现出来，这是一个多疑暴躁又诡计多端的男人。喝醉了酒就像一个暴怒的魔鬼化身。结婚时间不长就对张丽娜拳脚相加，不需要任何借口。一次醉酒后吐真言，告诉张丽娜说，她就是被他狩猎成功的小母羊。那个晚上骑摩托撞她的人正是他安排的小兄弟，而他上中学时也干过类似的事，让人把一个小女孩推到河沟里他再去救上来，因此得过学校的奖励。怎么啦？聪明人就是要用些计谋才能得到更多利益。张丽娜那么骄傲，如今还不是乖乖地做他的老婆？人生就是买卖，他绝不做亏本生意。既然让他在追求阶段吃了那么多苦头，现在要从张丽娜身上只多不少地还回去。打在张丽娜脸上的每一巴掌都对应着她对他使用过的冷眼。他制定出"黄氏家规"：张丽娜不能主动跟男同事讲话，她不能陪女同事逛街，她甚至不能在本子里写写画画，因为写那些歪诗就是为了勾引野男人。整整三年，张丽娜在他随时爆发的语言和躯体暴力下生活。她每天在内心的挣扎中度过，心里经常默念那句自己琢磨出来的诗："眼泪从来都不是通向未来的路，眼泪只是即将消失的痛。"

结婚的第二年，本地曾经庞大辉煌的造纸厂灰飞烟灭了，一千多名职工作鸟兽散，张丽娜和母亲、父亲下岗失业了。那一年对于张丽娜来讲是人生中的至暗时刻，父亲因肺癌离开人世，母亲也在那一年得了脑溢血。企业倒闭之后，黄吕失业在家坐吃山空，好青年的面具彻底撕碎了。跟社会上的小混混整日勾肩搭背，妄图走黑路挣"快钱""巧钱"。两年不到，吃喝嫖赌无所不能，痴迷于赌博经常夜不归宿。张丽娜父亲病重住院时，他冒用张父的名字在银行贷款用于赌博。

在张丽娜父亲去世后，黄吕还不起赌债，偷偷把他们的房子卖了，把岳母赶到外面租房子住。家业败光之最后节目，是卷走家中所剩无几的钱财，跟一个赌徒女人离开县城远走高飞，至今无影无踪。但无论生活如何艰难，张丽娜终归回到了自己想要的状态，回到了能够与诗歌朝夕相处而不用担惊受怕的日子。

## 六

傍晚，张丽娜走进陵河巷养老院，一层薄薄的雪粒已将这二层小楼的院落装扮一新。在一楼拐角处，始终混合着腥臭大便味及消毒水味的小房间里，母亲喘得上气不接下气，她脸色苍白虚肿，有时闭着眼睛，有时又无力地睁开一条缝，浑浊的眼神总是固定在一个方向。她仿佛在挣扎，又像是祈求、妥协和害怕。好像有一个无力而瘦弱的小孩子藏在母亲的躯壳里，正在慢慢地从这躯壳里撤离，带着急促、无奈和慌张的绝望，从每一寸皮肤和每一处血肉里撤离。

张丽娜在床边坐了下来，把母亲的一只手抱在怀里，埋下头去，先是含泪默想，后来是肩膀抽动着哭泣。她压抑着嗓子里的声音，不想惊动外面的人。哭，洗掉了她记忆里的灰尘，像窗外的亮光照进来，掸掉了母亲额上那片阴影一样，让她感觉自己是在此处而不是彼处，不是在回忆里和梦里活着。

她睡着了，睡得少有的香甜。朦胧中，有只手轻轻地拍她的肩膀，她抬起头来，没有看见人，只有半开着的门，湿润的寒气吹进来，带着天空里即将降临的大雪的气味。她站起身来，好像有一只手在引领她，像是母亲肥大的指节，凉凉的，很软。她走出养老院低矮破旧的院门，走过狭窄的陵河巷，走上那条新修的普光路。雪已经弥漫天空，让马路上的灯光变得朦胧，世界在明亮的粉白色里显得严肃而安静。她穿过普光路中心的大象雕塑，一直走到火车站广场上来，雪已经让她的小屋又矮了一截，孤独地蹲守在广场东边的小巷路口，窗口一盏灰白色的灯，不明不暗地亮着……广场中心一排梧桐树下面是磨得发亮的铁椅子，那里空空的，只坐着一个男人，一个身上落满雪花的男人，好像在等着什么似的，脸上是谁见了都不会忘记的荒芜辽阔的表情。她朝他走过去，她认得那身衣服，那张脸，那双眼睛里透着充满凉意的沧桑。他站起来了，也向她走过来，雪地上的脚印重合的时候他伸出一双大手，紧紧握住了她的小手，把她领到椅子上来，他专注地看着她，不说话，只让硕大的雪花盖住他们的头发，衣服，还有，这个有点羞涩而慌张的时刻。

　　男人在静默里注视她，好久好久，才说："你知道吗？我一直就在这里，在这个广场上，在你的注视里，在你每一天里的每一分每一秒，我想知道你是个什么样的女人。"

　　她说："你现在知道了吗？"

　　男人说："知道了。从那年你送我上车时我就知道我还会在这个地方遇见你。"

她说："真可惜，我应该在二十岁遇见你，你和我的过去都会不一样。不过，遇见真好，我在人生里遇见诗，遇见你，遇见这场雪，死一回也值得。"

男人用手一指，笑着说："你看，还有一个'遇见'送给你。"火车站广场对面的一楼，那一排崭新铺面中最大的三间刚装修好的房子，突然亮起大大的霓虹招牌，闪烁着"丽娜书屋"……男人牵着张丽娜向那里走去，走得太急了，简直就是跑……

就在那一刻，张丽娜脱离了时间的羁绊，笑着回到了二十岁时穿碎花白裙子的岁月，她想抬起头对整片天空发誓："这辽阔的白色夜晚，我要用诗歌充满！"

# 求医记

## 一

两年来，杭女士的日常活动大为减少。她习惯于白天睡觉，晚上失眠，时间比属于她的人民币和别墅里的空间更显富余。比杭女士的生理期更规律的事，是她每月要去四次医院。她对新搬迁的市医院甚至比本院职工都熟悉。心内科在几楼，皮肤科在几楼，化验室在几楼；星期一消化科哪个知名主任坐诊，外科又请了北京上海的哪个专家周末来做手术，她全部了然于心。甚至，哪个院领导退休了，调走了；哪个医生得了劳动模范奖章她也大概知道。她每次上医院都要逗留两小时以上，有一大部分时间是在医院的宣传栏边度过。宣传栏在产科楼下的花丛里，从那儿一抬头就看得见三层产房那些粉红色的窗帘，有时也隐约听见新生婴儿的哭声。产科楼下的花坛边有一溜七八个宣传栏，健康育儿的知识占了一半，另一半是院务公开的专栏。她习惯于获得这些知识，所以一期不少地看。里边的错别字和病句她也发现过不少，都一一记在本子上，这得益于她早年做过印刷厂的校对。医院当然也有微信公众号和网站，她从不在那些地方获得信息，她自我认定的"飞蚊症"和若有似无的头痛影响她畅快地在小屏幕上阅读。

只要去医院，她一般不分季节戴着深灰色 3M 医用口罩，一副大框帕森变色眼镜，裹着一条冬款爱马仕灰白色丝巾。身上衣服鞋子有选择地朴素到底，整个人的装扮努力与医院环境契合，透着些许冷峻、不苟言笑、哀痛的成分。

这副装扮并不是她日常的全部。如果几年前你在办公室里遇见她，你也许认不出来。那时，杭女士并不排斥华丽服装，不过这样的穿搭近年来越来越少。对杭女士来说，生病的时候显然应该与健康状态有区别，衣服本来就像是情绪的皮肤，她那身装扮只代表特定的时间段：她生病了，身心需要有效庇护。而这份不幸，她又不想被别人窥视。

一看她这身打扮，老公就知道必须马上更换声调，减少动作，放轻手脚，把拿起的公文包暂时放回鞋柜上去。

"怎么了，又胃痛了？"他关切地问。

"哪天不疼，哪儿不疼？不是头痛就是胃痛。唉……真不如死了好受。是整个背部，从左肩胛一直痛到尾椎那儿。一会儿是一个点痛，一会儿又是整个背部都痛。"杭女士已穿戴好看病时的行装，这会儿正一边费劲地用手支撑着沙发坐下来，一边叹着气说。

"昨天，你回来时还好吧？有没有摔着？"

"摔是没摔到，只是下午从五一路十字路口经过，前面蹿出一个人，那个老东西，都怪他——一个脏兮兮搬水泥的老头子。我踩了急刹车，脖子向前抻了一下，当时也没觉得怎么样。今天一起床就觉得受不了了。"

"那个地方要开慢点，标明了礼让行人的，前后都有摄像头。"老公看似体贴地把手放在她脖颈下方，轻柔地按了两下。

"不要你碰，你是那个死老头子派来的，用那么大的劲儿？我礼让他他礼让我没有？本来就想碰瓷的，哼，我要是蹭他一下，准会赖上我。"杭女士的腔调转换，明显释放着怒气。

老公无奈地放下手，注视着她。看着她一手按腰，一手撑沙发无比坚强地站起来。她自己把门前衣帽间柜子里的病历拿出来，那里面有两年来全部的就诊记录，她把各种检查及诊断记录一页页地粘在 A4 纸上，加了封皮，标注了页码，装订了厚厚的两大本，放进灰蓝色的爱马仕公文包里，这是她每一次看病时必带的资料。

"要不要我陪你去看，或者让小张带你去？"老公缓步跟上去，缓声发问。

"死了也不要你陪！"杭女士摔门而出。是的，自从那次老公重复了刘主任的话，说她的胃确定不会有问题之后，杭女士就不要老公陪着去看病了，她确定自己老公与刘主任一样，没有真正关心她的病。

## 二

病在自己身上，只有自己最知道心疼。杭女士鄙夷一切伪装的关切，拒绝一切潜藏嘲笑的温柔眼神。她小心翼翼地伺候着自己的病，疾病像一个在她身体里常驻的坏脾气孩子，顽皮地游走，一会儿在这里一会儿在那里，跟它的主人捉迷藏，经常变换面孔吓唬她。对一个不请自来的客人她能怎么样？她只能格外温和地善待它，拿出更多的时间面对它，生活中耗费气血的事情她都尽量避免。全木地板的清洁用艾罗伯特全视野洁地机，换电池清理垃圾仓也不必她动手；洗衣机是卡萨帝全自动子母机，她只把换下的衣服放入收集箱就可以了；一日三餐中两餐有专门的保姆照料，庭院里的枯叶自有人清理，宠物狗哈米只有洗过澡的那天她才会抱五分钟，自己的车子保养洗车年检一类也有司机小张帮她弄。因为身体的原因单位她一个月只要去一两天露一下脸，从不处理什么具体业务，绩效和工资是一分不少。

杭女士外出最多的目的地是医院，对她而言，那里面总有一种纯粹而严肃的安全感。她身体的病在医生面前就是探头探脑的猫狗，他们一眼望过去就能发现它，不必用各种仪器和检查单来认定。

杭女士的注意力一到医院就高度集中，身心有某种充满仪式感的紧张和兴奋，高度敏锐地应对着一切。她不是那种只会愁眉苦脸的病人，她带着坚强的表情，准备面对各种最坏的结果，就像战场上用光了子弹必须面对面拼刺刀的战士。

三

如果你选择一个全视角观察杭女士的一天，会发现她不断地折叠时间而让时间变得短暂：假如她两小时前在做某件事，两小时后她又会重复去做，四小时后再做一遍，八小时后仍然会用同样的节奏、同样的方式、同样的耐心去做。就比如上卫生间吧，她的卫生间是独自使用的，保姆只可以打扫清洁，不可以使用。她洗手的时候碰掉了擦手毛巾，毛巾落在干净的地面上，本来很平常，至多洗洗就可以了。可是对杭女士来说，这是个大事件。她会花上半小时认真思考这个问题，掉在地上的毛巾太让她烦恼了，扔掉了可惜，继续用它就必须消灭沾在上面的细菌病毒，地面多脏啊，放大一万倍那可是铺满了细菌。杭女士懂得清洁一样东西的具体程序：先放上 84 消毒液消毒，浸泡半小时，然后用清水洗净，再放洗衣机加洗衣液反复洗涤一小时。就是这一条毛巾也要单独洗。杭女士并不动手，她会安排保姆做这些事，而且挑剔地指出一系列不合理之处。这是对待毛巾，然后是自己的手，这么干净的手接触了毛巾，那自然应当认真清洗。她会用从药店里买的消毒液搓洗半小时，再用肥皂洗上半小时，她在医院里学来了全套的七步洗手法，什么"内、外、夹、弓、大、立、腕"的七字诀，科学严谨地从里到外，从手面到手心，从指甲到指缝，一步不少，都是揉搓摩擦七次，直到手心发红、发白，针刺感、灼烧感难以忍受才停住。为捡一条掉在地上的毛巾，她一天里洗四次手，在四个不同的时间段，用同样的顺序和方式来洗。

这是杭女士的怪脾气吗？显然不是一日养成。杭女士从开始发现老公提包里的女士口红、衬衣上的细长鬈发，甚至是接电话时突然降低的迟疑声调开始，就习惯于以严格的自律寻找细小事物的意义。她在越来越多的烦恼面前决不松懈地执行内心的意志，按她设定的规则处理，总想完美地控制那些轻易被掌控的东西，比如死去的那只贵宾犬艾迪，平常跟她是如此亲密，她曾经把它的小床安置在自己卧室里，在自己床头一侧。那一次艾迪在阴雨天到院子里滚了一身泥，一只爪子上还沾了一小坨狗粪，它欢天喜地地欢迎杭女士归来，刚开了门就一下扑到杭女士身上。这次可怕的遭遇毁了它：杭女士为此病了一星期，连做梦都感觉自己埋在狗粪堆里。无论如何清洗她都闻得到身上的狗粪味，她舍不得扔了它，只好让保姆一遍遍地用稀释的 84 消毒液给艾迪泡澡，每天两次，持续了一个月。直到它脱光了毛，腹部长了个鸡蛋大的肿瘤，最后一命呜呼。杭女士痛哭了一整天，为它选了宠物墓地，举行了小小的宠物葬礼，给它拍了最后的纪念照，为了怀念它而决心永远保留艾迪用过的一切：一只小巧的柳编镶花狗窝，两只塑胶骨头玩具，一小块卧毯，一只搪瓷青花食盆。虽然后来她又养了一只狗哈米，但那些留下来的东西是不许它碰的。她把那些东西整齐地摆放在地下室的一间屋子里，她每月总有几次去那里坐上一个小时，对着艾迪的照片发呆，有时还会忍不住抽泣。

如果往杭女士的记忆的更深处探索，我们会看见十几年前那个秋风萧瑟的下午，杭女士走进老公的办公室。那一天对她老公真的很重要啊！那时他被提拔，三十五岁不到，已经是单位的一把手了，而她正在争取获得正式名分。那时老公踢走了前妻，而且没有孩子以及难以分割的婚前财产纠纷。老公的前妻因为长相平平又不孕不育埋葬了六年婚姻，而她恰恰是因为偶然怀孕获得了宠爱。

老公说："前妻告发我婚内出轨，她也知道你已经怀孕了——这是重要证据之一。现在，孩子必须放弃。不然，后果很严重。"

杭女士说："是谁的意见，要你放弃自己四个多月的孩子？"

老公说："我难道不心疼？孩子可以再有，我现在的前程毁掉了不能重生。"

杭女士问："你坚持这样做吗？没别的办法？"

老公说："没有。如果你不打掉，我们就不可能结婚。"

杭女士没有再坚持。

失去那个孩子之后，她没有再怀孕。为了打掉那个孩子，她听信老公及婆婆的话，服用了双倍堕胎药，生殖系统受到伤害，此生不大可能再生育了。

## 四

挂号窗口的收费员都认得她这身打扮，不用询问，只跟她对了一下眼神就给她挂了刘主任的号。刘主任脾气好，医术高，这是全市人民都知道的事。

刘主任近六十岁，老而不衰，一张方脸上五官棱角分明，笑纹很浅，说话温和低沉。

"还是胃上的毛病？这星期怎么样了？"刘主任接过助理刚泡好的一杯茶，缓声问。

杭女士把她那本厚厚的就医档案拿出来，准确地翻到第一页。"还是请你从头看起，这两年来一直没好，请你比较一下这十几次检查结果有什么不同？"

刘主任淡然一笑，把档案拿在手上，象征性地翻了一下，说："我看过好多遍了，这些检查结果电脑里全有。而且，除了我，你不也找王主任，贺主任他们看过了吗？他们怎么说？"

"他们和你说的差不多，都说没事，最多是胃炎，事实是这样吗？"

"那不得了？你都做了六次胃镜了，还想做？你不觉得难受？"刘主任放下茶杯，笑意收紧了。

"可胃里还是不舒服，也不是很痛，就是有时一抽一抽的，有时感觉凉飕飕的，有时又灼热得像火烧一样。还有时，口腔里气味特别重，我自己喘气都闻得到，我查了资料，说是可能有幽门螺旋杆菌感染，那会发展成胃癌……"

"我跟你说啊，这些检查结果你自己先要看明白，幽门螺杆菌只是胃癌发生的诱因之一。而且，幽门螺杆菌感染比例也比较高，即使感染了也不一定就发展成胃癌。况且，你也检查过不止一次了，你的检查结果全是阴性。"

"原来是阴性，现在会不会发展成阳性？以前是检查过，我想一下，也是两三星期前了，要是感染了，多长时间会发展成胃癌？"

"那倒不必担心，你不放心再查一次？"刘主任准备在电脑上开单子，一脸的无奈。

五分钟过后，杭女士又来到四楼外科门诊找黄主任。

"你好，黄主任，我昨天腰闪了一下，估计脊柱错位了，要不要住院？"杭女士进屋就走到了黄主任桌前，直接拍了一下黄主任的肩膀。她也是他的老病号，熟悉得很。

黄主任五十岁左右，白净脸，一副眼镜挂在鼻梁上。一屋的患者围住他，他正在电脑上开处方，这时客气地抬起了头。

"腰伤了，哪里？你走路的样子看不出来嘛，你到窗前来，往前走几步看看。"黄主任扶了扶眼镜，客气地站起来，把她拉到窗户的一侧。

杭女士前后走了两圈，一屋子的患者都扭头好奇地看着她。黄主任戴上了塑胶手套，让她躺到检查床上，拉上帘子。屈左膝，伸展。屈右膝，伸展。又让她坐起来，拿个小木槌，在左右膝盖下端轻轻敲了几下，又按压腰部几个部位。黄主任的结论是没事，如果真的痛，也可能是轻微的肌肉或韧带拉伤，休息几天就行了，什么药也不用吃。

杭女士很不以为然。她坚持要开检查单，黄主任委婉劝说无效，只好给她开了核磁共振和CT检查单。

杭女士拿着检查单，板着脸走出门去，心里在骂：这么不负责，每次找他都轻描淡写地应付我！杭女士的皮鞋仿佛对应着心里的那些话，鞋跟有力地与地面摩擦出有节奏的感叹。不检查怎么知道没有椎骨错位没有骨折呢？天哪，这些无良医生，只凭着自己的感觉看病，不管病人的死活，当什么主任！

五

杭女士一边想着，一边念念有词。她不能想太多事，想的事情一多，不是眼皮跳就是太阳穴痛。她猛然又想起自己头痛病还没好，甚至加重了些，怎么这会儿忘记它了呢？早上摔门而出坐进车里时，头就明显痛起来——她把头枕在方向盘上好一会儿才缓过来，这还不能说明问题吗？头里一定长了东西，她用力摔了一下门，手臂没痛，头倒痛了。头部CT也做了七八次，他们就是检查不出病来，真是庸医、庸医、庸医！

今天就诊的人很多，杭女士花三十分钟做了CT，花四十五分钟做了核磁共振。她是插队检查才会这么迅速。她每次要检查，都会给医院外联办的小庄打电话。老公的单位专为公司领导设立了就医账户，与医院签了就诊、治疗绿色通道服务协议，不用现场缴费，只要记账就行，而且有专门接待的人员负责签单。小庄满面笑容地帮她打好前站，亲自陪同她到检查室，为她专门换了一张床单，为她拎包拿衣、取报告、倒开水、带她找专家读片讲解，直到几位专家一致认为结果正常，无须担心后，才算完成任务，礼貌地跟杭女士告别。

杭女士拎着一沓片子，走出读片室，将信将疑地回味那诊断书上面的文字：肺叶纹理清晰，未见异常。纵隔无移位，未见结节。平常自己走快了点儿都会气喘，一生气心就会怦怦乱跳，怎么会完全正常呢？她深吸一口气，站住了，想仔细体会一下。果然，一做深呼吸就觉得有点头晕，有点站立不稳的感觉。总觉得这口气很短，只吸到一半就卡住了似的憋得慌，会不会得心肌梗死或是脑出血啊？她越想越怕，像个行动不便的老人慢慢踱回候诊区，缓缓地扶着椅把坐下。不行，再喘几口气试一试，偏不信明明有心慌气短的症状就查不出问题？她捂着自己的胸口，微微佝偻着腰，一下一下做着深呼吸，看起来像一个胃里翻江倒海却吐不出来的老病号。好多次了，从流产的那年开始，她一紧张就觉得肺部深处被什么塞着一样，喘不过气来，仿佛空气不够用，像濒死的鱼一样张大口呼吸。空气那么多，怎么就缺少自己呼吸的那一小口？

此外，肺上怎么会没有结节呢？肝上就查出一个三毫米结节，肺上会没有？化工厂这么多，整天有雾霾，空气这么污浊，像她这样的老病号，肺上不长结节倒怪了。这样一想，心情沉重，表情严肃。旁边一位坐轮椅的老者看着她笑，等她停下来，主动跟她聊了几句。说自己当年以为头痛就是头里面的事，没想到无意间检查了一下脖子，居然是颈椎增生错位，导致脑供血不足。如果当时没有及时手术，就会瘫痪。她恭敬地请教老者自己做了这么些检查怎么还是没有查出病来呢？老者拿着她的报告单，贴近到眼睛十厘米左右处，皱着眉头瞅着说："医院要是把大家的病都查出来，都治好了，那医院还要太平间干什么？你看看我，脖子上有颈椎病，先是牵引、药敷、针灸、推拿、小针刀全用上了，最后脖子上还是没躲过，挨了一刀，差点没下得了手术台。过了半年一体检，你猜怎么着？原本肺上只是小结节，现在发展成肺癌了，肺里有个三十六毫米的瘤子，这下彻底没指望了，又到上海挨了一刀，五个小时才下手术台，你说难不难？今天是回来做放疗的第十天，你看看我这脸色，你看看我这头发！"

老者颤巍巍地摘下套头帽，杭女士一眼看过去，秃头上稀稀拉拉几缕黄白发，拿着诊断书的手仿佛死神的爪子，枯黄干瘪，手指细长弯曲，隐隐泛着寒光。此时，他猛地咳嗽了一声，喉咙里裹着浑浊的痰，整个脸抽搐般扭曲了一下，竟显得有些狰狞，把杭女士吓得倒退两步。她感觉到自己突然喘不过气来，两侧肋骨向里挤压，肺叶好像被两把钳子捏住，气息只进不出，她惊慌地捂住自己的喉咙，努力向服务台那边正在做登记的护士喊道："快，快来……救我！"

## 六

杭女士住院了，一个月内做了各种检查，终于检查出两样疾病来：轻度的咽喉炎及痔疮。哦，还有轻微的沙眼。这些庸医，两年内居然以为她什么病都没有！杭女士出院的那天晚上，花三个小时写了两张纸的告状信，准备把这两年不作为的医生一一检举。

杭女士住院期间，还有两件小事值得一提。

一件事，杭女士从不直接用手拿纸钞，纸钞多脏啊，上面的细菌数以亿计。尤其成色旧的纸钞几张叠放在一起，那种气味就很难闻。细菌的气味，病毒的气味，一切可怕疾病的源头。纸钞虽然浑身是毒，但杭女士知道人人都离不开它，没有它一切幸福生活无从谈起。杭女士住院期间，VIP 房间里人来人往，老公单位里的中层以上领导基本到齐，送来水果鲜花燕窝虫草。

客房在四百平方米别墅的一楼，有二十平方米，那里有她的小秘密，那个秘密只有她一个人知道。秘密从屋中间那张床的床头开始，到床尾抽斗内隐蔽按钮结束。这是她五年前亲自选购的家具，是在一个家居连锁店选中的知名品牌。这不是一张简单的床，看起来样式平平，三面都有抽屉，床脚与抽屉合体，不留空隙。轻轻按压六次床头内侧的一个雕花按钮，床会慢慢倾斜或向上打开。在床的中间，深色的一体式床板下面，有宽松的可容下一人的空间。另有一个镶嵌其中的横置保险箱，只要记得密码，或者按上指纹，或者这个设备的主人盯着识别器两秒钟，就能打开它。杭女士的金项链、金手镯、缅甸翡翠、南非血钻以及一沓沓用保鲜膜真空封装的美元和欧元排成整齐队列，很是壮观。你不用担心盗贼会打开它，因为据说这床的材质是航母钢，硬度足够大，锁具足够强，还有远程报警器，与主人的手机关联。此外还有一个功能，一旦地震发生，这个床能智能感知，如果主人睡在上面会自动打开将你收纳——不必担心倒塌的建筑物会砸坏它。里面还有应急包，准备了一星期的食物和水，药品及各种自救工具。

杭女士在天气不好时就会住进这间屋子。比如刮大风下大雨，电闪雷鸣的天气，有时也会因为心情不好住进来。杭女士一个人安静地待在这间屋子里，是她最幸福满足的时刻。她有时把那些金器、玉器一一拿起来赏玩，时间就过得飞快。她像注视自己的孩子一样专注而沉溺，展露出母亲般的耐心与慈祥。她有时会一个上午或一个下午待在那间房里，老公和保姆都知道不能打扰她，据说那是她坐禅的时间，是她缓解头痛最有效的方式。

说起这间房和这张床，她还有一场值得纪念的保卫战。原本客房是准备留给保姆的，后来老公建议留给他母亲住。杭女士的婆婆快八十岁了，原本自己住，一次脑梗后得了阿尔茨海默病，无法照料自己。老公建议把婆婆接过来在楼下住，请个保姆照顾，杭女士不同意，而且很坚决。她说婆婆大小便都在屋子里，整栋楼里的空气很快会向公厕靠拢，那她只好到院子里住。老公那一次跟她发火了，执意要接，杭女士也不妥协。

有一次他们熟睡时老公的手机来了微信电话，她发现一个女人与老公联系紧密。杭女士一狠心花了两万元找人打听，查到那女人原来就是老公二十一岁的女秘书。她早就认定是那个小妖精，果然就是！约会的照片有，开房间的照片有，逛夜市看电影的照片也有，还有什么可抵赖？她给了老公两条路：要么公开秘密，让他颜面尽失，在单位抬不起头；要么听她的，装作世界太平，什么都没发生过。对杭女士来说，这一场战争她打赢了：婆婆去了养老院，小秘书去了外地分公司。家里的经济政治格局全由杭女士主宰。

胜利是胜利了，但杭女士从此小病缠身，两年来从没有消停过。

# 七

另一件事与保姆有关。现在的保姆三十五岁，农村出身，除了皮肤白一些，别无所长。眼睛不大，又是单眼皮。鼻子不高，还向两侧倾斜。说不上丑，但也算不得俊，男人看过一眼转脸就会忘记，杭女士即使不化妆也甩她两条街。杭女士年轻时杨柳细腰，淡眉薄唇，五官精致——现在虽增加了些病弱之态，却也让人过目难忘。保姆人很聪明，会开车，会用复杂电器。干净利落，做得一手好饭菜，尤其是面点花样繁多，品相口味俱佳，很得老公赞赏。没别的意思，只是赞赏而已。她一个离婚带孩子的农村妇女，只上过初中，又不在家里住，杭女士从没在她身上展开过联想。

这个面相老实，话语不多的女人很会照顾人，杭女士住院期间与她相处甚欢。晚上杭女士睡不着，总止不住要想哪些人在这张床上睡过，也许睡过的人中有死在这间屋里的，这样一想就更睡不着了。保姆很了解杭女士的心思，住院之初把屋内所有家具擦洗消毒了一遍，没有用医院的被褥，全套床上用品从家中拿来。还买了一个专业睡袋，让女主人的身体尽可能与环境隔离。她们有几个夜晚聊得多一些，保姆主要讲她贫穷的童年和忍受家暴的不幸婚姻生活，也讲她艰辛又幸福的育儿经历，种种难以言表的母子情深，相依相存的难忘画面。现在儿子已上高中了，成绩很好，是她活在世上的依靠和骄傲。杭女士听得很认真，很投入，还忍不住叹两下气、抹一两下眼泪，直到慢慢地睡着。保姆就是这样稍稍地改善了杭女士的睡眠质量，实在功不可没。

因为和保姆有了这样略显温馨的接触，杭女士在心里感觉与保姆亲近了几分。那一次保姆带她回家沐浴，经过与医院一站路距离的一处低矮的小黄楼时，保姆随意地用手一指，说了一句："这是全市最大的养老院，老奶奶就住这里。"杭女士不知其所云，应付着点了下头，保姆又说："她快不行了，恐怕撑不过今年。"

快过年了，天很冷，杭女士已经裹上了厚围巾，穿上了灰大衣，戴上了大框眼镜，她扭过头不解地问了声："谁啊？"

保姆很温和地对她说："黄奶奶啊，您的婆婆。"杭女士半张着嘴不知道说什么好，她几乎忘记了她还有个婆婆活在世上。真奇怪，这两年她一直在家养病，没怎么出去过，怎么连一次都没来过这里？等车子过了十字路口，又开过一条街，她用手碰了碰保姆的胳膊说："开回去。"

保姆问："开回医院吗？"杭女士薄唇轻启，细声说："开到那个地方，我去看看老太太。"

养老院内能动的老人没处去，三三两两坐在走廊里。黄老奶奶在三楼 VIP 房间。房间足有三十平方，一张大床，还有空调、电视。一个护理员戴着口罩正在拖地，空气里满是烘热的尿臊味还有大便味。老太太已不能下床，包围在两床被的中间，显得头脸都小了，头发白得彻底，脸浮肿着，眼睛半睁不睁。杭女士捂住口鼻，离床边一米远。保姆问老太太认得是谁不？老太太嘴巴动了一两下，脸上没什么表情。保姆热情地介绍杭女士的身份，期待老太太有热烈的回应，可是老太太根本没有睁开眼睛看一下来人。

"意识不清有三天了，"保姆说，"看起来撑不过这星期。唉，人啊，老成这样，病成这样，活着是受罪。"

杭女士听不得这话，觉得心头一紧，呼吸又不顺畅了。她认真地瞅着这间屋子，只有床头柜上的一堆药盒药瓶有些熟悉，也都是些她见过的包装，茶几上还有两个菜包子，有一个吃了一半，馅都露出来了，很像是她喜欢吃的豆腐白菜馅。

回去的路上，杭女士双手抱肩，一路无语，不再理会保姆。下了车子她直奔储物室，拉开了靠墙的那个柜子。哗啦，三层储物柜的底层掉下来一些白色的药盒，她拿起一个，将其打开。只是个空盒子，里面药品不见了，她又找出那些营养脑神经、视神经，治贫血，治头痛，治胃酸，补血补钙补锌补铁等高档药，这些都是从医院开的，从没认真吃过，原本塞了满满一柜子，现在只剩下些空盒子空瓶子。

杭女士呼吸不畅，感觉大祸将临。她衣服没换，鞋子没换，直接冲进厨房，拉开食物柜，找到了昨晚剩下的一个包子，用力掰开，一样的豆腐白菜馅！

杭女士头皮发紧，嗓子干涩，心跳加速，快步走到客厅。保姆正准备进厨房，杭女士举着那半个包子，像举一枚炸弹，举到了保姆的眼前，恶狠狠地说："认得这个吗？两年来你变着花样做面点，原来不是为了我，你都送到哪里去了？"

"还有药，你给我收起来的那些高档药呢？值几万块啊，都是好药，你给我偷到哪里去了？"

保姆见此，一点也不惊慌，平静地说："我送到黄老太太那儿了，放在这儿不也是浪费吗？你收藏了这么多。她那么可怜，是你家老黄让我好好照顾她。"

"哼，哼……你这个坏蛋！"杭女士说着，把半个包子扔到保姆脸上，声音颤抖着，"滚，滚，现在就滚！"

保姆平静地笑了："我今天从你家走了，过些天我还会回来，你信不信？你也当不成女主人了，嫂子，你真的不知道吗？你老公不想要你了，早就在心里抛弃你了，你到现在还装聋作哑？"

那一天，杭女士被120接回了医院，完成了接下来的一个月的治疗。那段时间，她恍恍惚惚的，差不多丢了半条命。直到黄老太太去世，老公奉令调去省城公司，保姆回到了省城继续做月嫂了，她还没有清醒过来。

这一次，她真的害了大病。

# 召唤

一

有时候，我以十二分的警惕看着那个人。他在镜子里的
样貌我一点也不满意，甚至，在四十岁以后，他正在成为我
讨厌的那种人：正在臃肿起来的肚腹成了烟茶酒肉的代言物；
油光可鉴的额头后面也不再是智慧而纯洁的想法；刻板严肃
的表情正在掩饰迟钝而空虚的内心。还有那双手，胖乎乎，
软绵绵，展现了貌似婴儿的无力感和依附性：对庸常现实的
顺从，让它失去了血性。我真的怀念二十岁时在拳击房里练
就的一双手，指关节上结满了茧子，捏起拳头时听得见指骨

间的脆响。

现在，我点燃了一支烟，面对着镜子抽了起来，我在记忆里搜索着二十岁及那前后的一段日子。

这时候，雨下起来了，春天的雨滴细碎而密集地敲击着窗玻璃。天色转暗，地上的影子深重了些，它们小心翼翼地扶着墙面站了起来，和镜子里的人物重合。这个过程是如此缓慢，但我看得见。我看见连影子都带着一点点的伤感和忧郁气息。我看得到镜子里披着浴衣的人，镶着黄昏时幽暗模糊的毛边，仿佛古旧画框里的形象。黑暗强大并辽阔了。静默的，依赖着形状来分辨的那些东西，边界正在沦陷。我喜欢这样的时空下的我，我想要，我就能成为佩兰喜欢的那个样子。

佩兰，当我静下来的时候，我就听得到她笑声的余音，我闻得到那种来自她身体的神秘气息，我想象到她身体展开时一朵花似的存在：春天迟迟不肯离去，给了她太过丰厚的娇艳。她注定是要引起女人妒恨和男人追逐的那种女人。她大概有三十岁了吧，她好像只停留在三十岁，是的，好些来自她本人的问题我至今也没明白，这是个把谜底和谜面都设计得很精致的女人。

现在她离开了，也像来时那样疑点重重，我也许永远也见不到这个人了，就像我们生活中常常失去和走掉的那些人一样。

琴弦崩落，只有余音袅袅不散，在心里回旋荡漾。

# 二

警队里鲜有女性，特别是重案组这一类，佩兰来时，使全体感到惊诧。这简直是意想不到的福利，给这些见惯了人间惨剧、情感质地坚硬粗糙的青年人以强烈的冲击。他们的五官高效运转，第一次见面，几个人望着她，呆愣了不止一分钟，然后个个面色光鲜，眼神灼亮，身姿刻意地挺直了些。

"怎么啦？是看演出还是吃大餐，就不能把小眼神拿开一下吗？"我推开办公室的门，示意拿着档案袋的佩兰进屋。

小倪笑着说："华队，你安排工作时简短些吧。她的办公桌呢，我以为在我对面最好。"

"小伙子，那不用你来管。城北小区的案子，现场资料还缺，你带两人过去。"我关上了门。

佩兰坐在我对面，我以为她会避开我的第一道眼神，那通常是职业习惯性的审视。她没有，她迎着那虚假的冷峻一言不发，眼含笑意，等着我说话。

"警队很苦啊，"我告诫自己可以稍稍放下些伪装，说，"这里从来没来过女性，更别说年轻漂亮的，连综合组的秘书都是男性，你，从省城来，嗯……为什么？"

"华队，一定要回答吗？你以为呢？是锻炼，下基层，又或者说是来体验生活？都不是，我考上了这个岗位，就是自己申请来基层的。"

"心理分析师，下基层？体验生活？告诉你吧，如果大案都能靠心理分析来破案，还用那些测谎仪、DNA测定、指纹扫描、大数据搜索、现场分析做什么？"

"心理分析是侦查技术的一种，所有的技术都是辅助手段。所以，不管作用大小，都依赖于人的最后判断。"

我望着她，感觉这是一个不能轻易忽视的女人，我拎起一根烟，点上了，深吸了一口："那好，有空时你给我们好好科普一下。心理分析，这玩意儿挺新鲜，也挺有意思。比如，现在你来分析我，从哪里开始？"

"声音，眼神，你的坐姿，你的手势，你的语态，等等。"

"那你说说看？"

"不，还是改天吧，我想跟倪警官去现场，熟悉一下情况。"

"那就改天，"我的烟笼罩住我，"顺便告诉你，倪警官叫倪立，三十二岁，已婚，一个孩子的父亲。"


三


离婚以后，我就和一位外号叫大圣的诗人朋友混在一起，这个写了二十年诗仍在发奋努力的潦倒诗人跟我有相似之处：离婚，单身，喜欢打牌，喝高度酒。还有，就是喜欢漂亮女性。除了我不会写那些拼凑起来分行的大白话，我觉得我们真的像是亲兄弟俩，全方位的人生朋友。他那头发稀少的光亮的额头后面是稀奇古怪的念头，比如下大雨的周末买只烧鸡拎瓶酒去山上的小亭子畅饮，比如深夜两点给我打电话让我到烧烤摊上喝一壶。有时我们也谈一点案情，他丰富的想象力还真的帮了我不少忙。他能从细微之处发现事物的致命弱点，加以有效而精准地攻击。

佩兰来了一个月以后，我和大圣在小酒馆喝酒聊天。他一眼看出我的心事，诡秘地笑了起来："猜你有目标了？几个月没女朋友了，你也该找一个正式的结婚了吧？"

"实话实说，除了办案那点事之外，最让我焦虑的就是这个了：兔子不吃窝边草，偏偏窝边草又很肥美诱人，你还得装得像老母鸡爱护它的小鸡那样咯咯叫着，左顾右盼地防着，不让它受别的公鸡伤害。"

大圣吞下了一大口酒，很陶醉地抿抿嘴，指着我说："华队，你是公鸡头，你最有优势对吧？再说了，你平常怎么破的案？首先要关注的是：'她是谁？她要什么？她此刻在哪里？她要到哪里去？'这一类的问题。"

我笑了，陪他喝了一大杯。其实，我没有对他说实话，在两个星期之前，我已经考虑这个问题了。佩兰的临时住宿点是队里安排的，可是她不满意，只住了一星期，就自己租住了一处民房。这个难不倒我，一天早晨六点，我准时在胜利河景观带由西向东的长跑栈道上偶遇她，她全身专业跑步装备，红白相间，戴着奶油色耳机，满脸香汗。

"华队，这么巧，你也长跑？"她停下来，看着我。

"是啊，"我伸展了一下笨重的小腰，随口说道，"我跑了半年了，队里那些懒鬼们也该锻炼了，个个都是小胖子，抓贼都抓不到。"

"有这样的领导，大家怎么不跟着？华队，你住附近吗？"

"不是，我住美华小区。"

"我看到，有两个早晨你的车停在西边公厕巷子第二个车位上……你把车开到栈道的中间部分，想往哪边跑？"

"呵呵，给你点赞，多棒的职业素养啊，嗯……那是我的车自己找它女朋友来了……"

这类拙劣的小把戏不值得玩两回。但我长跑倒因为她而坚持下来了。所以，有时同向，有时逆向，我们总是会相遇，站住聊上几句或一起跑那么一小段。又过了一个月，她突然把晨跑的时间提前了一个小时，那个时间点我还在被窝里。

所以，此后的第三天我就开始了业务学习。人民警察内务条例，队纪队规，要求熟练背诵。除了笔试，还得一个个面试，当然佩兰是最后一个被面试的。

"请你背诵人民警察内务条例十四章六十八条全文，一分钟准备。"我说。

"报告华队，我得到的信息是其他人都是简单的选择题，而且只考两三个问题。"

"你特殊嘛，研究生，又年轻。"我把两只手平放在桌子上，笑意盈盈。

"这就是要我背诵全文的理由吗？而且与考绩有关，不及格的话月度绩效奖扣除？理由再多一些可以吗？"

"条例第十二条规定：下级对上级的命令必须立即执行，是不是？再说了，下个月省厅不是有个条例知识大奖赛吗？准备推荐你。理由够充足了吧。"

没想到，她一字不差地背了下来，真是个厉害角色。

## 四

我很精细地用好那些与佩兰相处的私人时间，当然，有时也以工作的名义。我知道她最近很忙，队里的几只小公鸡跃跃欲试，已婚的未婚的都想着法子献殷勤。还有信息大队的，禁毒组的，特警队的，来串门的很多。众星捧月，能请到佩兰吃一顿饭，是很荣耀的事，渐渐地有些若明若暗的传言出来了。

我假装不知道，倒是把技术练兵演到极致。体能训练室挤满了重案组的小伙子，跑步机、综合训练器也人满为患。全局只有我的队人人开始练体能。上班点完名每人三十个俯卧撑，下班时四十个，加班吃饭之前要做三组。好风气都是领导带出来的，我知道这很有用，人人都想让佩兰看到，他是个有活力的男人。大家都想目睹对佩兰的考核：三十个俯卧撑，她行吗？

"佩兰，谈谈你对这个案情的看法。"我和佩兰单独在办公室里时，我都是以这句话开头的。

"华队，我感觉，你比我刚来时精神多了。"她有时也会岔开工作问题。

"是吗？哪些方面？"

"嗯，看起来，你的肚腹围至少缩小了五厘米，额头多了三分光，走路比以前快了两三步，还有跑步时的步态更轻盈了些。烟，为了你周围女性的健康，就戒了吧。"

"我为什么一定要听你的？你又不是……我妹妹。"

"华队，你的部下就不能关心你吗？何况，你现在还没有找到应该关心你的人。"

"你也知道……你不是也没有吗？我猜的，你一个人来这里，像个天使，带着不想给凡间知道的秘密。"

"……每个人都有着不同的精神困境和肉身苦难，我们都在努力救赎自己，不让它颠覆和坠落，每个人都有。"她喃喃地说，低下了眉眼。

她能说出这么深刻的话，让我心中的怜惜升了起来。我知道她是个有故事的人，我绕到她的背后，把一只手轻轻放到她肩上。

"我读一首我朋友写的诗给你听吧，关于人的救赎。"

她点点头，用期盼的眼神看着我。这种眼神萌动着些许陌生而又新鲜的东西，我想要的东西。

我想要的春天／不是这样的春天／你花儿开遍／我竟望眼欲穿／我要与春天相互呈现……此生此世／我要

替那死去的枯枝 / 说出剩下的箴言……

没想到，那大白话般的诗句竟让她流下了眼泪。也许是她心里的眼泪恰好碰见了这几句诗。我知道这时需要一张面巾纸，需要轻轻拭去她的眼泪。我知道我该把两只手放在她的肩上，轻轻环拥住她。我知道如果有一个不那么粗俗的吻，她也许会接受。

但是我什么都没做，愣愣地看着她迷人的脸上的泪珠，一行一行地落下来。

我很意外，我什么都没做。在那个下午，天快要暗下来的时刻。

五

诗人大圣觉得我的表现很奇怪。我正从人生的下坡路滑下去的时候，突然停顿了一会儿：我想在精彩的世界里找出对下半生更有意义的事物。那些天，我拿起了书本，看一些貌似深奥的文章，开始修炼自己的谈吐，我甚至要像大圣那样写几句可供炫耀的歪诗……我也越来越像一个合格的警队领导了，也越来越多了一些诗人似的忧伤情怀。

一个警察也可能生出对犯罪分子的同情吗？也许，在某些特殊的时候，那是可能的事。

新接手的一个案子，是情杀。一个女的爱着一个已婚男人很多年了，男的一直承诺要和她结婚，女人就一直等着，从二十多岁等到了三十多岁。那个男人一直欺骗他，女人等到了四十岁即将来临的一天，邀请他同游旧日定情处，是本市尚悠山上的一个小亭子。女人和他一起吃了饭，又喝了点酒，彼此继续着甜蜜的感情话题。然后，女人和她的情郎一起，从最高处的山崖跳了下去——也许是她把男人推了下去。女人挂在一棵崖松上，抢救过来了，男人死了。根据他们事先的通话记录，我们断定，是女人设计了这一天的死亡约会，因此，以涉嫌谋杀立案调查。在案情分析会上，大部分人都支持这个观点，只有佩兰反对，而且很坚决。

"说说你的理由，"我有点生气了，尽管在私下里，我们感觉像两棵相邻的树那样枝叶在慢慢接近，"同情也好，怜悯也好，任何感情用事都不适合于警察的职业要求。"

"是吗？"佩兰端坐着，眼神什么也不规避，"这个可怜的女人在她完全失望，并且用死亡证明自己的时候，难道不能让一个人现场证实一下吗？现场没有摄像头，你怎么知道不是她自己跳下去时，那个男的想拉住她没有拉住，把自己也带了下去？或者，有没有可能这是他们俩共同的意愿？还有一种可能：本来就是男人的主意，想以死为欺骗赎罪。"

屋里响起了轻轻的笑声，我也笑了，为欺骗赎罪？一个不想跟他的情人结婚的男人？

"如果要否定以上几种可能，至少要对死者本人深入调查，了解他的家庭背景，弄清楚前因后果吧？"佩兰不放弃地说。

"好吧，给你两天时间，和小倪、小金一起去调查——不，我要亲自带你去，看看这个想赎罪的男人究竟如何神圣？"一屋子人睁大了眼睛，然后，他们听见了我命令散会的声音。

那个晚上我失眠了，心里激越着愤愤不平的莫名之火。那种无聊的猫戏老鼠的恋爱难道是我需要的吗？是一个四十岁的离婚单身男人需要的吗？够了，那个佩兰，你无权在情感上和业务上掌控我！

恰好喝了点酒，恰好是一个月色有点暧昧的晚上，穿过启明大厦钟楼巷那条小街，我听到夜晚十一点的钟声刚好响起。我带了一把仿真枪，认真装进去了七粒塑料子弹，我甚至设想了一场可能和熟悉的人之间的模拟战斗。

我敲响了马场花园老式住宅楼十楼 109 房间那个门，声音很响，我看见猫眼的小窗开了，走廊里的灯一闪一闪。然后我的电话响了，是佩兰的声音："有事吗，华队？我已经睡了。"

"请你开门，有些工作要谈！"

"哼，半夜加班工作，至少要我本人同意吧？"

"开门吧，小兰，真的有事！很重要。"

"明天一起出差不能谈吗？"

"佩兰，我想你知道的！"

"我知道的是你读诗的那个状态很可爱。"她说话的时候，发出一声深长的叹息声。门开了，闪出一条刚好够我进入的空隙。

　　佩兰穿着薄纱睡衣，长发偎依在脖颈，屋子里旧式灯具散发着模糊的光晕，整个屋子里有一股莫名的淡淡香气。我几乎不给她反应的机会，抱住了她，急促地耳语着："你知道，你懂的，佩兰！"

　　让我惊异的是，这一瞬间，我的肋间与一件冷硬的器物相碰。然后是佩兰压低了的声音："放手吧，不然，9.5毫米枪弹的破坏力你也懂的。"

　　我轻声笑了，在她的发际吹了一口气，说："兰警官，你以为我分不出左轮枪管和水果刀柄的区别？你尽管开枪，不要说一粒子弹，作为你的上司和朋友，我两肋还算有肉，插两把刀也很合适。"

　　她居然低声笑了，扔了那把水果刀，突然紧紧地抱住了我，说："我知道自己会毁灭在你那里，可是我控制不住，这为什么，为什么啊……你跟踪过我，而且不止一次，你以为我不知道吗？"

　　"这比进入一个人的内心容易多了，我带来的不是审视和偷窥，是存在感。"

　　"卑鄙就是卑鄙，不需要粉饰，欲望就是欲望，不要贴金。一次次诅咒自己，却一次次放任，是不是犯错的人总是这样？"

　　那个晚上，我知道什么是疯狂了，女人的疯狂是很可怕的。

# 六

我被早晨第一缕照进窗户的阳光撩拨醒了，我惊异于此时此刻我所在的这间屋子。乳白色的墙面已经微微发黄，并且因为是顶楼，渗雨的墙角处洇出一片灰旧的图案。屋子里的推拉橱柜半新不旧的，开了半个柜门，里面的衣服散乱地挂着，还有一两件扔在床头。台灯罩上挂着半干的粉红乳罩，衣架上还挂着两个塑料瓶子。床头柜上放着两三本翻开的书，都是打开到一半的书页。一切都像是匆忙搬家时来不及收拾的样子，除了那莫名的淡淡药香气息之外，这不像一个淑女的房间啊。我缓慢扭过脸来，看着依然安详沉睡的佩兰，她长长的睫毛，粉色娇俏的嘴唇，俨然像个少女般清纯。一切都在当下，在我清醒意识的掌控之中，我放心了：这是一个崭新的早晨，我在这里，佩兰的卧房里。

我轻手轻脚离开，来到客厅，厨房，卫生间。这些地方同样不像一个整洁优雅的女士所处的地方。只是卫生间的梳妆台那一块有点奇怪，牙刷，牙膏，梳子，眉笔，口红，粉盒，这些小东西摆放得整整齐齐，间距几乎是量好了一般精确，盒帽都是向外，并且旋得很紧，没一个松懈的。

我以职业的敏感性观察每个角落，直到佩兰的一只手伸到我的腰间，那个容易策动大笑的地方。"这里是私人空间，你的职业侦查习惯可以免了吧？"

"哼，看起来你总是自相矛盾，并且，你的业余生活很忙碌也很丰富啊。"我略带醋意地说道。

　　"哦，工作之外，我是一个成熟的单身女性，除了工作制度之外，也要服从自然规则。在一个黑夜和另一个黑夜之间，我不想只填上一个人的无聊鼾声，我要努力吸取知识的营养——况且，哪一条违反了制度？"

　　"没有，没有，你执行得很好。今天的调查，让小倪也去，他开车！"

　　"其实，我也知道你啊，华队。三年前和妻子离了婚，离婚时你还爱着她，只是那时你为了工作而忽略了她的感情。从离婚的那天起，你的人生就开始懈怠了，你整个人委顿无聊而且丧失了目标，直到，直到……我出现在你的眼前。对不对？"

　　我无力地动了动嘴唇，没有回答她。


　　为了那个无聊的调查，我们开了一小时车，才到达所在地。那个死掉的情郎是个乡镇企业家，一个看似有钱的人。他的做冷冻湖鲜的企业建在尚瓦湖边，有三间简易钢结构的小厂房，一间六百平方米的冷冻库。我们到厂子里的时候，他的老婆正和会计算账，几个外地人一脸怒容地坐在破旧的沙发上。看我们来了，一个东北腔的干瘦男人跳了起来，说道："好了，好了，咱们把警察叫来了，你再不付钱，我们就砸你的库，搬走你的冷冻鱼！"

　　老板娘却不气不恼，说："不急，正算着呢。大不了，你也别搬鱼了，把我的命搬走吧，很简单的，一条命罢了。"

我们把老板娘叫到一间小屋里问话。我问她事先知不知道她丈夫有外遇？她说不知道。又问她，平时没有发现什么异常吗？她说，没有，男人和她都忙得很呢，谁想这些。佩兰问她，现在知道了这一切有什么感觉？她居然轻淡地笑了一笑，说，原来两个人坐船到对岸去，现在一个人去，划船的是她，把舵的是她。就是这样，大家总要到对岸去的。

对岸，是哪里？我问。老板娘说，对岸就是他们俩去的地方，早他们几年，至多几十年而已，大家都得去。对岸很好啊，比现在好，比欠账被别人骂要好很多。

看我们惊奇，她摊开长满裂纹的黑手，亮给我们看，脸上满是向往的神色，说："我真的羡慕他们呢，这么好的春天，那开着花的山上，风一吹，人就飞起来了。他连个招呼也不打，自顾自飞走了。你说，多好。"

小倪在我耳边催促："赶紧走，赶紧走，这女人脑子坏了，别听她啰唆。"

佩兰却低声说："我看这女人更可疑，是不是要查一下那两个人有没有买巨额保险？也许，那两个人的案子，有第三种可能？"

我笑了："你是说他们可能是他杀？有预谋的？为了报复？仇恨，还是谋财？"

"我们回去再说吧，也许那个清醒过来的女人会给我们答案。"佩兰捏了捏我的手。

# 七

我总觉得，那天的事很蹊跷。我们回来的路上一路平坦，只是到了尚悠山的路边才崎岖起来。水泥路面越来越窄，最后变成了沙土路。山上野花开遍，轻风徐徐，这是迷惑人心智的三月。所以，在这样的山中开车，走点神也是正常的事。我们三个在车上的人，以八十迈的速度前进，眼神甚至超越了这速度，一直追踪山顶上那片模糊的云影，只注意到那片忽而浓重忽而清淡的飞云。突然间车子砰的一声响，猛然向一侧倾斜，撞到路边的一棵野杏树上，一阵粉白的花雨落下来，接着，是一阵冰雹一样的东西飞过来，我们蜷缩在车子里动不了了。

多么奇怪的事，一辆运湖鲜的冷藏车侧翻在我们车的旁边，那些冰冻好的鱼，在太阳下划着美丽的弧线，像一道道彩虹。我看到小倪从驾驶室里挣扎出来，他脸上是似笑非笑的表情。不知是鱼血还是人血一样的东西粘在他额头下方，那儿还有个小小的口子，看起来不浅不深，张着，像是一个初生婴儿的小嘴，也像是一条鱼受惊吓后张开的嘴巴。血慢慢流着，他向脸上抹了一把，说："这下毁了，本尊要毁容了，怎么向妻儿交代呢？"他似乎还问了我一句："华队，你没事吧？佩兰呢，她在哪里？我要把她拉出来！"

"滚蛋吧，小子，你怎么开的车？佩兰不用你关心，我来帮她。"我气呼呼地说。

货车那边有一个人站着，另一个人走过来。站着的人像是刚刚见过的那个情郎的老婆。走过来的人很面熟，我一看，不就是那个东北腔瘦猴吗？怎么是他，他怎么会在这里，真的是巧合吗？

我命令小倪立即拘捕他，这个人，还有那个站着的脸上带笑的女人，一定是有问题的。

那小子却不怕。他站在我们的车边，一点都不想帮我们的样子。他抱着自己的瘦膀子，腮上的肌肉不怀好意地咧咧，笑出一脸的黑褶子来。"纯属偶然啊，警察大哥。我们到对岸去，巧了，在这里遇见了，没有刹住车。呵呵呵，不怕，有保险呢。那些我们怕弄丢了的，都买了保险，比如车子啊，鱼啊，包括人命啊。"

这时小倪已掏出配枪，踉跄着一脚踹翻了他，说："你再废话，我废了你信不信？"

那个瘦子歪倒在地上，脸上还带着笑："信是信，就是不怕。我们买了保险，有什么可怕的。对岸又不远，大家都在路上呢。"

小倪用枪抵着瘦子的脑袋说："保险是万能的？什么都包赔？比如仁义礼智信廉耻心，你还剩几样？能买到保险吗？"

瘦子眨眨眼，一脸不屑的样子，脸上还是淡定的笑意："这些看不见摸不着的玩意儿，丢了就丢了呗。那些有钱有势的人也不见得比我们多几样，谁为它可惜？脸上有泥要天天洗了去，不然人家嫌弃你，没了这些，谁又看得见你脏？"

小倪气得要打他，可是他自己也软软地没了力气。他坐到了地上，看见自己身上有些黏稠的红色液体，顺着裤腿流下来，一直被吸附进脚下的灰尘里去。他摇了摇头，感觉累了，就深深叹了口气，倒下睡着了。

我和佩兰出了车子，掸掸身上的土和碎冰块，我们不理那个人，我们要去尚悠山最高峰的崖边，看看那个现场，再勘测一回，一定会有新的发现。

一路上的山花和轻风簇拥着我们，天空如此高远，阳光又干净又温暖。这样的情形下，最适合吟唱了。我想请佩兰唱首歌来听，她不肯，她的嗓子有点沙哑，她一向不爱高声说话的。她说："我喜爱敬善媛的歌，你听过吗？那种空灵悠远的声音简直像山涧清流一样，缓缓洗净人心，你有过那种感觉吗，让自己浸在无边清澈里的感觉？"

我们坐在尚悠山最高峰那块崖石上，我听她哼唱佛音的曲调。山风徐来，吹来植物的浓郁气息。我看见她唱着唱着就动了情，就流了泪。她停顿在自己的眼泪里。

我说："你怎么了，我们不是来勘测现场吗？你怎么哭了，可怜那个女人吗？"

她说："不是可怜，是心痛啊。为什么爱着爱着就变成恨了呢？世间这样的故事还少吗？爱着爱着就要相互仇恨，互相毁灭了。你说，还有比人心更可怕的吗？"

"你也有这样的经历吗？"我疑惑地问。

她说："我也是其中一个呢，华队，我也是一个杀过人的人呢。"

我惊愕了："是真的吗？"

她说："是的，我说个故事给你听。想想吧，一个女孩子，出身单亲家庭。她们母女是被父亲抛弃的，那时她才三岁，记不清父亲的模样。在母亲的话语里，父亲是个无良坏蛋。她从小被母亲严厉甚至变态地圈养着，只要犯错就会狠狠地打她，骂她。那个时候母亲好像把她当成那个男人，好像她应该承担她父亲犯的错。她很少有机会和同龄人接触，没有朋友，她失去了与同龄的异性正常交往和了解的所有机会。从初中到高中，家里甚至没有电脑，电视只有过年那几天才准许看。学习占据了她全部青春。她不会洗衣服，不会做饭，几乎没有做过学习之外的任何有趣的事。她上了大学，终于挣脱了母亲的管教，但她又不知如何与异性相处了。出于内心对异性炽热的渴望，她一次，两次，甚至八次、十次地在男人那里失去自我，也许是故意地放纵自己，作为补偿，作为报复。还不到二十二岁的时候，刚刚大学毕业，她就有了一个孩子，她并不知道那孩子的亲生父亲是谁，她把孩子往母亲那儿一扔，就离开了家。她隐居在一个城市里，三年间不给母亲发任何信息。她把烦恼、劳累以及仇恨扔给了母亲，她一次次地放纵，又一次次想拯救自己。她内心里复仇的火焰如此炽烈，她要一直放任下去，好像要毁灭自己给母亲看，直到真的把母亲活活地气死才肯罢休。她的孩子给陌生人领养了，不知所踪。那时，没人知道她的秘密，她在生活中伪装得很好，表面上还是那个聪明本分上进的天真女孩形象。实际上，她知道自己的病症，她知道自己患上了严重抑郁症，是那种微笑型的抑郁症。外表看起来，她自信而快乐，积极努力，实际内心深处充满矛盾，不堪负荷。她发疯地学习心理学，考上了心理学专业的研究生，在导师的帮助下慢慢治好了自己的病。她的研究生学历让她能够找到这份工作。她到这里来干这个职业并不是出于喜欢，而只是想在这严格的背景下狠狠地约束自己，并且跟自己内心深处的欲望做斗争。每天都生活在自律与放纵两种意念可怕的搏斗之中，感觉身心疲惫。可是，可是，遇到喜欢的人她就是身不由己，她就是容易投入……她害怕夜晚甚于白天，她常常在夜晚睡梦里看见母亲哀怨恼怒的脸，听见孩子呼唤妈妈的悲戚哭声，她处在这种濒临崩溃的精神险境之中，无力脱身。"

"所以，请你救救我吧。"佩兰走过来拉着我的手，风这时弄乱了她的头发，让她的妩媚有了一点凌乱的感觉。

"你往这里来。"她轻轻地拉着我，我们迎着风，一起站到了那对情侣跳崖的地方，"华哥，我真想是一只鸟，有一天能飞到天上去，让我喜欢的人带着我飞，能飞多远就飞多远。"

"我们不是鸟，飞得起来吗？"我望着三百米高的山峰，竟一点不觉得害怕。

"能的，你试试吧。"她轻轻地一跃，就跳到崖下去了，忽然又像羽毛一样飘起来了。我惊讶地差点叫出声来，脚下一软也滑了下去。我抓住了她的手，也和她一起飘起来，很轻盈很无畏的样子。然后翅膀代替了手臂，扇动起来，身体里鼓满了风，被三月的阳光轻轻地抚触着，我们就像一对住在天空里的鸟儿，不用耕作，不用收获，也可以自在地活着。在天上，我看见那些曾经很大的东西变小了，曾经很高的东西变矮了，那些人们曾经看重的东西都变得轻了，变得远了，褪去了原本的颜色和形状……

对岸一点也不远啊，尤其是有风牵引你的翅膀的时候……

# 八

我和大圣很久没见面了，再次见面，是在佩兰离开很久之后。我们以前在小酒馆里碰头，通常是两个人，一瓶高度白酒，可是这一次，他坚持不让我喝白酒，只让我喝茶。他说："对你来说，一辈子别和酒见面了，身体重要，精神更重要，我们要好好聊天。"

"你还记得佩兰吗？"我开口就问。

"佩兰？哪一个？没听你说过啊。"他说。

"我还和你讨论过如何追求她的事，你怎么这么健忘？"

他挠挠头，想了半天，说："华队，没这个人啊。你在住院康复时，我常常去看你，我记得你所住的科室，有一个女医生叫沈佩，一个女护士叫王兰，还有一个心理治疗师何静，都很漂亮，那时你喊她们妹妹。"

"不是啊，是我队里的那个，从省里考过来的叫佩兰的心理分析师。"

"没有啊，你没有说过。据我所知，你队上也没有过这个人。"

我说："我研究过佩兰这个名字，那是一种草药，有很浓郁的香气，可以治病的。我在佩兰的身上闻到过这种香味，那个叫佩兰的心理分析师——我们曾经亲密相处过。呵呵，准确地说，我们相爱过。"

"可能吗？华队，你在医院住过两年时间，你总还记得原因吧？那次你们的车被犯罪分子的车撞击出了车祸，你受了重伤，小倪牺牲了。你抢救了两个月，好不容易活过来，得了外伤性精神分裂症，你都忘记了？"

我在想，我在想，可是我真的想不起来有这事。佩兰，难道，被所有人忘记了吗？

我忽然记起那条短信，就是今天才收到的，我拿出手机，递给了大圣。我背得出佩兰给我发来的短信内容：

> 一座开满花的山，一处山上小小的茅舍，一箱子你看不厌的书，和一个你爱不够的女人，在这三月光阴里等你来……山上的春天美好，但有三百米的高度，你，来吗？——佩兰。

大圣笑了起来，笑得几乎呛住了，他指着我的手机说：

"这个佩兰，这个短信的落款的确是佩兰……但你注意到短信的发送人吗？发送这条短信的人明明是华云海。是你，华队，是你自己给自己发的短信！"

我愣住了，把手机抢了过来，一遍遍认真看着，那发送人的确是我自己。我不相信，不相信这不是佩兰发来的短信！

大圣握住我的手，认真地说："兄弟，你多久没吃药了？医生不是告诉你要一直服药的吗？你刚才说的这些，证明你分裂症状又出现了，现实的元素被你的大脑随机地组合了，你又活在自己建立的虚假错位的精神世界里了。明天，明天吧，我陪你去复诊，让你的两个妹妹给你诊断一下，一个是沈佩，一个是王兰！"

我直愣愣地望着大圣，心想这声音和表情怎么这么熟悉呢？我认真看他的时候，他脸上的笑一寸寸地退去了，一张圆胖脸变成了严肃而略显迷茫的瘦长脸，这张脸是如此熟悉，简直和黄昏时镜子里我的脸一模一样。

# 断崖

一

我是听着孟庭苇的歌考上大学的，你信不？那时家里穷，我两个月只吃馒头咸菜喝开水，省下的钱买了一个小收音机，每天在被窝里把音量调到最小，听四海音乐频道，那里常常放她的歌曲，每周六会有台湾歌手专题。我听她的歌，听得泪湿枕巾，心想世界上竟然有一个声音能夺我的魂魄，能让我觉得活着有意义。你别笑啊，年轻人，我那时想要是考上了大学，考上了研究生，将来成为学者，是那种常常在电视报纸上露面的学者，我肯定有机会能见到孟庭苇一面，我会不会有向她表白的机会？我这一生，能有机会和她共度一天时光也值了。为实现这个愿望，我才拼命考上了大学，脱离了那个下雨天就出不了村的地方，现在能过上这种生活，也多亏了孟庭苇，她是我这一生的拯救者……

那时在沂梁山虎跳峡，漫天下着瓢泼大雨，电闪雷鸣，天地迷蒙。我们与队伍走散了，躬身躲在只容得下一人的悬石下面。我害怕极了，这个叫马雷的老男人，把两架相机用防水布包住了，夹在自己的裤裆下，用他的身体挡住风雨。他不敢伸出手抱住我，只敢用身体靠住我，两手呈环状撑在我背后的岩壁上，不时地抹脸上的雨水。他身材高大，鼻子离我的额头还有一拳之远，我贴近他的胸部领口的一角，那地方一阵阵散逸出带着体温的汗气，是那种老年男人身体渐趋衰败的油腻气息，还有他絮絮叨叨地讲述着的有关孟庭苇的故事，都透着不新鲜的陈年的味道。如果不是冷得四肢打战，不是害怕暴死在闪电里，我真恨不得一脚把他踹下山崖，永不相见。

野拍的头两天，我不离副领队的左右。他在群里叫"昨夜的宿醉"，真名不详。四十出头，大我五六岁的样子，吴江人。戴着墨镜，留着有型的短寸头，衣服被身体撑紧，每块肌肉都跃跃欲试，你想象得到那种在健身房里受过科学训练充满能量的四肢，还有那短促、节制、有力的词汇所表达出来的人生掌控力。我也常常被他鼻子以下的部分吸引：女人般饱满红润的嘴唇和一绺平直而黑亮的髭须，就像男性性感的小旗帜，诱惑着队伍里三五个自我感觉良好的南方女人。她们总是有问不完的技术上的小问题，还有吃不完的各色零食等着副领队品尝。晚间野餐过后总有人邀请他去指导夜拍圆月或探索星光，或者是一起缩进帐篷研究作品的构图。我是那个冷眼旁观的沉默猎人，暗藏野心却似了无挂念，我跟她们不一样的地方，或许是不需要那么多矫情的小铺垫，单身过日子的离婚女人所想要的，我都想要，是的，比她们更甚。

我还是失算了。那一天我的帐篷第一次抵近副领队帐篷边上，我看见他很晚还没睡，似乎在模糊的马灯下看一本书。我徘徊在帐篷外，想着如何在掀开帐篷时说好第一句话，是对他中午时野柳树下对我语意含混的赞美的回应，还是继续探讨关于晨拍的要诀？正是犹豫的那几分钟时间，一个瘦小而扑满香水味的身影滑进了帐篷，接下来的一分钟，灯灭了，然后，是密集的呼吸伴杂着娇嗔的低语。

事情就是那样，随后的行程变得煎熬。我跟在队伍的后面，硬撑着胡乱拍些东西，有时候拍那个香水味女孩扁平的屁股，有时是着意拍她人工打造的浅浅乳沟。总之，要把她拍得很丑，不像一个值得魂牵梦萦的女人。


如果不是那场雨，我压根儿不会认真地看老马一眼。

他是队伍里百分之五的那部分，令人讨厌的那部分。明明是踩在老年门槛上的人，却在群里以一个"马小小"的年轻姿态出现。这是那些喜欢往年轻人圈子里挤的中老年人，害怕被人忽略，有着下一分钟就被世界遗忘的危机感。他几天来努力展示自己老而不衰的身体，处处不落潮流的喜好，总是硬撑着走在队伍的最前面，参与所有热门的话题讨论。他喜欢在年轻女人面前炫耀往事，像个小师弟一样给女队员递纸巾或提三脚架。总之，他喜欢帮助队伍里的女性，也并不太在乎年轻的男人们怎么看他，反正大家来自五湖四海，彼此陌生，没什么可担心的。

后来我想，那天大雨中的谈话并非偶然，他一定注意到我一天到晚耳机不离身，猜想我一定是喜好音乐。说不定，他也看准了我在前一个晚上的挫折。所以，说起孟庭苇是为了引起我们之间一个共同的话题。

他是怎么回事？丧偶单身？追求人生的第二春吗？或者就是想寻找些不需负责的新奇艳遇？

随后的两天，我几乎随时被他的眼光关注，总有一些琐碎的小事被他抢着完成。无论我在队前队后，爬山上坡的时候一抬头，总有一只肤色发暗青筋隐现的大手伸过来，那么招摇而确定地指向我。我没拒绝，甚至有点开心地握紧他且摇晃一两下，我仿佛看见副领队墨镜后面的眼神，他扫过我突出的上围时有点酸涩的不舍。他想等我在最后两天的行程里再次抵近他的帐篷。

这份神秘注定不会轻易地奉送了，至少这一次不行。我需要用自尊心打造一点矜持，还需要一些迂回的浪漫，我也不能不正视那些源自本能的妒忌。我强迫自己不去看他一眼，对微信里的那些叠加的问号和主动辅导的请求视若无睹。每次休息时，我顺从地坐在半老男人老马的对面，听他讲孟庭苇的种种。有时野炊时他递过来很少跟人分享的家产的牛肉酱，我也会用匙子抹一点在面包上，向路过的副领队夸赞道："口味真不错，辣而不腻，鲜香可口，我喜欢。"

反正就那么几天的交集，在你熟悉的固定人群之外，什么样的表演都不过分，喜欢或憎恶都出自直觉，这不算游戏人生。

## 二

欧丽咖啡厅是一处隐秘的所在，门厅很小，一部电梯直通十三楼，要再拐两个通道才到前厅，相亲的网恋的都钟情这里，我订了个两人间。

"你知道我不会拐弯抹角，是有什么就说什么那种，今天请你，是我需要你帮忙！"我给他倒了一小杯茶，又给自己倒满了。没等他把屁股坐热，我就开口直奔主题，同时给了他一个短促有力的媚笑。

"呃……是哪一种事情？"他显然有些紧张，右手下意识地攥紧了放在膝盖上的公文包上。这个地方他一定不常来，903的房号他找了两遍，鼻尖上尽是细密的汗珠。

"你这是第一次来这种地方和年轻女人见面？别见怪，不是笑话你。"

"啊，是的。不过……你说吧，只要我帮得上忙。"他仍然没有放松他拎包的手，好像那里装满了人民币。

服务员敲门进来问还要不要点心水果，我犹豫地看着他，他居然没有回应。我刚才只点了一壶茉莉花茶，实在是囊中羞涩。我差不多快两年没有工作了，像只野猫似的在各种群里混日子。

"好吧，不要了。"我赶紧挥挥手支走服务员，不让这尴尬延长，我得用最快的速度说完，留给他最短的思考时间。

之所以约老马，是我实在无人可选了，我被逼进了死胡同。那次野拍回来的一个月里，老马在微信上约了我两次。第一次是把野拍时给我拍的照片发给我，并且谦虚地请我"指教"。我发现他真的有点艺术大师的感觉，几天里偷拍了我各种不同的瞬间，所以最后那两天的小表情全在他镜头涵盖之下，包括在某处投向那个南方女孩嫉恨的一瞥也在其中。我知道他做这些是为了讨好我。我只回了一句谢谢，就再无下文。

又隔了十多天，他发出了小群野拍的邀请。这次不到十个人，他是领队。他专门制作了电子邀请函，名称是"向皇丽湖的春天出发"，以那个湖岸的夕照作背景，弄得挺像样的。不过队员是七个老男人加三个年轻女人。我也算其中一个，说好是三个女人也兼做模特，他们管吃住，并给模特费每人五百元。这点钱太少，没有打动我，所以我也只跟他聊了几句，说本姑娘业务繁忙一类的话，最后还是给他留了条下次沟通的小路，希望以后有更好的去处再来通知我。

所以，老马是我这一个月来结识的不太熟的熟人，我想着这个愿意跟我分享年轻时代迷恋过孟庭苇的老男人，一定愿意跟我发展更深的关系。如今的我实在没有什么可以依靠，不妨暂时靠在这个老男人的身上支撑那么一会儿。

这几天，我遇到了最大的困难。我想我的儿子，我快半年没看到他了。前夫是个痞子，他知道什么最能刺痛我，不停地给我儿子换幼儿园，不让我与他见面。我知道他想压榨出我最后的那点存款，一个纵酒赌博的男人总是缺钱，不想着去外面的世界挣钱，只想着抠前妻那点可怜的吃饭钱。竟然给我开出了看一次儿子要交五千元的见面费的条件。不给他就别想看，他看守得很紧，甚至在车上准备了凶器，准备随时给我好看。

我四处打听，终于找到了儿子的下落。这个周五，我想把他接出来见一面，而老马的体态有点像儿子的爷爷，我想用他的脸和他的车子，帮我这个忙。

"行吗？请你帮帮我。"我伸出手去找他放在桌上的手指。

他脸上的肌肉渐渐发紧，我看出他不想掺和进这类麻烦事里来。接下来，我手心的温热一定给了他正面的鼓励，所以他嘴角的褶皱开始松弛了。

"马大哥，我知道你很关心我。所以我没把你当外人，这一次你一定能帮我……"

他思考了半晌，眼神飘浮在我头顶的某处，又轻轻落下来，回到我的脸上和身上。终于，他拿起眼前的茶盏一饮而尽，只说了一个字："好。"

穿着米黄色风衣的老马显得比实际年龄要小，如果只看背影，应该不超过五十岁，他那张方正的脸也显得诚实可信。我们提前一小时赶到了学校，用编好的谎话蒙骗老师，说是把孩子接到奶奶家。我躲在车里，看到老师把孩子送到门卫那儿，站着跟老马聊天。孩子显然认出这不是他爷爷，他刚要对老师说什么，一抬头看见门外摇下车窗的我，激动地挥着小手。我想老师也看到了这一幕，拿出手机准备打电话给他爸爸确认，此时的我已顾不得再等，从车子里冲了出去，紧紧地搂住孩子，和老马一起往车子边走。我们刚发动车子，就看见在传达室门口打通电话的老师，急步跑出来，脸涨得通红，使劲地招着手……

方特游乐园在离城二十里的地方，我早就想带孩子去玩了，这一次老马直接把车开到了那里。这一路上我与孩子亲昵不断，咿咿有声，伴着眼泪和抽泣，欢乐和担心。这情形一定影响到了他，他间或插话，表达他的同情与关怀，话语轻缓得体，恰到好处。五岁的儿子感受到了他的亲切，对我说："马爷爷比亲爷爷还好。"我问他为什么。他说："亲爷爷总是骂我，有时也骂你，骂得很难听。"又问我："你喊马爷爷什么呢？"我说："叫马老师，他是妈妈的老师。"

那一天，我们一直玩到天黑才回城，陪孩子玩了所有的游乐设施，费用都是老马抢着付的，他总是跟在我们后面不远处，警惕地左右张望，看起来像个忧心忡忡查找失物的保安。

## 三

那天之后马老师与我的互动多了起来，他总是打微信电话或发个语音，每天有事没事都问候一两声，还有大量的随手拍作品发过来等我评鉴。我正闲得无聊，也就陪他聊聊，他似乎很愿意再做我的司机和陪护，一直在问下一次什么时候去见我儿子。他说他很喜欢孩子，自己的孙子在国外，几年见不着一回，很喜欢那种抱着小孩子的肉嘟嘟屁股的感觉。我调侃说："要是真喜欢就送你当义孙算了，肯定过得比在他亲爹那里好。"他一听愣了片刻，随后呵呵呵地笑着瞎答应。我说："放心吧，我高攀不起。不过，麻烦您的事在后头呢，就怕您太老，哪一天被我前夫打得流鼻血，满地找您的镶金眼镜，我可赔不起啊。"

其间，约了我两次，说是摄友的小聚，三五个半老头子加一两个中年妇女的那种。我回绝了。我不能这么快地走进他的小圈子，成为他呼之即来的"摄友"，进而成为老家伙们得以彼此炫耀的"女朋友"。鉴于我的经济状况和身体条件，扮演这个角色应该有个让人满意的前提，现在哪里还有免费的午餐？

正在马老师恳切地拉我进他的朋友圈的时候，没想到那个吴江的副领队大梦初醒似的，一连打了几个微信电话。大意是他有生意路过此地，想在此地逗留一晚，如方便想请我吃顿饭，顺便送我个礼物。开始我有小小的期待，我猜那人的背景不是大老板就是大老板的儿子。我也知道他是个道行深厚且自信满满的隐形色狼。他有着精细敏锐的观察力，不动声色却没有错过女人眼神背后稍纵即逝的东西，他想把女人那种爱慕的情愫发酵到醇厚的程度再去安逸地品尝。

我在大周土菜馆订了个单间，专门等他来。原本跟我说三点半到，但从下午四点到七点，我打了五个电话，他始终在路上。我讨厌这类没有时间观念的男人，哪怕是金光四射的男人。还好，七点半，他终于到了，看起来并不像风尘仆仆的样子，我相信自己的直觉。他很可能在宾馆睡了一觉，洗了澡，精心梳理了一番才慢腾腾地赶来。他并不知道我的婚姻状况，也许他担心落入陷阱或被人暴揍一顿。

我点了丰盛的本地菜，特意买了进口的红酒，我知道他喜欢这个。墨镜，紧身装扮，一脸紧绷绷的成功人士骨子里透出的傲气。刚放下肩包，连句关怀的问候都没有，就去了两趟卫生间。楼上楼下走廊内外转了两圈，像个探子似的左顾右盼。坐定了以后，对着红酒的品牌仔细研究，不入他法眼的东西他只是礼貌地浅酌一小口，却佯装美好地咂了一下舌头。我选择忽略这些，等着他呈上来的"小礼物"。

"你怀疑我的单身，还是担心酒里有毒？我可等了你三个小时啊，副领队先生。"

他用食指和拇指碰了碰鼻尖，浅淡地笑了笑，不置可否地咕哝了一句："我自己过来，只认识你。"

"既然害怕，为什么来？只为吃顿饭那么简单？"我说。

"哦，哦。别误会，上次野拍时间太短，有些话题没来得及展开。"

"时间虽短，你总能挤出时间辅导女队员是不是？要说什么话就说呗，放在微信里说多省钱呢。"我逼视他的眼睛说。

"呵呵……好尖锐。对了，我还带了礼物来。"他说着，打开一个软皮背包，掏了半天，摸出一个方形的小包装盒子，还用很细的丝带打着结，捧着宝物一样很小心地递给我。

"是手镯吗？"我问。肯定不会是戒指。我为自己的多情脸红了。我还真以为是个镯子。立马打开，一张薄薄的擦镜纸下面，躺着个日本产的索尼滤色镜。

"谢谢……"这两字很勉强地说出来，我几乎听到舌头后面牙齿打架的碰撞声。其实我还想说我只是个业余选手，这类小玩意儿，不稀罕。

看起来他对酒和菜并不太感兴趣。他的注意力在他喜欢的那部分。我看出他的焦急，他希望快一点进入下一个环节。他从对面坐到了我的身侧，他的鼻息也在我的耳边出没，一切越来越贴近某个约定似的推进着。

我蓄意伪装，假意赔笑扮羞，却抽了个空出去给老马打了个命令式的邀请电话。他很意外也很高兴，他正和两个老友在家里下棋，还没有吃晚饭。我请他尽快赶到，上次野拍群里的副领队来了，点名要见他。

二十分钟不到老马就赶到了，还带来两个头发斑白的老酒友。一个是广场上甩鞭子的老杨，一个是河滨公园里打大陀螺的老陈。三个人兴致勃勃参与进来，立马又要了两瓶高度白酒。一切变得很有意思了，老年恋慕者强烈的竞争意识及不落人下的醋意张扬地迸发。三个人轮流敬酒，大杯斟满，一次半杯。一来一回几大杯白酒下肚，副领队满头满脸的大汗，如坐针毡。茶色眼镜一会儿戴上，一会儿取下，普通话说得语意含混，词不达意。手脸赤红，双脚不稳。终于找到空隙，溜之大吉了。

这一晚心情很不好，我和三个老头一起喝干了两瓶白酒两瓶干红。

## 四

我常常觉得自己是最不幸的那种农村女孩：早年丧父，母亲改嫁。十六岁初中毕业出来打工，做过理发店的学徒，服装店的导购，饭店的服务员，婚纱摄影的女助理。二十岁时嫁给一个不会挣钱只会糟蹋钱的混混，除了说谎行骗赌博打老婆没有其他的本事。婚姻的过程充斥着暴力与争吵，后来净身出户，干了一段时间婚纱摄影，却被老板欺负。自己开网店办直播都是好景不长，挣一口饭吃都难。自己的那一点积蓄，也快坐吃山空。只剩下一部旧相机，几身还算干净的衣服。常年混迹在大大小小的各色群里，靠给店家卖点小东西过活。不过重点还是在摄影群，我懂那么一点技巧，也有着不算浅薄的兴趣。我希望能遇见一个男人来改变一生。是相守一生的那种男人，老马如果年轻二十岁，也许可以考虑，可是他连单身都不是。

那个晚上之后我与老马常常见面，他给我介绍各种棚拍，我有时也去客串当模特。当我穿着泳衣出来的时候，没有人认为我的年龄超过三十岁。几个摄影老头子都为我惊叹过，我渐渐被那个老年摄友群捧得有点红，一次出场费能收五千元，老马成了我的出场经纪人。我没有想到这也是一种生存方式，做几个动作，摆些矫情妩媚的姿势，穿得稍稍露骨一点，每次都能收获掌声和金钱。我们这一类的棚拍大都选择异地，小范围，限额专场那种。车接车送，服装费化妆费由组织者垫付。半个小时的化名摆拍，吃了饭拿钱走人，彼此不欠。

在老马的圈子里，我的身份是老马同事的女儿。他那个晚上就是这样将我介绍给老杨、老陈的。我真羡慕他们，衣食无虞，悠哉乐哉，无拘无束地放飞自我。三个老头从五十五到六十五岁。妻子孩子都在外地，都是那种孩子优秀得在大城市甚至国外都抢手的人才。比如老马，儿子儿媳在美国，生了孙子以后，老婆远涉重洋赴美照顾，撂下他已经四年未见。老陈、老杨的孩子一个在上海，一个在深圳。也是孩子结婚生子后老妈去照顾，留下老头子在家看门守宅，一年中全家聚个一两回。平时老杨早上五点钟起来在广场上甩鞭子，晚上跟一群妇女跳水兵舞。老陈，每天早晨拿长鞭子打脸盆大小的陀螺，剩下的时间在体育场的松树下下象棋，也隔三岔五跳广场舞，有相对固定的舞伴。三个老友退休后常相约喝酒，我成了他们的牌友兼酒友。三个人中老马最有钱，一个人住着四百平方米的复式别墅，玩的相机一套装备值二十多万，常开一辆大别克外出采风，日子很是滋润。

我去过老马的家，喝醉的那晚上是第一次去。他们也喝得很多，却偏要送我回家。找了代驾，把老陈、老杨送到家以后，司机直接把我送到了老马家。车子停在老马家的院子里，我还没醒过来。是老马摇醒了我，要搀我到屋子里去。他说不知道我的家在哪里，所以就在他家里休息一晚上吧。

我喝得很醉了，说话自己也掌控不了，后来是老马告诉我的。我一会儿骂他是老流氓，一会儿又让他亲亲我，一会儿又说要报警抓走他。还说最忘不了的是吴江那小子，人家本来是相亲的，让老马他们给搞砸了，他们三个都是老混蛋。我哭得很伤心，一把鼻涕一把眼泪的。

后来呢，老马想把我抱进屋里。但他抱不动我啊，我一米七的个头，一百二十斤。他快六十岁的人了，又喝了酒，怎么能抱动呢？又不好喊邻居帮忙。问我家在哪里，我尽是胡扯，一会儿说纽约，一会儿说伦敦，一会儿说巴黎，没一句正经话，他只好作罢。那个晚上的后半段雷雨大作，狂风阵阵，老马怕我有事，不敢离开车子。他坐在车子里，在我的旁边一会儿拿毛巾给我擦脸，擦吐出的秽物，一边给我讲他自己孤单的故事，像个被家人抛弃的无用之人。他那晚喝得也不少，他讲着讲着自己也哭了，说如果不是孟庭苇他也考不上大学，甚至活不到现在。刚上高中的那一年有一次考得很差，从班里前三落到倒数，被老师骂了整整一节课。他灰心丧气地想死，上晚自习的时候跑回宿舍，床头有一根晾衣绳，他都打好结，准备把头送进去了，想想最后再听孟庭苇的一首歌吧，是那首《你看你看月亮的脸》。他听完了，一抬头窗外正是一轮满月，洒得满世界银灿灿的，一切生机在那宁静的光辉里若隐若现。他忽然就有了勇气，忽然就放弃了结束生命的想法……一首歌，一个人，一件事，都能在某个瞬间改变你，只要你寻找，坚持，一直往前，一切都会有好的结果。他在我耳边说了一整夜，几乎把嗓子都说哑了。

那个晚上，虽然我喝多了，但我知道，我最后歪倒在老马怀里睡着了。老马没有动过我的身体，真的没有动过。

我认定他是一个好人，不管他是否有其他的想法。他帮我接的棚拍越来越多，有时一个小棚拍只有我一个模特，收费比那些专业的摄模还要高。还有他隔三岔五地带我去野拍群，老年组的那种，都给我费用的。他还有一些报纸杂志的关系，推荐我的摄影作品发表，他都如数转给我稿费。我渐渐地买得起好的化妆品、好的衣服了。他常常问我需不需要钱？孩子的学费，还有房租有没有问题？他愿意借给我，是借，时间不限的那种。他一个人，没有太多的开销，退休金都花不完，何况还有一点积蓄。

<h2 style="text-align:center">五</h2>

随着在圈内混得小有名气，除了做兼职模特，在老马的推荐之下，我也成为市内一家婚庆公司的主拍。我经常游走在各大景点拍新人的婚纱照。我的作品很受欢迎，总是拍得很有创意，但没人知道我的每幅作品都有老马的功劳。我把拍好的样片发给老马，他给我提出意见，甚至有时约我到景点实拍。我做模特，按他意见做各种造型，拿他的相机拍出来，供我参考。渐渐地，我拍照的技术大有长进，也跟着他参与到一些企业的商业宣传片的拍摄中。这一类的活要求不高，但有时收益很大，老马出面协调，签合同，收预付款，联络各色辅助人等，最后的收益基本归我。

那一次给洛神照明拍短片，我第一次见到了年轻的副总刘东水。这是个戴眼镜有点秃顶的精干年轻人，身形瘦削，双眼皮下有一双排满问号的大眼睛。他比我大不了几岁，和他的父亲老总相比完全像两个阶层出身。大老总一身灰衣旧裤，随手握一只大而长的玻璃茶杯，说两句话就得喝一口水。除了生意经，别的话题都没兴趣，不是打哈欠，就是揉眼睛。他儿子刘东水是留德的硕士，西装革履，身上有浓郁的男士香水味，说话时盯住你的眼睛，一粒粒问号密集地打过来。

脸上是专注亲切的微笑，话语不多，但切中要害。大概老马和他爸是老相识，我们才得以接到这次拍片的活，十五分钟短片，制作费二十万，有很好的收益。

全程的接待引导是刘副总，据他自己说，他也是一位摄影发烧友。我看出他不太放心让联络部的一名小姑娘引导。刘副总总是在我身侧主动地找我说话，眼神和语气都有着绅士般的周到体贴。我在他身上看到副领队的影子，这是阳光灿烂的日子里命运额外的赏赐？我一定像微风中的向日葵，有着金色闪亮的笑脸，散溢着轻松快乐的微香。

一切都那么顺利地向前推进，生活原来可以没有阴影地展开。关于见孩子那件事，是老马给我的另一件惊喜。他要了我前夫的号码，独自与他见了几次面，我不知道他们怎么谈的，反正，是老马说服了他，事情解决了。我可以每星期见孩子一次，孩子还可以在我的住处过夜，这看似不可能办到的事，老马办成了。有一天，我收到了前夫的一条短信，内容是：你行啊，傍上个老爷子，等着继承财产？那也该有我的一份。我回他：怎么着，妒忌了？先弄清楚你自己是谁，再谈沾光的事。这家伙一定是另有新欢了，要是以前，这么一条短信足够他拎着个棍子满城追我了。

奇怪的是，老马想让我在他的生活里扮演什么角色，我始终没有明白。我有时觉得他像个仁慈宽厚的父亲，有时又像个做事果决有爱心的兄长。我很难说清这种感觉，那次在洛神照明拍完片子，刘副总一定要我留下来吃饭，是在他们厂里的单间，人不多，他很殷勤。他频频地举杯，我也积极地回应，彼此喝了不少，我留意到老马略显落魄的表情。在某个瞬间，他脸上尴尬的笑意滞留不散，我心里隐隐有胜利的快乐，更无拘无束地大口喝酒，一醉了之。

那个晚上我留了刘副总的电话，他也留了我的。我们约好了以后一起去野拍。回来的路上，老马沉闷地开着车，对我半醉半醒的发问不置一词。这一次，我坚定要求去他家，他开始不肯，后来又妥协了。去了他家，我先洗了个澡，请他打开二楼的摄影棚，我要给他一个人摆拍。"这个是私密的棚拍啊，你要拍什么都可以，老马，今晚你是导演。为了之前你为我所做的一切，我要感谢你。"

并未看出老马多高兴的样子。我在换衣服的时间里他喝了一大杯水，脸上汗珠细密，涨得通红。他一定是怕我酒后喊叫，惊动了邻居，所以很小心地顺从我。把摄影棚布置好，准备好器材，很认真地给我拍特写。我一定穿得少了些，一定是酒喝得太大了，一定是被某种力量牵制着不能好好地站立。片子拍到一半，我倒在了老马的怀里。我断断续续地哼着孟庭苇的歌《你看你看月亮的脸》，我好像还伏在老马的耳边说："老马，我是孟庭苇派来的，你想听哪首歌我唱给你听好不好？只要你高兴，你喜欢，你快乐就行。"

我像一团橡皮泥一样裹住老马，我要被他厚实的大手随意地塑形。我希望他宽大油亮的额头能俯向我，我希望听他轻柔的耳语，我想要他暴风骤雨般的破坏力……我等了很久，除了他轻柔而怜惜的拥抱，什么也没有。在他作为男人应该展示力量的土地上一片寂静，它肯定被毁灭过了，呈现出了无生机的寂静。

我看见老马倒在沙发里，抓着自己的头发，一脸痛苦的表情，他盯着茶几上一堆大小不等的药瓶说："我吃了二十多年的药，它们把我的身体毁了……"

我愤怒地向他吼道："你既然什么都做不了，你还为我做这一切为什么？为什么？让我陪着你等着老死吗？让我像个负疚的罪人一样跟你耗着青春吗？"

那一晚，我真的醉了，我怎么能痛骂老马呢？他是我的贵人啊。

# 六

随后的一个月，我没有和老马联系。我真的收到了刘东水的邀请，我们一起去杭州野拍了。两个人，甜蜜的四星期，一生中这样的日子并不多。因为那一晚的事，我似乎在情感上对老马做了了结，我真觉得有一种解脱以后的快感。那二十多天里，老马消失了一样没有联系过我，这是件很让人意外的事。因为对他来说，如果每天不在微信上发个言，简直就像日子白过了。

我回来时是个周末，接儿子去公园里遛了遛。我还想着跟老马联系一下，和儿子一起请他吃个饭。在足球场的空地上，遇见了老杨，他正甩鞭子，大老远地看见我，立刻走过来打招呼。

"你知道你师傅那件大事情吗？"老杨沉着脸望着我。

我奇怪地摇头，问他："什么大事情？"

"老马走了。你连个面都没露，你真的不知道？"

"谁？老马，马老师，他不一直好好的吗？"

"是的，他之前是好好的。老马高血压二十多年了，高压能到二百二十多。他一直服药，最近不知怎的，前些天忽然不吃药了。一定是血压一路升上来，把血管撑破了。他一星期前脑出血死在家里，三天没人发现，要不是我去找他下棋……"

老马死了，世上真的不再有老马这个人了，我不知道该在生命里如何定义这个男人，但可以确定的是，我伤害过他。也是通过老杨，我才知道当初棚拍的酬金都是老马一个人出的钱，所谓杂志的稿酬、模特的费用都是老马变相把他的钱赠予我。还有儿子的事，他代表我私下和前夫谈判，为我看孩子的事，他自己每月出一千元给前夫，而且预付了两年的费用……老马死后一年，我开了自己的摄影工作室，前厅挂着老马的十多幅作品，我想用那种方式怀念老马。我从前夫那里收回了儿子的抚养权，刘东水成了我相对稳定的男友。只是，我偶尔会想念和老马、老杨、老陈相处的日子……时间过得真快，我很久没有看见过甩鞭子的老杨和打陀螺的老陈了。

他们去了哪里，我一点都不知道。

# 恍惚

这是哪一年的夏天啊，窗外阳光箭镞一样射进来时，在老聂眼睛里，一片雾茫茫的梦境就飘远了。夏天在记忆里是恍惚的，流淌着光的印象。今天，阳光在中午前后膨胀起来，细密尖锐如刺，不论扎在皮肤上还是眼睛里，都火辣辣地痛。

老聂眯着眼睡了一会儿，只那么一会儿，他就做了一个梦。这个趴在书桌上生成的梦，因为胳膊的弯曲，有了扭曲压抑的形状。不知为什么，那会儿他拿着书，口中念叨着英语，从小巷口出来，看见儿子小东走过来，迎着他走过来。阳光很亮，他不得不眯着眼。小东没有理他，他那上了大学才费力长出来的黄唇须，在阳光里清晰可数，一根一根，写着憎恨。还显稚嫩的脸紧绷着，像一只愤怒的青蛙。他喊了一声"小东、小东，你去哪儿啊"，小东头也不回地就走远了。他感觉自己的声音急切地飞越过小东的那张脸，撞在邻居朱行长暗红的大铁门上，冷不丁弹回来，比一个耳光还厉害，老聂感觉自己的身体像纸一样，脆弱地抖了一下。

大丽这时出现了，她的脸上浮升着冰棍的寒气。她挂着一脸冰棍走过去。老聂拉了一下她的衣襟，说："大丽，你为什么不让小东理我？为什么？他不是我亲生儿子吗？"他的第二个为什么还没说出来，就看见大丽脸上的冰棍崩裂破碎，变成无数冰碴，一齐射向他。大丽那比一般女人更大的巴掌扇过来，裹挟着一股邪乎乎的风，老聂就觉得右边脸涨得火辣辣的，似乎流了鼻血。他努力地睁大眼睛，心想：妈的，我离了婚还受你欺负啊，想抡起手左右各给她一个耳光。手就是抬不起来，低头一看，手悬着两颗铅做的棋子，一个车，一个炮，每个都有铅球般大小，也有铅球般的重量，悬在手心里，甩都甩不掉，心里一急就醒了。眼前的桌子上，两只胳膊重叠着，压在书本上，小臂上还有额头的红印痕，细致得看得见额上皱纹的走向，以及眉心一颗黑痣的椭圆轮廓。手臂下面，压扁了的书页上，自己的一摊口水，正慢慢浸到纸下，书上用红笔圈点过的地方，被口水融化，红的黑的没有了界限，那些英文字母像浮肿虚弱的病人，东倒西歪地绝望着。

凭什么呀，妈的，凭什么呀。这些天老聂也扯着嗓子骂人了，骂出来的话，也就是这两句，在嘴边留恋着不走，像八哥学说的人话。其实老聂在一年前就想骂人了，只不过没有像现在这样强烈，老聂做人一直是文文雅雅的那种，很少发牢骚，脾气好得像温顺的猫。

他是一年前离的婚。四十八岁的人了，离婚是伤心的事，孩子也大了，考上了大学。家庭生活本应该进入那种无忧无虑的时间段。突然之间，老婆提出了离婚。他很吃惊，在去年夏天他家的阳台上，老聂的眼里在那一时刻全是刺眼的阳光，晃得他看不清大丽的脸。大丽那时正在阳台上晾衣服，一行沾满阳光的水滴正从衣服下摆流到他手上，又从手上缓慢地流下来，很沉重很费力的样子，一直向她那白得像银鱼一般的臂窝运动。她的脸在衣服的后面，忽然来的一阵风，把她手底展开的白衬衣打得啪啪响，像她刚刚说出来的话一样，响着鞭子似的有力节奏。

"我们离婚吧。离婚吧。就这个星期。别拖了。"

老聂那时正把他晾干的木制象棋往屋里端呢，那一盘脱尽了油腻，闪着青涩光辉的高档象棋骄傲地躺在棋盘上。那时他还唱着曲子，两分钟前，他的心情还是一片阳光明媚。

昨天终于打败了老辛，那个牛气哄哄的老辛拿过地区象棋比赛的第三名。从早晨到晚上，他们下了十八盘棋，号称本县无敌手的老辛输了十一局。一天时间他们就吃了几个包子，喝了一肚子的茶叶水。他看见老辛紧张的汗水把一件新换的白衬衣都染黄了，手上的油腻把一盘棋子弄得像鲇鱼的脊背。他身上汗气味道浓烈得像臭鸡蛋，在空调房里更加难闻。老辛最后一盘输了以后脸上难看的表情，带着滑稽可笑的样子，在老聂的记忆里驻留不去。像无意似的，老辛抬手把一盘棋碰翻了，哗啦啦地滚了一地，棋子就在地上散落的烟头间冲撞。这些印象虽说是不怎么友好，可是老聂心里只有快乐和宽容。胜利的感觉是如此美好，让老聂在昨夜的梦里连呼了三声"我赢了"！脚一用力，差点就把大丽端在了地上。

离婚，离什么鸟婚呢。离婚是有些女人的口头禅，不一定是真心话。有半年了，在小东考上大学以后，在他作为公务员又长了一级工资以后，在失业的老婆在信用社又有了一份工作以后，对老聂来说生活像长了翅膀的鸟，飞上万里无云的天空。哪还有什么可操心的事？可是有了工作的大丽忽然发现了自身潜伏的价值，本来在老聂面前一直朴素简单，在衣着外形上努力和老聂找平衡的，现在涂了口红，修饰了头发，穿起束身衣服，迷上了跳舞唱歌，让老聂重新发现了新大陆。原来老婆的确是个美人，她二十岁嫁给他时就被许多人羡慕着。那一段时间，老聂也很费了些力气，想从大丽的身上挖掘些小女人的青春感觉，只是他攒足了劲兴高采烈时，换来的是大丽不耐烦的一声叹息："你还有完没完？！"大丽的眼里倒映着电视里的五彩光斑，她侧过去的头从开始就扭向电视，极力回避着老聂凑上来的温热的嘴唇。

有时候再复杂的事看起来也是简单的。好像不需要什么特别的理由。老聂和大丽离婚，谁也没想到那样快。快得老聂觉得自己在做梦。

在大丽还没那份工作以前，老聂常听她牢骚，说老聂这些年什么也没做，一事无成。除了那点死工资，给这个家没有更多贡献。天天就是玩，玩不够。从三十多岁玩到四十多岁，看样子还要一直玩到退休。

这样的话大丽重复了很多次。那时儿子小东正努力考大学，他没和大丽理论。其实他心里有自己的解释。他想：老婆你如果没有我不还在乡镇毛刷厂洗猪毛吗？要不是我你哪来商业部门的工作？虽说现在商业系统都垮了，你现在不还靠我养家吗？公务员的工资，一个月五千多块，养这个家还能将就。我玩玩怎么了？况且那爱好也正好就是我的工作。我把工作玩得红红火火，尽职尽责，有什么错？

老聂虽说听了老婆一些怪话，但并未放在心上。没注意大丽一点点远离的目光，他始终认为，大丽离了他怎么能行呢？她一个女人家，又没什么一技之长。

那时大丽晾完了衣服，在衣柜前收拾女人的一些零碎。她把离婚的话又重说了一遍，老聂忽然就来火了，把手里正复盘着的一盘棋一搡，那些棋子惊慌失措地飞出去，滚了一地。老聂高亢的声音从鼻腔里蹿出来。"好啊，离吧。我看这些年来委屈了你，你年轻呀，你有资本。"

大丽的脸一下白了，她手里的衣服也飞出去，一件件地砸向他："你终于同意了，君子一言，驷马难追呀。"

老聂忽然想笑。她想这女人这些天长了不少文化，蛮有词嘛。她也许只想吓唬我，让我别再一天到晚下棋吧？

"谁赖账谁是孬种，"老聂说，"你说怎么着，要不要和小东商量一下？"

"不要，他知道的，我早就跟他说过了。"

"你和他说过了？"老聂嘴里的气蹿到头上去了，他站了起来，脸上肌肉混乱地舞蹈着，感觉鼻子都有些歪了。

"好啊，你这个娘儿们，没想到呀，竟联合儿子一起来整我。离就离！"

大丽的脸上有了些得意了。她说："大老爷们儿，别说话当放屁呀。要离，现在去办手续！"

老聂牙齿打战，声音倒硬邦邦的，说："好好好，你行呀，我写离婚申请，你签字吧！"

"那你现在就写，别装孬种！"女人说完转身就出去了。

离婚证书发下来那会儿，老聂的眼被阳光底下那些字灼伤了。没想到那么快就办妥了一切。就像那个下午大丽出去了一会儿，回来手上就有一份抄好的离婚申请了。怎么回事？一切变化得太快，快得让他接受不了。那么短的时间她能去哪儿？

如果追究下去，也许能找出合理的解释。可是在大丽突然呈现的坚决与冷漠面前，他失去了兴趣，像对待一盘无可挽回的棋局那样，他只喜欢退到自己的角落里，品味失败的感觉。

他知道此前关系到他家庭命运的一件事一定与此有关：老婆的工作。老婆一直让他托人帮她找份工作，那天晚上他在街边的饭馆门口遇到了邻居老朱，就是那个老婆死了半年，儿女很少登门，一个人守着三上三下的私宅，过着休闲自在日子的银行行长。两个人早就熟悉，是邻居，挨得很近，平常遇到了招呼他一声，而老聂那时总是要停下电动车子，一脸赔笑地说两句话，这是他多年来对待老干部养成的习惯。那天晚上老聂很客气地下了车子。

行长说："老聂，这么晚上哪儿去呀？"

老聂说："我有事，跑了一天的路。"

行长对他的事并不关心，笑着说："你的棋下得好呀。"

老聂谦虚："哪儿行啊。下着玩呢。"

"还记得那次你整了我个三比〇吗？"

"哪次呀？"老聂想不起来了。

"就是我们行赞助的那次老干部联谊赛。"

"哦哦，我那次其实是运气好。"

"你别那样谦虚，谦虚让人发胖嘛。今晚正好没事，到我家下盘棋去吧？"

老聂有点儿犹豫，他心里的事像块石头一样沉着。

"放心好啦，在我家里想下到多会儿就下到多会儿，总比你在巷口和那些糟老头玩，让老婆揪着耳朵回家强。"

老聂苦笑。他一贯不让别人为难只让自己为难的性格起作用了，说："好吧，今晚陪你个通宵，行了吧。"

两个人在朱行长的客厅里坐下来，放下了棋盘。老聂在镜子似的大理石地面的反光里，闪出了一个念头：这样的客厅才真叫客厅呀。比自己家像旧货市场又窄又小的客厅强多了。怪不得人家红光满面、神采奕奕呢，你看看人家地上的家具，墙上的装饰，都像是上了一层油，散发着诱人的光彩，干净漂亮得让人不知说什么好。

他惦记着老婆的事，心里七上八下的不踏实，所以棋也下得草率，才下了两盘，就有人敲门了。门开了，原来是自己老婆，他印象中老婆只进过朱行长家几次吧？那是他刚丧偶时，作为邻居一起帮衬着做些零碎事。邻居嘛，这是应该的。这次老婆进门，直奔着客厅而来，老聂慌忙站起来，害怕她再说些不好听的话，所以先开口了："你看你看，你找来了，我跑了一天，巧了，在家门口遇见朱行长，要我来玩两把，还没来得及给你打电话，你这就来了……"

大丽没有接他的话，她直奔着自己的主题。她说："那事怎么样了？"

老聂说："没有头绪，能找的人都找了。"

大丽勉强地冲行长笑笑，接着说："你不是整天和那些老干部打交道吗？带着他们玩，玩得连家都不顾了，现在却找不到人帮忙？"

老聂结巴着，说不出有力的话。还是行长打了圆场，说："弟妹呀，你让他办什么事，能不能跟我说说？"

大丽把事情说完，用期待的目光盯住了行长。行长说："我可以帮忙找找看。"

夫妻俩在那一时刻心里眼里全是感激，但大丽看行长的眼神，让老聂脸红了。不过那时他心里也很高兴，就忽略了那充满复杂意味的眼神，觉得今天晚上遇见行长真是一件好事。下吧，咱陪行长下个通宵，输他十八盘也高兴呀。

没过两星期，事情真办成了。是城市信用社新开的一个营业所的一个合同工的名额，一个月拿两三千块钱。大丽觉得人家行长办事儿是认真而高效的，也不能亏待了人家。两口子准备了一箱五粮液去感谢行长，行长一口回绝了。说得很坚决，让他们尽快退掉，不必花这份钱，都是邻居，这点小忙不算什么。两人感激不尽，感谢奉承的话说得双唇发麻。所以走动比过去频繁了，平常家里做个什么新鲜菜，腌制什么特色的风味小菜总要走十几米的路，送一点给行长。行长因为和子女关系不好，不常有下一辈来走动，所以自己没有酒场时，对于那些特色小吃满心欢喜。他死去的老婆才没有这样的手艺呢，他心里对老聂有这样年轻、漂亮又善厨艺的老婆有了一点点嫉妒。

有几回，老聂下班，无意中看见大丽从行长家里出来，手里拿个碗、碟子什么的，一脸红扑扑的笑意，心里有点不是滋味。不过他也没说什么，人家行长帮他办成这样的大事，送点菜算什么。他也觉得对人家心怀感激，抽空找行长多下了几盘棋，每周两三次的样子，一下子和行长拉近了距离。不爱看棋的大丽有时也会过来闲坐着，帮着收拾一下家务，或者看他俩下棋，端茶倒水什么的。有时候老聂从棋盘上无意抬头，感觉到大丽的眼光，穿越过自己，流盼在行长身上，让他心里陡然惊了一下。

终于有一天，老聂说："你知道的，朱行长的子女不和他来往，是因为他对待前妻太刻薄，硬是把老婆气死了。这种人，虽然帮了咱们大忙，但感激归感激，在相处上也不宜太过频繁亲密，否则会引来邻居的闲话。"

也就是那天吧，老婆第一次和他谈到了离婚，那时她的语气很平淡，只是说："你要是看不习惯，我们就离了吧。"

老聂呵呵地笑了："别多心呀，我是说着玩的。"

上班后，老婆光鲜亮丽了很多，饭局和娱乐活动明显增多，但还能规规矩矩地做家务，对老聂也没太挑剔。老聂凉下去的心情，又一点点暖起来。再以后，就到了上面说的那个星期天的中午。老聂一气之下，把什么都做绝了。

老聂在水龙头上洗了把脸，用力地搓了搓脸皮，又给头发上淋了些水，带着寒意的水一下子就冲破头顶薄弱的防线，淋到头皮上，让他打了个冷战，他听说过夏天用凉水洗头会得病，却有点故意这样做。在镜子前，与去年的照片相比，他现在的脸像是十年后的自己，洗一次头就要失去一小缕头发，已成自然。现在额头几乎没有什么东西遮挡，露出青中透白难看的头皮。看着镜子里的自己，他心中不由得冒出一股无名火气，把梳子狠狠地砸向穿衣镜，身体无力地瘫坐在脏衣服堆里，深深地叹了几口气。

失去正常的家庭生活，一切规律都改变了。什么时候吃，什么时候睡，什么时候洗澡换衣，这些有节律的活动变得匆忙而无序。最难受的是一个人坐下，又没打开电视的时候。自从和妻子离婚，这个家最缺少的就是声音了，静得只听见自己的耳鸣鼓一样敲击着。夜里醒来，那寂静像疯狂繁殖的鼠类，在黑暗的空间里四处乱窜，让他既惧怕又无处躲藏，真的有点恐怖。那个时候他就起来整夜地开着电视，有时也把水龙头拧开，让水哗哗流着，或者把自学英语的教学录音的声音开大。能发出声音来的东西就尽量让它们怒吼吧，实在没有什么声音了，他就让自己发出声音，把那些半懂不懂的英语单词大声朗诵出来，一遍遍地读。半年来，失眠症状一天天严重了。

老聂学英语，算起来也是本县老干部局成立的这些年来，一个让人吃惊的新闻了。像他离婚第二个月扔了那一盘价值三千多元的高档玉石象棋一样，不解的目光在那一星期几乎淹没他。其实老聂这样做是一个现实的选择。县里机构改革开始了，先下了一个文件，有一条似乎是针对他的：四十五岁以上，没有中级以上职称的事业单位的科股长，一律离岗退养，说得不好听点，就是直接离岗回家。股级干部多得用不完，这个县城的行政单位发工资都成了问题，但县里还是给那些股级干部一条退路，所以文件下了，但是一年以后再执行。

既然有了一年的宽限期，事业单位申报中级职称的人一下子多起来。老聂在老干部局这样清闲自在的机关，因为缺少竞争，从来也没想到过办什么职称。在活动室主任的岗位上，什么职称最沾边？差不多也算是思想政治工作的一种吧，离工程师，经济师一类相差太远了。带领老干部们搞搞娱乐活动，也是安定老干部思想的一种方法，申报这个门类应当是切合时宜的。但那时和老头们一起练气功打太极、钓鱼玩鸟、养花种草、打牌下棋，哪想过这职称还有用？他问人家评了职称涨不涨工资，那个养得白白胖胖，夏天时穿裙子都困难的人秘股股长笑着说："老聂呀，你就是评上高级职称，工资档位也到了，不会涨一分钱，不过有个职称以后对提干可有用啊。"老聂咧咧嘴，那时正和副局长下着一盘棋，他摘掉副局长一个车，笑着说："我还指望抢我们局长的位置啊，我都多大了？要是以象棋水平提干部，我现在一定是局长了，呵呵。"事情就这么不了了之了。

那个时候要是评职称，就好办多了，哪里需要考英语。现在这样难考，却是评职称的必要条件了，老聂觉得真不走运。他害怕离岗回家，工资是够花的，只是每天面对用不完的时间，无法消灭的寂静，怎么办呢？他决定无论如何也要学学英语，拼那么一下子。他对自己很有信心，在部队时他是百里挑一的神枪手，战术理论的尖子，要不是只想回家娶年轻漂亮的大丽，也许在部队里还会有更大作为。转业到老干部局，从来没下过象棋的他，一学就会，一会就精，两年之内拿了本县的第二名。

现在他要学英语了，科里的小林小王都笑他。瘦瘦的少妇小林能把毛衣织得花样百出，人也像根放大了若干倍的毛衣针。她说："老聂呀，你还学什么呢，能学会吗？我大专毕业的，现在才搁下两三年，都觉得难，对你来说就更难了。"她的手指在半成品毛衣上飞快地穿插挪移，还能腾出来眼光同情地瞟着老聂。

比她早来一年的小王说："哎，聂科，你要是一年时间拿下这职称英语，我就服你了。我去年考过一次，看了一年书，才考了57分，现在我学了两年了，都不敢说今年能过，别说从没学过英语的你了。"那时小王正看着手里的《怎样在最短时间致富》，这本书他已经研究一星期了，他的办公桌上还有十几本股票方面的书，他是局里唯一炒股、炒金赚了钱的人。

老聂那时哼了一声。他知道这两个年轻人都希望他能下去，空出来一个主任的位置，两个人就有了点希望。年轻人看来比他要重视职称，也比他更爱学习，两个人几乎一起上了行政管理的本科班，又报考了职称英语，准备在老聂下去之前也弄个中级职称。对科里的业务，比如举办个老干部娱乐活动什么的，一点不热心。老聂越是这样想，就越是有拼一把的热情，正好用学习来治疗一下大丽走了以后的不适。学习能让人忘却烦恼，老聂已经感觉到了。他参加了英语夜校，买了英语播放机，电脑上装了英语学习软件，决心暂时忘记象棋，让大丽看看吧，他也要做一件像样的事了。

前面说过了，老聂的聪明是在部队里就表现出来的，如果他更聪明一点，就不必担心年轻的老婆会跑了。刚转业到地方，充满了干一番大事业的激情，分到活动室做了两年的科员，那个整天懒洋洋，爱在上午十点以后下午五点之前打瞌睡的老科长退休了，他顺利地当上了科长。这一干就是许多年，因为他做什么像什么，学什么会什么，很讨老干部们的喜欢。你看，20 世纪 90 年代初时气功热，老干部们都练气功，不会气功成了不会养生的象征。那时候老聂带领一批积极分子练习过站桩功，鹤翔桩什么的，也邀请过气功师来县里搞过带功报告会，很有影响。那段时间他自己练习气功也入了迷。

练习了几年气功，身体自然是很棒了。三十多岁的人，身体本来很好，性欲格外强盛但气功是收心节欲的。大丽也有了意见，那时她才刚三十岁，见丈夫十天八天不与她亲近，便质问他："你是和尚吗？"这对于年轻的媳妇是不公平的。

幸好活动室的工作不是只带老干部们做一样活动，象棋啦，台球啦，门球啦，书法绘画麻将钓鱼都有。这些老年人喜欢的游戏他都会，只是有的精通，有的粗通，不一而论。放下气功不练那会儿，他爱上了钓鱼，协助爱好钓鱼的老干部们成立了本县钓鱼协会，让钓鱼迷有了组织依靠。后来他迷上了象棋，迷上了就无法摆脱了。

两点半就考试了，职称英语考试。他学了一年英语，还从来没像这样累过。现在离进考场还有一个小时。老聂摞开了书，在堆满杂物的沙发上小睡了一会儿。他回味着那个奇怪的梦，总觉得有些说不明白的象征。是什么呢？想不出来，眼角忽然有了痒痒的感觉，几滴意料之外的液体漾出来，把鼻尖也弄得酸了一下。妈的，凭什么呢？他空洞的眼里只剩下灰白的屋顶，阳台上的玻璃把太阳的反光映过来，反照在屋顶上，旧风扇扇叶啦，已有些年代的石膏花纹啦，飞舞的灰尘啦，就在那一片亮晃晃的光里混乱了。

儿子怎么会一下忽略了亲生父亲呢？妻子怎么会一下子就消失得无影无踪了呢？这些问题是很难想通的。应该说儿子还不错，放了寒暑假总要过来住几天。老聂问他妈住在哪里，生活得怎么样，孩子很为难，不肯说，他也就没问下去。都怪儿子成长时他关注得太少了，相比之下他和妈妈亲近得多。只是敏感、执拗像他。儿子和他见面好像没什么不快乐，平静得像什么也没发生，老聂在他身上看到了自己的另一面。看到老聂学英语的书，儿子摇摇头，笑笑，那副表情里有什么刺伤了老聂，他没有心情解释什么，父子相处的几天就那样过去了。

这是2004年夏天的一个下午，中年的老聂走进了考场。考场是如此严肃，对老聂来说很陌生。很多年没进过考场了，没想到考场也布置了三三两两的警察和保安，戒备森严的样子。考场设在第九中学，是省重点学校，外观很气派。老聂近年很少逛街，没发现他生活了四十几年的县城也好像不认得他了。那些楼呀，花呀，街道呀，行人呀，在阳光下亮得鲜艳，像镀了一层亮晶晶的薄膜。

他进学校大门时只注意门里面那棵开满淡红色花朵的大榕树了，没注意小门前还有人伸出手来要拦住他，要他的证件。老聂勉强地笑笑，说，这么严呢，他拿出身份证与准考证，递给了门卫，那个毛头小伙子有点警惕地看看证件，又看看他，嘀咕了一句，怎么没刮胡子呢。

老聂还是笑笑，这些天备考，忘了刮胡子了，他说。两个年轻漂亮的姑娘在他身后咯咯笑起来，身上的香味在笑声里水波一样扩散开了。老聂听到她俩低声说："咦，这么大年纪还考英语？怎么像英语老师啊。"

老聂脸上的表情动了动，僵住了。他逃跑似的冲出香水气息的包围圈，绕来绕去找到三楼第六间教室。在教室门口，还有人把关验证，他看见前面的人把手里的证件在验证人眼前扬了扬，就进了教室，他也想这么做。大概是他做不出那熟练又随意的样子，才又一次给拦住了。那人反复看了几遍他的脸，又认真看看他的证件，最后脸上有了职业化的严肃表情。那人说："不太像，你和考这个试的人，年龄差太多，不过……"因为不能肯定，所以他只好放行了。

铃声响过之后，卷子发下来了。老聂粗略地看了看，还好，看样子自己还能完成不少题，不像想象中的那样难，一年的力气没白浪费。他埋下头做题，没注意又一股香味笼罩了自己，好像过了一会儿还没离开。他抬起头，看到一张年轻女孩的脸正在审视自己，那身好看的连衣裙上，别着醒目的监考证。这张脸正在脱离稚气，也可以说努力地装扮老成。因为有了胸前的红证，有着浅浅酒窝的脸上消失了笑，剩下的全是威严。

年轻的监考官发话了："这是你吗？"

"是我。"老聂笑了。看着和自己儿子差不多大的女监考，他觉得没必要耍脾气。

"如果你是代考的，那么请你现在出去吧。"女孩的声音温和一点了。

"我不是代考的。我给自己考。"老聂说。

"准考证上的照片不像是你。不用我说，你自己也看得出来吧。"

"我老得这么快？"老聂摸了摸自己的脑袋，又摸摸自己的胡子茬，无奈地笑了。

"隔壁的考场已经走了两个。如果自己走掉，无论是代考人，还是报名者，我们都不追究。"

"我不是代考的。"老聂低下头又强调一遍。

考场里有人抬起了头，看着这意外发生的一幕。在这种成人的考场里，情况比中学生考试复杂得多，不会做题的，剩下的兴趣就是看热闹了。

一个胖胖的戴眼镜的领导模样的监考走过来了。他跟老聂说："耽误你一会儿，出来说吧，在考场里，影响大家。"他的说话节奏缓慢得让人讨厌。

"我理解，我不是代考的。你看看吧。聂新中，不是我是谁？"老聂带点气了。

领导模样的监考用恳求的语气说："出来说吧，这样影响大家。"

老聂说："怎么回事啊，我什么证件也不缺，这位小同志怎么就为难我呢？"他看见了一张张年轻的脸转向了他，这种注视多半不太友好。况且这个教室里，像他这个年龄的考生只有他一个人。

老聂走出教室，迎面被那一大片突然包围他的阳光刺了一下，身上的汗就出来了。他回避着一寸寸逼近的阳光，和两个监考走到楼梯口的阴凉地方。

"同志，你要理解，我们每个考场，都是和学校签了协议的，如果有人代考，要扣我们的工资。请你理解。"领导模样的胖监考说。

"可是我没有代考呀。我是给自己考的。"老聂理直气壮地晃着手里的准考证。

"我们都看过了，"那个年轻的女孩用手撩拨了一下黑黑的长发说，"肯定不是你呀，老同志，配合我们工作吧。"

胖监考说："看来，你我可能是同行，都做过教师对吧？快退休了对吧？还替人家代考干什么？我们老同志了，丢不起那个脸啊，要是公布出去，不好看。"

老聂无奈地摇摇头："我怎么说你们才相信呢？我没有代考，我是老干部局活动室的聂新中，不信你们可以去调查。"

"好了，好了，我们别在这里吵，到办公室去说吧。小李，你赶紧回去监考，我带这位考生到办公室去说。"

小李扭身进了教室。老聂说："这小同志认真过头了，我都四十八岁的人了，还能充无赖呀。你看看我的证件，仔细看看。"

被小李称作刘主任的胖监考拉着老聂的胳膊进了办公室。坐在办公桌前，他把老聂的证件拿在手里，一会儿摘下眼镜，一会儿又戴上眼镜，上下左右看了个遍，只咂咂嘴，不说话。

老聂急了，站了起来，说："你看好了没有，我要到什么时候才能回去考试？"

"别急，你在这儿歇一会儿吧。"他从眼镜上方瞪着两只白杏仁似的眼球说。

老聂突然感觉血往脑袋上冲，眼球里纷乱着一团亮闪闪的金星，他的声音不由得大了："我等不及了，你要审核查对就快一点！！"

"好好好，你别急，我再看看。"说着，人出去了。

老聂一个人坐在屋里，脑子里一团乱。他想起中午趴在桌子上睡了一觉，耽误了吃饭时间。是两天没吃了还是这一顿没吃，他想不起来了。只记得来时喝了一杯浓茶，现在胃里空泛着一层酸水，轻飘飘地要漾上来了。饥饿撵走了愤怒，他拿手安抚着胃，不知道干什么好。

窗外是那些高大蓬松的榕树，榕树在这个城市里并不多见，但在这个学校里却有几十棵。正是榕花开花的季节，那种水红色球状的花儿一开就是一树，在绿叶间隐隐地浮现，让翠绿的叶子显得更绿了。那些花儿都很轻，很容易就在风里落了一地，丝丝缕缕的花香混合在空气里，使阳光稠得有点发黏了。

过了很大一会儿，来了几个人。戴眼镜的刘主任指着老聂说："就是这个人，我也拿不准，照片不像是他。王校长，你看，怎么处理吧。"

　　那个王校长四十多岁，叉着腰，身子有点弯，也戴着眼镜，茶色的，眼睛躲在后面看不清。他看了看老聂，看了看准考证、身份证，说："你不是代考的吧？"

　　老聂说："这么长时间，还没搞清楚？是代考的，我就自觉地走了，现在我可以回去考试了吧。"

　　校长说："还没证实呢，别急。你多大了？"

　　老聂说："本本上不写着吗？"

　　"四十八了还考英语干什么呀？"校长阴阳怪气地问。

　　"评职称啊。这不是职称英语统考吗？不让考？"

　　校长说："实话说，我看着你有点面熟。"

　　"我是老干部局活动室的。你要是认识就正好，耽误的时间能不能补偿？"

　　校长说："只是面熟，在哪儿见过不记得了，不是在学校里吧？"

　　老聂说："我倒不认识你，我只认识你这里的老校长，退休的老校长，老王，现在有七十岁了吧。有一两年没去老干部局活动室了。"

　　校长呵呵笑了："那是我父亲，我怎么没听父亲说认识你呢？"

　　老聂有点生气了。"我不跟你在这里扯淡，我是来考试的，你没权利耽误我考试！"

校长说："老同志，别生气，要是验证也很容易呀。"他转脸问胖监考："你刚才不是说老干部局还有两个考生吗？"。

刘主任抹了抹一鼻尖的汗，说："对了，把那两个考生的资料调一下，看看在哪个教室，让他们来认一下吧。"

老聂这下真的生气了，他站起来，手敲着桌子，说："我不是聂新中我是谁，你们告诉我！照片有点不像，那是因为我一年就变成了秃顶满脸胡须！成了秃顶，脸上长了胡子我就不是聂新中了吗？你们说，你们监考监的什么考？我问你？！"

胃里那一波酸水又泛上来，而且他一喊，眼睛里那些比窗外阳光还刺眼的金花就开放了，一簇一簇，闪烁着，铺天盖地般涌来。

没人听他的话，胖监考出去了，校长坐下来找他的电话本上的号码，还有两个老师端着茶杯聊天。蝉声在那个时间强烈起来，一波一波，从榕树花叶下面挟裹着晃眼的阳光闯进来，像无数把无形的小锯，在老聂心上锯开来，老聂看见锯落的粉末全是分分秒秒的时间片段，一会儿晃过大丽的脸，一会儿晃过小东的黄唇须，一会儿是朱行长吃他棋子时的腔调："我要撤你大车的职了，呵呵。"还有年轻女监考脸上正在没落的天真稚气，她绿色裙子上监考证耀眼的红色……

"看看这两个人你认识不认识呢？"

老聂感觉一个声音在耳边回声般响起来，胖监考进来了。

这声音让老聂的身体下意识抖动了一下。他看见窗外大团的阳光蛮横地冲进来，带着呼啸的风声。在门开处亮晃晃的光里，一男一女两个年轻人站着，有点紧张地望着他，可能是毒辣的阳光刺痛他们了吧。

"王小平，林红琳，都是老干部局的职工，你们认识这位聂新中考生吗？"刘主任问。

那一男一女低声说："不认识，不认识他。"

"哦，好了，你们不认识他，那他就是代考的人了，就不是老干部局的聂新中了。"刘主任转过脸来问老聂，他的声音还是那样笨重缓慢，好像嘴里的词语会不小心从空气里掉下来，落到地上摔碎了。

老聂眯了眯眼睛看那两个人，他真的不认识，那两个人怎么可能是王小平、林红琳呢？是他花了眼看错了？那个女的倒有点像林红琳，不过至多可能是她的妹妹或者姐姐，绝不可能是她本人。每天上班在一起，他对面的女同志他怎么会看错呢？怎么了到底是怎么了？他是在做梦吗？是这一年来无数个梦的继续？老聂揉了揉眼睛。

呵呵，校长走过来，他笑了。"看看，看看，你自己单位的人你都不认识，这可能吗？这里只有两种可能：要么你是代考的，要么她们是代考的，两者必居其一。"

老聂张着的嘴无法复原，他重复着："我不是聂新中，我是谁呢？你们可以到公安局去查一查。这两个人，这两个人，怎么会是林红琳，王小平呢？"但后面的话他没有说出来。他的意识那一刻停顿了，停顿在门口那片亮晃晃的阳光里。

几个老师围过来，脸上全是油脂一样黏滞的笑，七嘴八舌的声音包围过来："没想到，这么大年纪还玩花样，代考还这样理直气壮，真不自觉，这就公布名字，让大家都知道……"

蝉声又响了，不是一只两只，是几十只数百只，那一波一波声音的浪花翻滚着冲进来了，无数把细小的锯子就锯开了，一下、两下、无数下，时间一片片碎成粉末，金属一样的粉末在空气里飞扬着，带着五颜六色的光泽，跳动着各种各样的表情和声音……

"妈的！我不是聂新中我是谁呀！妈的，我到底是谁啊！"

老聂看见自己的话冲出了嘴，用箭一样的速度。桌子上他手边的水杯也一起飞了起来，向着对面的窗户，向着那透明的玻璃外阳光稠密的地方飞了过去。接着，他听见砰的一声爆响，是夏天稠密的阳光爆炸了，那声爆裂声之后，黑暗过来了，吞没了他，身体像棉花一样吸满了黑……

老聂是三小时过后离开学校的，他在医务室里吊了两瓶水，睡了三个钟头。醒来后的老聂脸上一直带着笑，含糊不清地答应着别人的问话。老聂不记得他为什么到这里，又为什么校长给他恭敬地赔礼。校长送老聂到门口，目送着他过了马路，拐上那条坐公交的大路。老聂在路口朝他扬了一下手，说了一句"see you later"，就跟跄着走开了。他站在路对面，还对着校长潇洒地一挥手，好像那轻松的一摆手，就轻飘飘地把这个下午发生的那些事，扬到夏天稀薄的空气里了。

天色已近黄昏，阳光还是那样强烈，走在路上的老聂忽然觉得心中充盈着喜悦。这欢喜是遍身通透的轻松感，无所牵挂的从容感。他看到所有的路人都对他谦卑地微笑着，有的还在橱窗里向他鞠躬。有的看起来长得像大丽，有的像儿子小东，还有行长模样的低着头羞愧地自语。现在，他耳朵里充盈着声音，此起彼伏，有的低声私语，有的高谈阔论。甚至，他只要一走近街边的梧桐树，就能清楚地听见那些肥大叶子歌唱的声音，不，也许是它们大口吞咽着阳光的声音，是它们享用着美味阳光的神秘声音。再仔细听听，那些挺拔的树，高大的楼群，立在花丛里的雕塑，张着嘴发呆的果皮箱，都在扭动着身子，隐隐约约地发出声音来，这些声音他只要去听，就听得到，就听得明白，都在说着话呢，嘶哑的，娇嫩的，干瘪的，或轻言慢语，或激昂振奋。

现在，现在，对耳朵里充满声音的老聂来说，只要他更仔细地分辨，就能听见满世界是读英语的声音了。这个世界怎么了啊，眼睛看得到的文字，全变成大大小小的英文字母，人们口中的话，听着全像是英语啊，多么好听的英语，多么美妙的英语，完完全全把他包围了……

# 春天的六十九级台阶

苏老师在小区门口堵住了老丁。她迈着坚定的步伐一步跨到老丁面前。像当年训诫学生那样，两手一叉，目光聚焦，她白净而瘦削的脸庞天生就有一种凛然之气，不战而屈人之兵。

"怎么样，还想躲吗？"她说。

老丁低下头，有点不好意思的样子。他在学校时当过水电工，管理过花花草草，后来代过体育课，半路插队挤进教师行列。在校领导和其他正式老师面前一贯比较谦恭，所以习惯被人称呼老丁而不是丁老师。此时他下意识抖了抖手里那只刚买的大南瓜，向门口那边的调解室望了一眼。派出所退休民警老李，现在是小区的保安主管兼纠纷调解员，是他的棋友，此时不在小窗户后面。

"你以为我不知道你住在对面八号楼五〇二？你以为我不知道你这些天来干的坏事？考虑到你做过我的学生，呃，连你女儿也做过我的学生，我才没有报警，要不然，哼！"苏老师说。

老丁连连点头，一个劲地干笑。习惯性地挠了挠露出白发茬子的短发，不动脑子地说了几个字，跟蚊子的嗡嗡声差不多，这下苏老师恼火了。

"好吧，你不准备认错是吧，那么我们找李警官来评评理，至少，也要交出你教唆的那两个小贼！"她说着，上前揪住老丁——老丁穿着夏季运动服，根本没有袖子可抓，她只好抓住他衣襟的下摆，没想到，根本拉不动。

她忘了，老丁原来是马拉松爱好者，参加过全市春季马拉松比赛，还得过老年组第五名，腿上都是腱子肉，他此时站在那里，大树一样在地上生了根。

"好好，你连调解也不同意是吗？那就让110处理。"苏老师拿出手机，动手拨起号来。

老丁慌起来，手一抖，南瓜掉在地上，摔成了两半。他给苏老师作揖，嘴里的话终于说清楚了."苏老师开恩，苏老师开恩，一切错在我，我赔偿，我赔偿！"

"怎么了，老丁，你堵在路中间做什么？"警官老李一摇一晃地走过来，语气里满是一丝不苟的管事人腔调。

他们一起去了小区的调解室，作为这个小区的治安总管，他有义务调解邻里间的纠纷。他安排当事人坐在两张椅子上，自己则端坐在窗户前那张收发桌上，拿出一个旧本子，一本正经交代当事人各自叙述，他要做记录。

这是一个老旧小区，原本是2000年前后建设的教师公寓，两排分别是三个单元的五层楼，房子虽然旧了些，但是小区的楼距比较宽，五楼顶上还有一个四十多平方米的大露台。原来住户都是老师，后来好多老师搬走了，只剩下一些退休教师住着，其余的大都租给了房客或者转卖了，彼此间并不怎么熟。

老丁与苏老师的恩怨从何说起？苏老师住七号楼的五〇二，老丁住八号楼五〇二，两栋楼隔着一条路，彼此相望，从老丁家的露台可以清楚地望见苏老师家的露台。苏老师认识老丁，他还做过几天她的学生。那是一年前，苏老师在老年大学里授课，她是教花鸟画的。老丁喜欢下象棋，所以常去老干部局蹭棋局，后来在苏老师的绘画课上旁听了一回，就果断爱上了这门艺术。接下来的两星期，一课不落。但两星期后，苏老师生病，一下子住了一个月院，出院后就辞去了兼职教师的工作。那以后，老丁怅然若失，却没放下这门功课，一直在家里看画帖临摹。按说，这一年苏老师病好了以后，还出国探了一次亲，没怎么和老丁见过面，小区里的联谊会和年底老年曲艺队演出也没见她露面，他们之间会有什么冲突？

李警官像履行警察职务时一样皱着眉头，催促老丁："说吧，老丁，都是一个小区的邻居呢，有什么恩怨，说开来就是了。"

"真的没什么啊，挺好。苏老师挺好，我跟她学过画，这些天总想着请教她……不过有几次跟在她后面，以为她是去老年大学上课，所以……就这点事。"

"哼，"苏老师嘴里给出了个含义明确的评价，说，"这段时间，不可能都是巧合吧？我去买菜，走在巷口那儿，感觉不对劲，好像有人跟着，一回头，是他。眼神奇奇怪怪，假模假样地跑着小碎步，一脸怪笑。还有，晚上我去看人家跳广场舞，在松树街那儿，也看见他不远不近地跟着，他也是去那儿跑步吗？还有一次，我去商场买东西，路上下了小雨，他一个人拿着伞，迎面跑过来，说是巧了，多了一把伞，要借给我用。我刚拿在手上，他就说什么时候还伞，可以微信联系，马上要扫我的微信，还要我的电话号码，问我几点在家，什么时候有空？你什么意思啊老丁？你说说看。"

"我……也是好心，你一个人，我怕你遇上坏人呢。"老丁慢腾腾地说。

"哼，我一个人，要你管呢？这小区里独居的老人还少吗，你管得了？遇上坏人？我怎么感觉你鬼鬼祟祟的像个坏人呢？不是坏人能干出那样离奇的事？你跟李警官说啊，继续说。"

"那个，怎么说呢……"老丁捏着自己的运动服衣襟，搓了两三下，手上一层汗，想不起来怎么说。他瞟瞟李警官，想给他递个眼色，李警官一本正经，不准备徇私舞弊，眼都不抬一下。

"你不想说？那我来说。李警官，你知不知道我在五楼的那个露台弄了些果树盆景？"苏老师以疑问句开路。

李警官抬起眼同情地看看她，一副严肃思考的专注样。他想起这个小区的两处风景，一个是苏老师的露台，一个是老丁家的露台，都是郁郁葱葱的一片绿荫。苏老师家沿平台摆了一溜果树盆景，造型迥异，枝叶繁密。难道老丁偷了苏老师的盆景？

李警官感觉事态比预想的严重，就急着追问："盆景怎么了，被老丁偷去了？"

苏老师摇摇头，习惯性地从鼻子里又挤出那个"哼"字后，说："你问他，跟偷东西有什么两样，比偷还过分。"

老丁抬起头笑，遇见苏老师严厉的眼光，他又不好意思地低下了头，连忙说："我赔，我赔。"

"赔是小事，关键是确定事件的性质，那当然得看看现场！"李警官坚定地说。他感觉有重要的信息苏老师还没完全透露，便催促苏老师带他到现场取证。

李警官和老丁都是第一次踏进苏老师的家，他们都怀着一脸孩子般的好奇进了屋。虽然苏老师绷着脸，但还是宽容地给他们留出赞叹这间屋子的机会。家具虽然老旧，但整洁得一尘不染。沙发上端的墙上挂着一些照片，主要是女儿一家的生活照，女儿一家三口在美国费城，五年前移民过去的。

还有苏老师的老伴——原来是地质大队的工程师，六年前就得病去世了。他和苏老师都是南方人，随地质队到处迁移，十五年前才来到这个城市定居。女儿一家去美国后她就一个人生活，老太太一点不显老，六十多岁了上下五层楼还不怎么气喘。

他们去了露台上的花园，原来一溜果树盆景都沿栏杆摆放，苏老师指着一株最大的盆景树说："看看，就是这一棵。"

那是一株美国拉宾斯樱桃树，树枝粗壮，叶脉油绿，只是那一树果子只剩下几个发青未熟的，大部分果子没了，果籽落了一地。另一棵是早露蟠桃，本来结了一树幼果，现在七零八落，一地破碎青果。

苏老师指着树说："看看，这就是现场，你认不认？"

李警官扭头看老丁，很是稀奇，说："有这等事，是你家那两小子干的？"

"麻雀也会吃，喜鹊也会……不一定是大宝二宝。哦，这棵蟠桃要补氮肥，这棵李子缺生物肥，要勤浇水……"

"别转移话题，这是不是你家小偷干的？"苏老师说。

"麻雀也会吃，喜鹊也会……"老丁讪笑着。

"我就知道你会这样说……我早晨五点钟就被它吵醒了，我听见露台上有鸟叫，不是一般的麻雀叫声，我这两棵树挂果时还准备了两张遮阳网罩子呢，看看，全被啄坏了，麻雀喜鹊一类的小鸟有这本事？还有，那大鸟太鬼气，看见我一点不怕，长着一只弯钩大嘴，还会扇着翅膀吓唬人……对了，李警官，你再看看这个。"苏老师很小心地从口袋里拿出一个带环的小铝牌，递给李警官。

李警官一看就笑了，说："老丁，我以为你是老实人呢，嘿，你原来不是。那好，必须去你的贼窝看一看，确定肇事者，这下你没说辞了吧？"

老丁是个老鳏夫，老伴去世快十年了。他家当然不会有苏老师家整洁，但客厅也算齐整，醒目的一处白墙，还挂着一幅自己最满意的国画，那是苏老师当初帮他修改过的一幅喜鹊探春图。他们进客厅时，老丁特意指了指那画，激动得手指有点抖，苏老师还绷着脸呢，看了那画也没什么表情。他们上了露台，苏老师倒真的感觉眼前一亮，她不得不承认，这小天地还真有空中花园的模样。

葡萄架上一串串花蕙垂下来，随风轻摇，还有些淡淡的清香。花架下安置了一个小石桌，上面刻着象棋盘，旁边有三只小石凳，栏杆上一溜紫藤花缠绕，围成了个小花墙。靠西边的墙边，用青砖砌了一个小巧的鱼池，里面养了十来条长尾飘逸的金红锦鲤。水池的一角有个瀑布状开口，一直蜿蜒到花池里来，一架电动小水车，一直把鱼池里的水翻上来，在花池的小溪流里缓缓流动，直到隐没在花丛里。花池里更是一段一景，有耸立的小山，有陡峭的崖石，还有骑牛的牧童，有古朴的小桥，组成自然有趣的微缩景观。

苏老师看得入神，竟忘了正事。还是李警官提醒，要现场搜查证据。老丁看苏老师脸上转晴，喜从心来，脸上坦然许多，带二人去了阁楼。那小阁楼里其余人家都放些杂物，他是改做了鸟房，里面挂着六只蒙着黑罩的鸟笼。刚才，他们一上露台时，那些鸟就听出了主人的脚步声，一齐啼叫起来，在鸟笼里不安分地上下扑腾，李警官走上前，一把取下最大的鸟笼，好像看准了似的把它拎到葡萄架下。

"肯定是它对不对？"他很有把握地说，要求苏老师凑近了来看，"我见过它站在这花架子上叫，还在小区上空绕圈子。"

黑布罩打开了，原来是两只漂亮硕大的金刚鹦鹉，一只黑喙，一只白喙。顶羽是褚红色，眼圈一片白羽，脸像个小丑，前腹是一色的金黄，背羽是红黄青三色分界，毛色分外鲜艳。那对鸟儿看见主人带了一对陌生人来，显得有点局促似的，站在杆上左右换着步子，歪着小丑脸一会儿看看这个，一会儿看看那个，很滑稽的样子。

"就是这两只鸟。"苏老师肯定地说，语气倒温和了许多。

"你每天都放它们出去兜风，不怕它们跑掉？"李警官问。

"一天就一次，都是早上，喂了六年了，周围熟了，它们很乖，不会跑远。"老丁说。

"哦，这种鸟一定很聪明，认得家，它们会点小把戏吧？"李警官指着笼子里的一架玩具秋千问道。

"你瞧着吧。"老丁答道，立刻温和地发出了指令，"大宝，二宝，好乖乖，给大家露一手！"个头小一点的鸟像人那样歪着头想了一想，看了看老丁的手，老丁慢慢合上手掌，它好像明白了似的，马上跳上秋千架，来回摆动起来，姿势优雅淡定。另一只看见笼外有人拍起掌来，也跳了上去，傍着另一只的侧身，一起摇荡起来。

李警官和苏老师都不自觉地笑了起来。李警官等那鸟儿停下来，伸着脖子去啄食老丁手里的犒赏时，立刻发现大的那只少了脚环，正和他手里的那铭牌相符，上面印着老丁的电话和微信号。

李警官正和苏老师一起凑近了仔细比对，那只丢了脚环的鸟儿抬起爪子挠了挠羽毛，冷不丁说起人话来："苏老师好！苏老师好！"

三个人都被吓了一跳，苏老师缓过神来，说："就是它，每天早晨在我窗前这么叫，快一星期了，叫完还去啄我的果儿！"

老丁有点慌，做了个严厉的手势，好像是比画了一只烤鸭的形状，让鸟儿闭嘴，但那只鸟儿显然理解错了主人的意思，突然兴奋地扇了扇翅膀，嘹亮地唱出一句清晰的口号来："在一起，在一起，在一起……"

可以想见鸟主人面红耳热遮不住的窘迫，张警官忍着笑的诧异，苏老师涨红了脸的羞愤……这对鸟儿闯的祸可不止这些。那会儿苏老师瞪大眼，张着嘴，半天没有说出话来，后来她身子慢慢软下去，一下跌倒在葡萄架下，幸好老丁手快，在她倒下来的一瞬间扶住了她。

苏老师在医院里住了一星期，倒不是因为惊吓，医生的诊断是急性脑梗发作，她这病以前也发作过一次。这次病得不是很严重，治疗了几天后语言和行动都没障碍，不过以后每年都要做一次预防性治疗。这次多亏了老丁，120车没来之前，是他把苏老师背着走下五楼，又是他守在医院照顾了苏老师七天，苏老师在本地没有亲戚，女儿一家又在国外，老丁冒充亲属身份，在自己女儿的帮助下照顾了苏老师七天七夜，病人和医生竟没看出破绽。

出院那天，老丁办好手续，叫了一辆车，一直把他们送到小区门口。两个人是手挽着手走进小区的，张警官含着笑迎接他们，一直目送两人到苏老师家的楼道口，心里想着老丁承诺的那场酒快要兑现了。

老丁在苏老师家的楼道口蹲下身子，等着背苏老师上楼。苏老师蹙眉，说："这么高，你怎么上得去？"

老丁拍了拍自己腿上的腱子肉，说："放心吧，上得去，从一楼到你家门口一共六十九级台阶，不多，我数过！"

"啊，连这个你也知道？"苏老师大大惊奇，想起近半年来她家门口常常放着无人认领的蔬菜，一定是老丁干的。

她抬头看了看老丁家绿意葱茏的露台，说实话，她还挺想念那两只会说人话的金刚鹦鹉。

# 一柱的春天

　　一柱的春天如期来了，他却看着满眼新绽出的青枝绿叶发愁。

　　如果他拿不回那四千元，如秋的药就只能吃到月中，大壮和二壮的学费还得舍脸去借，而他跟妻儿许诺的去邻县沙沟的湖边玩的计划也无法实现。

　　他选择忘记脸上的痛，也不把踹在屁股上的那一脚记在心上。被包工头欺负就像小孩子被大人打，你计较不得。你计较了，他正好有理由赖你的钱，让你转八个圈拿不到一分钱。更重要的是，以后的活你也干不成了。

　　中午他在十八楼那家吃饭，三个工友把三合板支在两个板凳上，用几块砖搭成坐凳，围在一起吃。两个菜，豆芽炒粉丝，红椒黑咸菜，还有旧饮料瓶装的散酒。三个人中午总要凑在一起喝一盅，只有一柱除外。他一个人本来就不跟他们一路，他是刷墙的油漆工，他们做装修木工。虽然不是一村的，也很熟，都知道他不喝酒，家庭也很特殊。他们工闲时总好摸牌赌上几把，一柱也从不参与。一柱只盘腿坐在另一间屋的地上，喝着带来的白开水，吃煎饼卷干盐豆，自己很满足。

他喜欢一个人待着，就是做活累点，只要一个人干也很好。他跟那些工友没有太多话说，他的怪癖别人都看不惯。只要双手一离开活计，哪怕手指上还沾着泥灰，脸上也斑斑点点像个小丑，他就会从包里拿出一样东西来，拈在右手里。吃饭时也不放下，闲站着抽烟时也不放下。有时吃煎饼会咬到手指头，喝开水会烫着嘴唇，解手时忘了拿纸。有了那样东西，他的精气神都聚到一处，不离不散，若痴若呆了。

那是一支毛笔，一支破毛笔而已。

就是那支笔惹的祸，让包工头牛二麻子今天中午时撞开了门，径直走到他跟前，什么话都没说，先踢了他一脚。接着，手里一卷脏兮兮的破报纸扔在他脸上，这才开了腔："你个王八羔子，都是你惹的祸，你干好你的活就行了，在人家的地上乱写胡画什么？"

他脸上火辣辣的，屁股也疼。他本来就很瘦，五大三粗的牛二麻子一手就拎得起来。还好，这样的事他不常做。一柱的脾气好，遇事都选择忍让，知道牛二麻子是那种付工钱就要骂人就要挑错的老板。一柱知道自己不对，但这一个月的工钱对他来说太重要了。他低了头，像个孩子似的脸红认错。他等着牛二麻子打开左胳膊窝下面夹着的浅黄的油亮皮包。平常他习惯一边翻找，一边瞪着对方，然后递上跟实际工钱差了几张的票子。有时差个三百，有时是二百，他心情不好时也差过四百五百。牛二麻子差钱的理由很多，如：原来钱准备不多不少的，恰巧刚被用过几百；今天正好没有现金了，手机钱包也空了，下次发钱一起补上。跟他干活的人都知道，没有下次。活干好了，他有时拎一小塑料桶的散酒，在大排档炒几碟小菜一起吃一顿，或者给你几包便宜的喜烟完事。每个人被欠下的三百二百，你都别想要回来，谁叫人家能揽到干不完的装修活呢。

牛二麻子这次没有打开他的皮包。看来他也不准备打开了。此时他脸已涨得紫红，长着一颗大痣的左边眉毛习惯性地上下跳动。

"主家说了，你在人家的地面上胡写乱画，弄脏了地面墙面，还故意写字骂他，工钱就别想了！人家还要告你，你抓紧给我滚远远儿地躲几天！"牛二麻子说着，打开了手机短信，亮给他看，上面写着："尽快找到你的刷墙工人，他在我家地上写了很多字，我找他有要紧事谈谈。"

一柱看了也吓了一跳，不就是在废报纸上写了些大字吗？犯了什么错？

上次干活的那家是在韵都小区，本城的高档小区。十二楼复式，三百多平方米。刷墙的时候地面都要铺上硬纸板、旧报纸，一柱很喜欢那些崭新的报纸。手里的活一停下来，就拿起那支旧毛笔，蘸了些淡墨，在报纸上写写画画。报纸写完了，又在硬纸板上写，不承想写满了一地的大字。后来老板接这边的活，急着赶过来，他连纸板也没来得及收拾好，但没弄脏地面墙面，也会闯下祸端？

"你那臭毛病就不能改掉？你以为你天天写字就能成为书法家？别痴心妄想了，先养活你那一大家人再说！"

牛二麻子点了一支烟，气还没消，继续说："你写也就写了，你骂人家干吗？人家姓马，你不知道？又写了很多'废'字，很多'妻'字，你老婆残废怕人不知道，非要写出来？偏偏人家儿子刚离了婚，就对号入座了。你写了很多'马、废、妻'是不是？你怎么不把'坏种'两个字也写一百遍，那连起来读多顺口？'马废妻坏种'多清楚明白！你是替人家打抱不平啊？工钱别想了，人家已报警要告你了。"

一柱吓得麻木了，他不知道自己那几天怎么突然总想练好这几个字，全是无心无意之过，是照着字帖写，把难写的字多写了百十遍，绝对没有别的意思。他也不知道主人家的那些事。现在完了，工钱怎么去要？

他收拾好工具包，放在一个旧桶里，一个人上了二十八楼。顺着安全门爬上了楼顶，坐在最高处的水箱上。

这儿差不多是城市的最高点了，天空压低了身姿，一栋栋楼房显得渺小起来。城市很大，二十年来不停在盖楼，好像还没填满那些空地。天色阴沉着，一阵小风吹过，飘起了细碎的雨滴。一柱坐着不动，想那些事。他卧床的妻子，如果不是三年前从人家房顶上摔下来，也许现在能和他一起给人家刷墙。两个人包一家的墙面，那就合算多了，也轻松些。他妻子调灰打底，他精做细抹，分工明确，还能说说笑笑。如秋从不责备他练字的事，她喜欢看他写字，她说男人要只知道吃喝拉撒睡那才是个活死人，男人就该干些比女人高一截的事，写字也算，这也是文化啊，让自己的孩子都受影响，从小就喜欢文化也很好。可惜，世事不尽如人意，她就那么好端端地从房檐上摔下来。幸亏有脚手架挡了一下，不然命都没了。那天他是给一个远房亲戚盖房，早上没吃饭，中午太阳又毒，可能是妻子的低血糖犯了，就跌成了残废，腰部以下不能活动，现在只能卧床。都是亲戚，能怨人家不给吃中饭吗？药费都不好意思让人家全垫，只好卖了自家刚盖的四间平房，给如秋看病，一家人重新搬回旁边的小瓦房里。

再说那两个孩子，一个初中，一个小学，都是用钱的时候，他能不拼命地接活干？所以工友笑他："你这个熊样，还有心思练字？"

他一拿起笔，就忘记了所有的事。汉字的笔画组合千千万万，在脑里汹涌起来。人生里也就这点舍弃不下的乐趣了。他最初着迷于写字，想来是上小学五年级时，一次语文课上，吴清老师当着全班同学的面说，一柱的字写得多工整，这孩子，有出息！

吴清老师写一手好看的工笔小楷，板书整整齐齐，字帖一样。那时班上好多孩子都模仿他的楷书，只有一柱学得最像，学得最刻苦。作业本不够，他用废纸写。下课了，他把老师用剩的粉笔头一个个捡起来，收在书包里，等同学们放学了，他在吴清老师的板书后面学着写。写完了一整面黑板，再擦掉重写。放学路上，田间地头，同学们打打闹闹，打溜子，玩方宝，推铁环。只有他低着头，拿一根树枝在地上画。家里有一块漆了黑漆的旧窗板，他收在柴房里，常常一个人守着那块窗板用粉笔头练字。

吴清老师调走的那个夏天，把他叫到了家里。老师手把手教他用毛笔在宣纸上写了一张小楷字。那是他第一次在宣纸上写字，激动得小手抖动着。吴清老师送给他一本楷书字帖，一沓宣纸，一支毛笔，嘱咐他要坚持写下去。

这么多年来，一柱把那杆用秃了的毛笔一直保留着，放在自己的箱子里，留作纪念。他初三辍了学，因为爹娘一年之内先后去世，生活没了着落，靠自己的远房姑母接济，十六岁就到建筑工地上干活养活自己。十多年来，跟着他走南闯北不离身的，是一支毛笔和一本字帖。

楼顶的风很大，刚才星星点点的雨珠现在连缀成线，密集地落下来。一柱的衣服湿了，头发上淋下雨来。他掏出包里的那支笔，在雨水地里蘸湿，在水泥地上一笔笔地画着。一拿起笔，他的精气神就回来了，所有的痛在撇撇捺捺间消融掉，烦恼暂时远去了。

一柱这个晚上没有回家，他不知道怎么面对妻儿。原本儿子的学费还欠着一千块，准备这次收了工钱一起交的。还有如秋的药费、检查费都等着呢。他给如秋打了电话，说这两天业主催得紧，得加班干完活。如秋问，怎么吃住呢？一柱说人家业主给饭吃，在工作地点住，不用担心。

这个晚上一柱没有吃饭，还在十八楼干活。他喜欢干油漆粉刷工，刷子多像一支大毛笔，在墙上能刷出横撇竖捺的感觉来。没人的时候，一柱也用它在墙上写写画画，反正都要涂匀了，一遍遍地盖起来，什么都不影响。不像在报纸上写，在纸板上写，你不及时收拾，总有人会看得到。

他一个人干到晚上九点钟，实在干不动了，就趴在窗口透透气。原本只是扫了一眼楼下，这一看不要紧，看见一辆警车开进来，一路亮着警灯，一直开到楼下，七八个警察跳下车来，向自己所在的单元跑过来。他吃了一惊，牛二麻子的话是真的？他原以为不过吓吓他，无心地写了那几个字，又不是故意的，真这么严重？

他听见楼道里的脚步声，果真在自己的门前停下了。这个单元是一梯三户，警察连续敲了三户的房门，在外面叽叽咕咕地小声说话。一柱又惊又怕，根本不敢开门。警察在外边逗留了几分钟，又一路小跑向上面楼层去了。

直到警车从小区里开走，一柱才敢下楼。不管刚才这一拨是不是与他有关，他都决心向业主亲自解释。也许，自己的工钱还能要回来。

一柱骑着电动车向韵都小区驶去，一路上雨还没住，淅淅沥沥地下着。初春的天还冷，一柱的衣服都是湿的。路上那么多车，那么多人，他感觉这风这雨就揪住了他一个人，追赶着他在路上抽来打去。他的身子缩在一起，眼睛里迷蒙一片。韵都小区就在天平路的拐弯口，他就要到了，已经看得到小区门口肯德基门店上的霓虹广告牌了……要不是那一声刺耳的急刹车，若不是他身体悬空像一片树叶那样急促地飘起来，飞向雨夜中的黑暗处，他还以为是被风轻轻地举起了，要把他送还到几十里外谢庄村的那两间瓦屋的昏暗灯光下面。那时，大儿子刚做好了晚饭，正端给如秋，床上支起来的小方桌上，放着两碟小菜，小儿子伏在矮桌上写作业……

　　时间慢慢地向后倒去，像沙面下的卵石一样，被流水冲击，露出它们原本的凸凹……他看见娘在锅屋里烙煎饼，爹瘸着一条腿，在槐树下做土豆腐。他们每天早上五点就起来，各自打理自己的事，然后一个到集市上把新烙的煎饼批发给小贩子，一个走村串巷卖豆腐。一天中最温馨的时刻，就是爹娘走之前把他早早喊起来，把一小碟豆腐端上桌，加上小葱拌盐豆，卷上一张新煎饼。那时他正上小学，还交得起学费，买得起新铅笔盒、作业本和毛笔。

　　娘叠着一沓新烙的煎饼，望望墙上他得来的一排奖状，又望望他说："俺的孩子就是上大学的料，争口气，一直上到北京上海的大学校里去。"

　　爹轻轻地拍着刚出锅热腾腾的土豆腐，看着他狼吞虎咽地吃饭，脸上的皱褶舒展开来，也应和着说："我们张家人，孬不了，俺家祖上清朝时还做过县令呢！往好处想，往好处去……小柱子，俺走啰！"他把豆腐架到三轮车上去，一扭一扭用力骑出了院门。天还黑得厉害，村口林子边的土路上没灯光，迎面而来的车灯总是刺痛他的眼睛，他的眼病得了好多年了，一遇强光就看不清东西。天亮的时候，爹再也没回来，就在那天，他在车祸中急促地走了……

他好像只在放煎饼的小方桌上趴着睡了一觉，人世间就有了大变动。嘴里的豆腐和煎饼的余香还没有消失，娘就在半年后也走了。她走的时候那么瘦，也许是衣服都太宽大？娘知道身体的瘤子在哪儿，她说："哪儿受了委屈，哪儿就先出了毛病。你看看我，年幼时吃不上饭，拿树叶子下饭，饿得吐过血，现在什么好东西都不缺了，反而吃不下了，胃出了大毛病……人也罢，东西也罢，你要好好地对它，它才会好好对你。再说了，人各有命，不走运你跌在棉花上也能磕破牙。得上来的病，你总得受着。只是你一生欢喜的事别忘了，一生都带着干，别三心二意。像俺烙了一辈子煎饼，一走到锅鏊前，一点起柴火，就想在那上面铺好面糊糊，等面糊在鏊子上热腾腾地变成煎饼，把粮食里的香味全赶了出来，一屋子一院子都是煎饼香。这是多好的事呢！天天干，年年干，累不累啊？累俺也想干，儿子，以后别忘了娘给你烙的煎饼……"

那个晚上，他知道自己没有死，只晕倒在地上一大会儿，他怎么能死呢？如秋、大壮、二壮还等着他带他们去临县的湖边玩。家里一大串的事都等着他。他先是倒在绿化带里，躺了不知多长时间，感觉做了一个梦，后来醒过来了，听到有人在喊他，他拉住了那个喊他的人的手，那人的手好软好滑，哪像他自己那榆树皮一样粗糙的巴掌。他终于在路边站住了，看见电动车在不远处像一堆扭曲的废铁窝在那里，觉得心疼。扶他起来的人一脸惊慌，一脸害怕。他是个小白脸，一眼看过去也就四十岁多一点。

"你没事吧？"他说。

"我没事，胳膊腿都没断，算是没事吧。"一柱说。

"怎么骑得那么快啊，前面是红灯。"那人说。

"给雨水淋得看不清了，就一直骑一直骑。我心里有事，赶着去找人呢。"一柱说。

"你找谁啊，这么急？先带你去医院检查一下。"那人说。

"我想去韵都小区3号楼18层01室去看一看，能不能找到那家的主家，我在那儿干活，我要工钱。"一柱说。

"啊？你就是那个在我屋里写毛笔字的粉刷工？我也正要找你呢！"那人说。

"太巧了，我要我的工钱，我需要那些钱……大字是我写的，我照着字帖练习，我没有骂人。"一柱胆怯地说。

"那当然得给，我还多给了你一千块呢。我跟你的包工头老牛说了，活干得很好，垃圾收拾得很干净，我很满意。关键是你写的那些字太好了！我是开书艺馆的，想找你谈谈，在书法作品上合作一下，向你定制一些书法作品放在我店里拍卖变现……"

"那……你就是那个姓马的家主？你没有扣我的工钱？你找我要谈的是书法上的事？"一柱一连串地发问，他整张脸被惊讶包围了。

这时，他才感觉到累，背着一包水泥一样累。他在路边一家店铺的台阶上坐下来，不知道自己是不是在梦里。雨还在下，灯光依旧迷离。他知道自己的眼睛像爹，一遇到刺眼的光就看不清楚，何况雨珠一直在打着他的眼，让光线越来越暗，越来越远。他好想躺下再睡一会儿，却感觉姓马的主家一直握着他的手，温暖且有力量，他撑开了一把大黑伞，和他并肩坐在台阶前聊着，很开心。刚才落在身上的雨水，经过他的皮肤和身体，他一点没感觉到凉，春天的雨水多好啊，明天就是谷雨了。他要带孩子们去沙沟湖玩，把如秋也带去，他要背着她看一路的好风景……

# 香翠里夜宴

文德路香翠里大概是本市最有品位也是最昂贵的会所了，位于明朝建筑卢家大院内。

初六晚上六点钟，这里最大的一个包间被订下了。八个客人都在六点之前到来，四个人坐下来打牌，剩下四个女的一个坐在椅子上发呆，另外三个这儿摸摸那儿看看，对室内的摆设都分外好奇。

这个厅除了一个能坐十二个人的酸枝实木古雅的大圆桌，还有一个略高于地面的舞台，一套卡拉OK设备，可以容纳三五个人小幅度旋转的舞池。舞池的后面，靠近窗台的地方，放着一摞高三层的名酒包装盒。趁着服务员出去的空子，一身红旗袍的高红仔细翻看了一下，转过头来对眼神满是期待的另两个人低声说："正好八大盒，顶级梦之蓝，呵呵，这小子还行。"

开服装店的美玲撇了撇嘴，笑了一下："为什么不是iPhone手机？那个多实用。"

旁边的骆小慧扭了一下她的腮帮，说："别贪心啊亲人，他还没到亿万富翁的层次呢。不过，比起这个来，还不如每人发一千元的红包实在。"

三个人的声音虽压得够低，但好像打着牌的小鬼伞听清楚了，斜眼看着她们说："贪心娘儿们总是不知足，每人发个小三给你们满意不？"这句挑衅的话换来三个盛装女人的围攻，一个掐耳朵，一个扭鼻子，一个掐脖子。骆小慧骂道："小鬼伞，你除了当年扒女生宿舍的窗子，钻床底，爬女厕所的墙头偷听还有什么新本事？"

小鬼伞挣扎着反击，把牌散落了一地，嘴里还是不服输："要不要我公开当年你们宿舍里发生的那些破事，还有毕业联欢会晚上柳树林里的秘密？"

这句话让高红住了手，骆小慧脸红了一下，美玲拿掌心遮住了嘴，小蔓嘴里的茶喷了出来，几个男同学睁大了眼睛。正在这时，房子正中的那扇门无声地响了，两个高大平头右手夹包戴墨镜的青年轻轻推开门，迅速闪到两边，腰微微下弓，一只手温柔地划出45度的标准礼仪指引手势，脸上呈现印刷品一样相似、严肃而恭敬的表情。

今晚的主角宋大帅闪亮登场了。肩披淡棕色豹皮风衣，里面是一身法国名贵休闲装，肚子略有些鼓，但不大，身形修长，红光满面，头发一丝不乱，下巴尖上刻意蓄着一小撮油亮而整齐的胡须，身上散发着淡淡的男士香水味，整个人精致新鲜，瓷器般幽幽地透出光芒。

"诸位同窗，久违，久违。"大帅平端双手，对起立迎候的各位作个揖，身上的皮风衣早已被身后的墨镜青年脱下挂上衣架。

屋里的众人腾桌挪椅，齐刷刷地站起来，不知叫他什么好。是叫宋大帅呢，还是宋总，还是高中的诨名宋大怪，长蛇宋？几个女同学凑上来，环拥左右。高红腰肢轻摇，美玲挽住了胳膊，小慧少女般做了个鬼脸，刚才打牌的小蔓直接张开了怀抱，微微露出白嫩的酥胸，嘴唇嘟成花朵状，故作娇态地说："节目呢？忘了？"

"瞧这记性，不是约好的嘛，遇见红颜，感受体温，记住真情，跨越十五年的见面礼……简直是诗人啊，小蔓，只有你想得出，只有你记得住，我的体温比其他男同学的要高两度……呵呵，露馅了，来来，第一个抱抱给你！"大帅脱了夹克外衣，露出里面的羊绒薄衫来，突显出胸肌起伏的轮廓，一个大大的贴肉的怀抱先给小蔓，松开的那一瞬间还摸了她一下脸，用嘴唇碰了一下耳朵，小蔓咯咯笑着躲开了。接着是小慧，高红，美玲，每一个拥抱礼都附加了常规礼节之外的小温存。四个女生似乎有约定似的领受了，只在最后一瞬间想躲开他对耳朵柔软的袭击：这大概是作为美籍华人刻意附加的礼节，她们之前在各自老公那里都没有领受过这样奇怪的体验。

最后轮到阚梅了，这个刚才还在椅子上发呆的女人，戴着浅色眼镜，穿着青色套装。脸色有些苍白的她，一直站在小鬼伞后面，一声不吭地站着，嘴角上挂着淡淡的笑意。宋大帅拨开小鬼伞的胳膊，走到她跟前，抱住她双肩的时候，她向侧面扭了一下，留给他半个侧面的身体，眼神停留在宋大帅颈部的位置。宋大帅犹豫了一下，停住了。小蔓咯咯地笑了，说："梅姑娘，大方点，一个拥抱夺不去你的贞洁，这是五百元红包见面礼的代价，微信上约好的。"

大帅有点谨慎地把上身向阚梅靠了靠，贴着她耳边小声说了一句什么。接着，转过脸来跟众人说："她不在乎这个，上两次发在群里的大红包，她一分都没抢，你们没看到吗？"

高红惊叹一声："梅姑娘，你真没趣，同学之间需要这么高尚吗？"

小蔓扭了一下身子："人家不是装清高，是病人给的红包比这个要厚得多。"

男同学的亲热仪式就简单得多了，大帅一个个握手拍肩。

"呵呵，小鬼伞，真名吴贵。要让人不知，除非己莫为，现代福尔摩斯，人间真相的观察员——现在是给你答案探秘信息公司老板，不简单啊！"

"呵呵，草上飞，马跃。三步并一步，世间路恨短。当初的体育老师，现在的教务主任。"

"呵呵，黄二杆子，仕仁兄。人家女儿穿新衣，我家喜儿只扎红头绳，你的喜儿还是二班的张大眼，没换吧？为了追求人家，故意骑自行车把人撞伤，然后献殷勤，够狠的你！"

……

寒暄完毕，彼此落座。宋大帅落座五个女同学中间，男同学落座另外半圈，很自然地，根据当年在学校的亲疏程度，选择了距离远近，高红、小蔓分列大帅左右，然后是小慧，美玲，然后才是阚梅。两个着镶花旗袍的女服务员开了梦六，一个个斟酒，是那种喝红酒用的大玻璃杯，男同学满杯，女同学减半。轮到阚梅，死活不让倒，脸都涨红了。

"我不会喝酒。你们知道。"她抬眼向其他女同学求助。

"不能不满酒"，宋大帅说，"今天什么场合，十五年未见了，大家都给我点面子，又是大过节的，明天不需要上班，最少半杯。"

几个女同学也劝说，喝点吧喝点吧，过节呢，老同学在一起，喝醉了也正常。

两个男同学站起分列左右，一个拿杯子，一个俯身劝说，阚梅的脸转向大帅，眼里都是恳求。

宋大帅说："这样吧，阚梅先倒四分之一杯，她也许真的……"

小蔓说："看看，大帅多疼你，五个女同学，就你一个可以例外，不行不行。"

酒还是倒上了，大家都站了起来，大帅要致祝酒词了，可是小蔓抢着说："等一下，宋总，不叫你宋大怪了。别见怪，喝酒之前要把刚才见面礼的红包先发了，这杯酒才能干，对不对，同学们？"

男同学含笑不语，另三个女同学齐声欢呼："先发红包，红包！"

大帅笑说："我记着呢，但是，我想多发点，等这第一杯酒干了，多发一倍如何？"

女同学拍手赞同，除了阚梅低眉不语。小鬼伞则试探着问："反正没咱男同学的事，让宋总和你们先喝如何？"

宋大帅笑了："男同学也发，减半如何？女士优先嘛！"

眨眼间，几个男同学的杯子空了，女同学也不甘落后，先后亮了杯底，又是阚梅落后了，只喝了一小口，就呛住了，脸憋得通红，不住地咳嗽。

四个干了酒的女同学一齐看向她，美玲说："梅姑娘，争点气，一口气干了。"

小鬼伞瞪大了小眼睛，急哄哄地说："就是医生会装假，你快点喝，我们都等红包呢！"

这一小口酒让阚梅的脸红透了，她低声说："就我酒量小怎么办，你要红包，我的那份给你吧！"

小鬼伞抢过酒杯，一仰脸干透了，把杯子往桌上一蹾，说："你早说不就好办了，总不能浪费了宋总的一番心意！"

接着满上了第二杯，宋大帅没等大家发话，先干了。拿两指头倒挂着杯子，真的一滴不剩，站起来说："大家十多年不见，今天首聚，我用这杯酒表个态。这么多年我没忘了大家，只是兄弟天南地北地混生活，今天在俄罗斯，明天就到泰国，一手拎着小命，一手拎着钱袋。但绝不是贩毒、赌博之类的黑暗生意，我不干那玩意儿。但从开商场到贩大米、卖蛇肉都干过，吃的苦头比在座的加起来都要多，这两年好歹稳定了些，在北京上海落下脚，开了几家进出口公司。嗯，现在有点时间叙叙同学之间的旧情了——不多说了，大家要有真心，就干了这杯！"

男同学都是好酒量，站起来二话不说，干了。女同学则面面相觑。高红说："怎么办，姐妹们，我们总不能让宋总一直站着吧，总得把他的腿喝软了，直到把大拇指小手指都喝软了，好给咱们发红包吧！"

四个女的也干了，又只剩下阚梅。小鬼伞说："就是拿你两个红包，我也不能把这杯全喝干了吧，不行，你要先喝一大口。"

大家又逼着阚梅喝了一大口，这一大口酒下肚，阚梅的脸全红了，连手和脖子也是红的。

两大玻璃杯酒让桌上的人眼里的景物都有些飘忽了。宋大帅如约给每人发了一千元红包，女同学欢呼，男同学兴奋，开始了对宋大帅的轮番敬酒。

小蔓先敬，挨着宋大帅的脸说："宋总，我敬你一杯，当年跟你同桌，没少挨你欺负。那时你常常在桌子下面突然攥住我的手对不对……我脸憋得通红……都不敢对老师说，对不对？不过俺那时心里还真是喜欢你啊，那时你多帅啊，穿的衣服也洋气。不说这些了，妹今天喝得有点多……你不想问问我的现状吗？家庭，孩子，事业？告诉你吧，剧团快解散了，我现在搞农家乐，还不错，你有没有兴趣投资入股一点点？"

接着是高红，自己满了一杯，给大帅的少一点。先把宋大帅的杯子两手小心地端起来，递过去，才拿自己的杯子，把大帅拉离了座位："大帅，俺哥，不管你是什么总裁，也不管你有多少钱，我敬你这一杯。当年吧，我和你还有阚梅一起住在河西，我们下晚自习一起走铁路桥，是不是有一次，为了我，你还和二班的张大鼻子打了一架，你记得不？好像是一脚把他踢得丢了狗皮帽子，为了抢那顶帽子，他从结了冰的堰坡上一直滚到河边，一脚踏进薄冰里，差点淹死了，你想起来了吗？我记得，我记得你和我……那天，不说了，先把这杯干了吧。我呢，现在做服装店，原先还很好，很风光，这两年吧，让网店给搞惨了，实体店都不景气，唉，现在就是缺少资金扩大经营……"

小鬼伞从椅子后绕过来，端了一满杯，只给宋大帅倒了小半杯，鬼里鬼气地说："帅哥，高中时，就数咱俩的关系最好了，我替你办了不少事吧？你和高红、小蔓还有小慧那点情怀，还是兄弟我帮你穿针引线的呢。十多年音信全无，如果不是我消息灵通，去你公司门口站了几天岗等着见你一面，怎么知道你在京城成了亿万大款？我知道大哥你嫂夫人换了三个，现在的小嫂子还是个话剧演员，兄弟我真心替你高兴，向你祝贺！我的那点小事业不值一提，我等着哥召唤我去京城开个大点的公司。那地方有钱有势的人多，咱们可以合伙干，你手指缝里撒点芝麻大的钱渣子就够了，你做老总，我像当年一样跑腿给你服务就好！一定包你满意！我的亲哥，为了你，为了你全家的幸福安康，为了你的事业飞黄腾达，福海无边，财源滚滚，今天我拼了，我先干了这一整杯，给你献上最诚挚最热烈的祝福！"

才敬了一半人，大帅差不多就醉了，脸上红透了之后，又渐渐转为苍白，眼神也不是像刚才那样柔软可亲，而是换上一副严肃沉重的空洞表情，盯着桌上的菜发呆。

大家看他可能是喝多了，下面敬酒的也都只是表示一下，不再让他喝了。过了一会儿，他突然想起什么似的，嘟哝着说："那个，你们大家都敬了我，我要给每人……再发五百元的红包，鼓励一下。可是，那个，阚梅，我对你有意见。十五年不见，你、你为何不敬我？"

阚梅解释说："我真的没酒量，那我……敬你一杯？"

宋大帅摇摇晃晃地站起来，拉着阚梅的胳膊，说："你先干了，我陪你跳，跳……舞好不好？"

阚梅勉勉强强地喝了一小口，又呛了，眼泪都咳出来了。端在手里的酒坚决不喝了。

男同学怕场面僵住，叫服务员放了舞曲，宋大帅拉着阚梅的手踉跄着走起了步子。

"你对我有意见？为什么……微信上从来不理我，红包也不抢，发给你个人也不……收，嫌我的钱脏吗？"

"不是，"阚梅低声说，"宋大帅，你也不小了，钱再多也没身体重要，喝酒……要少点。"

"那是小事情，我问你为什么不收我的红包？"

"你，你……等一下，"阚梅停下来，把宋大帅拉到舞台明亮处，"让我看看你的脖子，左面，耳朵下五厘米左右，好像有个包，你自己用手摸摸。"

"别胡扯，我每天都上健身房，每天一小时游泳，两小时器械运动，半年一次全面检查，哪里会有问题？"

"你自己摸摸看吧，看起来有点鼓。"

宋大帅拉起阚梅的手，气呼呼按在自己的脖子上："要试你亲自试，你不就是医生吗？大过节的，咒我呢？"

其他的女同学开始起哄："看这一曲舞跳的，还直接摸上了，怪不得阚梅不喝酒。"

阚梅红透了脸，迅速抽回手，又急又快地说："明天，有空的话你去医院找我，真的要查查……你脖子上的包。"

宋大帅阴沉着脸回到座位上。过了一会儿，又用迷离含笑的眼盯住了小蔓的胸脯，说："小蔓，我给你发两千的红包，你给跳支艳舞如何？"

小蔓款款站起来，对他婀娜地行了一个万福，说："老板，俺是县剧团的歌手好不好？要跳舞也只会华尔兹和探戈，这样吧，我陪你合唱《同桌的你》《重新选择》《待嫁的新娘》，再旋舞一曲如何？"

跳舞的时候宋大帅的手几乎探进了小蔓的毛衣里。小蔓贴近他的身体，且笑且舞着。她为那即将兑现的大红包而高兴呢。

接着高红也要陪跳，宋大帅几乎站不住了，他躺在沙发上，把腿放到了茶几上，说："不，不跳了，还是你自己跳吧。这样吧，一件衣服一千红包……好妹妹，你看着办吧，让我看看你的体形变没变，我说话算话！"

"好好，一言既出，驷马难追，我就跳给你看。大家都是同学，有什么大不了的事！"高红果然好功底，先是一曲新疆舞，接着是单人伦巴，然后是动感的劲舞，一件件地去了外衣，脱到上衣只剩下贴身保暖绒衣时，露出凹凸有致的上身，连围巾一共四件衣服，宋大帅发了四千红包。

气氛热烈起来了，男同学都起哄让女同学奉献节目，让宋大帅发红包，他们好吃喜面。于是小慧表演了高中时练就的口技，学鸡叫猪叫驴叫马叫狗叫，简直形象逼真，各种家禽小畜如在身侧。

美玲表演了下腰、劈叉，瑜伽的美人立，仙鹤飞……小慧开足疗店，什么样的场面没见过，直接脱了宋大帅的鞋袜，表演了足底按摩。据说她精通足底穴位，可以预告疾病，宋大帅请她检测，她试着在宋大帅的脚上捏了几个穴位，根据酸、痛、麻、热种种感觉，肯定地判断，宋总的身体很健康，身体年龄只有三十岁，生殖机能相当于二十五岁……十多分钟，把宋大帅按得眉眼微颤，表情陶醉，拿到了最高奖红包五千元。被挡在门外的服务员艳羡得咂嘴有声，贴着门缝想要进来看看热闹。

只有阚梅没有节目了，宋大帅斜着眼说："听说我们梅医生原来是干过理疗的，一定会推拿，我正好腰痛着呢，如果梅姑娘给我按摩十分钟，我给她八千的红包，然后每人再发一千普天同庆，作为今晚的收尾，好不好？"

众人一起称好，纷纷怂恿阚梅出场。只是女同学有点不满，论难度这一点不大，为什么给她这么大的红包？

阚梅低头不语，被酒精染红的脸好像肿起来似的。这时小蔓发话了："这么小的付出，有这么大的回报，很合算啊，梅姑娘，要是俺，这么大力度的奖励，今晚就直接跟宋总走了……嘿嘿嘿。"

大家哄笑起来，两个男同学晃着身子起来要拉阚梅。阚梅突然站了起来，脸上不知是水是泪，手指着宋大帅，大声地说："别闹了好不好，宋大帅你真的有病！"

阚梅的声音很大，一屋子的人都愣住了。


接到宋大帅的死讯，是半年后的一天下午。阚梅送走最后一个病人，一个人坐在B超检查的暗室里，想着香翠里那个晚上的情景，眼泪竟流了下来……那次晚宴后的第二天，宋大帅并没有到她这里检查，而是迅速赶回了北京。果真如她所料，耳朵下边那个从颈骨上缘隐隐凸起的小包是淋巴肿瘤，已经是中晚期了。这个家资亿万的富翁慌了神，国内国外飞来飞去，从美国最先进的基因靶向治疗到印度深山里的草药熏蒸，都试过了。人间可以依靠的那些技术和承诺，都挽留不住他，曾经健壮的生命像秋天的落叶一样，一天天地变黄变暗变轻变薄，直到被一阵风吹落在地。

再次见到宋大帅总让阚梅想起高中时代的那些夜晚，那时她和高红，小蔓几个住在河西，上下晚自习都要经过那座简陋昏暗的铁路桥，经常会有小流氓在那一带晃悠，占女生的便宜。像宋大帅那样高高壮壮的男生，正是她们期待中的最好的守护者。所以几个女生总是约好了等他，上下晚自习一起走。后来他和高红约会，和小蔓相好，和几个漂亮女生眉来眼去，却从来没有注意过相貌平平的阚梅，直到那个夜晚。是毕业后的一次聚会，宋大帅喝得烂醉，她和小鬼伞送他回家，到铁路桥那儿，小鬼伞托词肚子疼先跑掉了，她几乎是用整个身体的力量顶住他，一步一步向前挪，艰难地把他送回家。开了门，奇怪于那房间里的一片混乱，他的家人都没在。她给他烧了开水，洗去了脸上的呕吐物，又给他洗了手脸和脚，把他扶到床上睡下。她看着他那张棱角分明英俊的脸庞，心里隐隐地生出一些怜惜与爱慕。

后来宋大帅醒了，看她还坐在床边的椅子上守着他，他挣扎着要起来，阚梅不让他起来，倒了开水慢慢地喂他……宋大帅讲起了自己的身世，父亲是上海轮船上的大副，在上海已安了另一个家，找了一个女人，不要他出生在县城农村的母亲了，就是最近已经办好了离婚手续。这几天，母亲已搬回农村的姐姐家住了，而父亲收拾完家里的东西先赶回了上海，留给他一个人生选择题：要么跟他去上海，要么随母亲到农村去当一辈子的农民。他怎么办？

宋大帅哭了，是那种男人绝望和虚弱的哭声。他爱母亲，又怕失去父亲，他向往大上海那从没经历过的大城市的生活……她轻轻地宽慰他，也陪着他哭。她也想跟他说说，这三年来她心里的故事，可是她没有说，他觉得宋大帅的处境比她可怜得多。那个夜晚两个十八岁的年轻人，说了一夜的知心话。随后，宋大帅就像天空里一掠而过的飞鸟一样消失在自己的生活里，一晃就是十五年后的那个夜晚。

接到宋大帅的死讯，她就不停地打电话约当年的同学一起去参加宋大帅的葬礼，可是大家都忙，没人愿在一年中最热的那几天跑这么远的路。大家拒绝得都很委婉，只有小鬼伞说得直接："这是什么年代了，心里悼念网上悼念不行吗？在同学群里设个灵堂也可以啊，干吗非要到现场去验证'钱很多，人没了'的悲剧？再说了，你们女同学拿了他那么多的红包，才应该去烧点纸钱给他，还还人情呢。"

"尤其是你，哼，最应该去，是不是……世界这么小，人间故事多，谁能瞒得了谁啊？"

小鬼伞用他一贯意味深长的神秘语气缓慢地说完这句话，把电话挂了。

# 回家过年

年二十九，雪已经下了，开始是小雪，下午才大起来。高速开始封路前，他们赶上了最后一拨。路上的车太多，并不比下面的省道走得快。上了高速四五十里就开始排队了，停停走走，一小时没跑出五十公里，导航仪上显示还有三百五十公里路程，按这个速度，晚上十点前也到不了，天色暗得快，这一路不可能轻松。

舒丽一直在催催催。"这是催的事吗？在高速上呢。"任洋躁得一身汗，本来就攒了气。小宝隔一会儿就哭两声，从上午到现在，醒了就哼哼唧唧地闹一阵。发烧一星期了，到现在还有低烧。

舒丽从孩子的衣服里拿出温度计，看了一眼。三十八摄氏度，比一小时前又高了零点五摄氏度。正好赶上前面又堵车，任洋急踩刹车，孩子在怀里颠了一下，给吓着了，哇哇哭喊起来。舒丽把座位上的奶瓶抓起来，斜着扔到了任洋的怀里，骂道："怎么开的车？你眼瞎了，不知道小宝刚睡着？"

"这这……能怪我吗？前面急刹车。"

"不怪你怪谁？要不是你带他的时候感染了新冠病毒，怎么会这个时候生病，现在三十八度了，你准备在车上给他挂水？"

"当初是我要带他去挂水的好不好？你说不咳嗽没事，物理降温就行，小孩用药副作用大，同事的孩子都是这样好了的，同事……"

"你还有脸怪我，有错赖在女人身上光荣是不是？那我让你吃屎你吃不吃？小宝不是你亲生的啊？"

"别不讲理，我不想开车的时候跟你吵……"

"我不讲理？我看你一家都不讲理。有不讲理的父母才会生出不讲理的儿子，否则你也不会这样！"

"我父母怎么不讲理了？这大过年的不要扯上他们好不好？结婚三年了，每次过年你跟我回过家几天？到你父母那儿几天？他们不讲理，就你父母讲理啊？"

"当然是我父母讲理。怎么着，过年就一定要去你父母家里过？法律上有规定吗？到我娘家过怎么了，叫你搬了金山银山去了，你苦着脸心痛得不行？姓任的，你想想，是花我父母的钱多还是花你父母的钱多？"

"你什么意思，今天非要吵个明白是不是？那我车也不开了，我们下车吵清楚再走好不好？"

车子本来也走得慢，他打了右转向，偏到应急车道上来，缓缓停了车，一步跨出了车子，把车门摔出一声大大的闷响。雪越下越大，天色也灰暗下来。他不确定这样做合不合适，但不管吵不吵架，他此刻真想下了车子，呼吸一口新鲜空气，再抽一根烟。

每年春节他们家都有一个引爆夫妻间争吵的话题，那就是回舒丽娘家过呢还是回任洋老家过。本来，按苏北人的习俗，春节是要首先回夫家过的，可是家在南通的舒丽说自己娘家就没有这样的习俗。反正就是过一个节呗，在谁家过不一样呢？关键是去孩子最适宜的地方。小孩子三岁不到，冬天时回过一次任洋家，当地流行甲流，回家的第一天就感冒了。在家四天每天要陪孩子在输液室挂四小时的水，破旧的县城郊区医院里挤满了车子和人，输液室还是一排彩钢瓦的临时建筑，又窄又小塞满了座位。空调半死不活，开开停停，没出几分热气，一边挂水一边还要给孩子裹上小被子。操着苏北腔粗着嗓门的护士一脸的不耐烦，满头大汗地来回穿梭，护士服的下摆都脏兮兮的，因为要不停地蹲下来给孩子整理针头，衣服下摆都蹭到地板上去了。那几天又一直在下雨，地面上湿漉漉的，零星散布着烟头、纸屑和小食品的包装袋，舒丽一下子开始讨厌那个苏北小县城，心里说再也不要回这个地方来了。

公婆说起来还是比较疼爱孩子的，可是他们的房子又小又在一个旧小区的一楼，室内潮湿灰暗。小客厅里摆满了男主人心爱的盆景。公公退休以后，就迷上了盆景，整天摆弄着十几棵松柏盆景。原来都是摆放在阳台上的，冬天怕在阳台上冻死，都搬到屋里来了。除去盆景占的地方，四个人往沙发上一坐，就显得小客厅局促起来。婆婆看起来也不是勤劳的人，退休后，整天跟小区舞蹈队的人早出晚归练习老年版水兵舞。她是小区夕阳红舞蹈团的领头人，上班时当了一辈子工厂会计，普通职工一个，退休了突然做领导了，被一群半大老太太称为团长，心气高昂，干劲十足。要不是儿子一家回来，她才不会把一天三顿饭弄得像模像样。儿媳回来四天，跟她的交流很少，普通话她说不来，她说的本地话儿媳听得费劲，有些意思完全听不明白，只好胡乱点头或摇头，或是睁着一双眼睛发愣或傻笑。

"今年春节你有什么想法？"昨天早上任洋起得很早，早饭做了煎鸡蛋和水果沙拉，煮了牛奶燕麦粥。把一切收拾齐整了，才去叫舒丽起床。舒丽瞥一眼桌子上的饭菜，不禁苦笑了一下。放假这两天她觉得比上班还难受，两人都害怕碰触那个话题又终究绕不开。彼此间像两国间临战前的试探，能用动作和表情掩饰的时间决不动嘴，尽量把注意力集中到儿子身上，不去彼此打量，像两个牵线木偶一样从里到外都有些天然的僵硬，莫名地感觉对方有些生疏。

舒丽不去理任洋的话题，拿着牙刷快步进了卫生间，洗漱的节奏比平常慢了一倍。而任洋也似乎有了主意，不像那种立马就会变脸的样子。他很有耐心地守着自己的战果，不看手机，倒装模作样地翻着一张报纸，隔一会儿再去屋里试一下儿子额头的体温。还好，没有烧，这样的话又能使那个话题轻松一点，再不点题，明天就要动身了。

"你看，我爸都来三次电话了。"看舒丽侧着身子坐到桌子边，任洋挪了挪椅子，身姿话语都软糯了三分，"老爷子催我回家呢，今年……再用加班的借口不合适了吧？"

"哦，我忍受了你两天的丧气脸，可比上司的脸还难看，就为了听你这两句话？"舒丽不急于拿筷子，只用手试了试粥碗的温度。

"那个，我压力山大啊，老爷子原来答应给我们还房贷的钱应该已经准备好了，我们不回去过节，怎么好开口要？"

"给儿子还房贷，还要一遍遍催着向父母要？他们不就你这一个儿子吗？而且你父母也说过，不要说二三十万，五十万也一次拿得起。兑现了吗？"

"他们不就是希望我们能多回去几次，多说几句好话吗？这个你应该也猜得到。"

"对不起，我猜不到。我　想起买这套房子的首付，我父母比你们家掏得还多，我就生气！在我们那儿婚房都是夫家准备好了的，哪里用得着女方出钱？"

"岳父母大人不都是成功人士吗？经济基础不一样，最重要的是，他们更疼孩子。呵呵呵。"

"我不要你吹捧，别拿我当孩子哄。跟你父母说，剩下的三十万首付是借我父母的，他们今年能打钱过来，我就去你家过节，否则，我只能回娘家！"

舒丽明白，那三十万首付的确是借自己父母的。借总要给点儿利息，开服装厂的父亲是精明的商人，他提示舒丽利息不重要，重要的是培养任洋的责任意识和经营理念。钱是用来生钱的，要让钱活起来而不是死掉。你花了钱而没有产生利润或者收益就是让钱死了。要让钱活着而且更有生命力，就得让它流动起来，丰富起来，像瀑布一样发出声响。"那三万两万的利息钱我们不要，你给你弟弟买点东西，他快去英国留学了。"父亲在电话里告知她，她心里酸了一下：这是自己亲生父亲说的话，他什么时候能像对待弟弟一样对待自己呢？他们老家那儿本来就重男轻女，而且，父亲是从走街串巷的小货郎发达起来的南方男人，对待金钱有兄弟般的骨肉亲情，每一分钱都花得精明又清晰，他一直认为女儿找了个不会赚钱的苏北男人真是一桩从头到脚的亏本买卖。

舒丽父母一开始就反对这桩婚姻，找一个北方县城的女婿，这是他们计划之外的事。他们曾经规划过她的婚事，那必须是对他们一家的事业有助益的年轻人。自家厂里有个从宁波重金聘来的技术总管，三十岁，离婚无孩，是厂里的顶梁柱，一年有近百万的年薪。如果能成为他的女婿，他们的家族事业就会更加牢固和稳定。而舒丽那时却执意拒绝和那个黑瘦矮小的男人结合。但每次回家过节，父母安排的家宴里，她总是被安排坐在那个黑瘦寡言的男人身边，即使她已经和任洋恋爱，准备结婚的时候也不例外。季总工还没有结婚……父母在她单身期间把这句话说了无数遍，听得她几乎产生了生理上的强烈反应——听到这句话时总得起身奔向卫生间在马桶上坐一会儿，双眼里满是委屈的泪水。

她的怨气还不止这些。自从弟弟出生，感觉父母明显偏爱小她十岁的弟弟了。上大学时，每次回家父母都当着她的面规划把整个厂子将来交给儿子经营。那时弟弟刚上初中，任性得很，有一切这种优越家庭中孩子通常有的坏毛病：脾气恶劣，专注于游戏，以自我为中心。姐姐的来去他从不太关心，父母的娇惯让他只关注自己的感受。跟姐夫的对话更少，所以在舒丽的家里过节，会让任洋感觉到被冷落，岳父母大人始终觉得他是个借助女儿挤进他们生活里来的陌生人，从历史到现实和他们都不一样，他们只爱谈生意谈利润，而他谈什么呢？一个充满失败感的印刷厂小领班？舒丽从不敢暴露他这个身份，一直帮他撒谎说是贸易公司的高级文员。但实力摆在那里，他开回去的车，从来不敢和岳父母的车并排，怕被他们嫌弃。岳父母的表情里始终带着不满。任洋觉得他们从没把他当成是一个成功的青年。

大学毕业后，任洋在南漂的省城里闯荡了八年，除了婚姻这件事，他在这里没有可称道的成功案例。本来是学设计的，一路干过来却毫无起色，在广告公司和小文化传媒公司里做基层设计员，做活慢而专业不突出，干了五年也无大成绩。到现在好不容易成为一家印刷厂的设计副领班，算是个中层了，还是依靠老同学的关系。人家老子有本事，大学一毕业就分进了省文化厅，现在干到了处长，分管一些文化宣教工作，有大量的印刷业务，给这家印刷厂老板打了招呼，才让任洋在这儿稳定下来。但关系归关系，没有才干不是长久之计，任洋的确是笨一些懒一些，心气粗大，印刷设计的环节把关不严，常有错误之处让客户找上门来，给老板添了不少麻烦。今年的年终奖他只拿了五千，比舒丽的还少了三成，让舒丽奚落了好一阵子。

经济上被舒丽全面超越确实是让任洋感觉痛苦的事。本来这桩婚姻就不被各方看好。舒丽是年岁大了急等着嫁出去，而任洋是误打误撞捡了个便宜。舒丽的家庭觉得任洋穷，没有前途；而任洋的家庭认为舒丽年龄大，看起来老相，满身南方女人的傲气。任洋的母亲听说舒丽的收入高，又是南方城里的姑娘，满心以为儿子在这桩婚姻中吃了亏。"女人比男人挣钱多算多大的本事？年轻可比钱重要。她比俺家任洋大五岁，想找到这样年轻帅气的小伙子可不容易。现在挣钱多，将来可不一定！"

任洋不敢告诉家人他们相识的情节：那一天他们在地铁里相遇，相邻而坐。舒丽喝得烂醉，满身酒气，在地铁的车厢里呕吐，人也从座位上滑到地板上去了，一身的污秽，身边也没个人照顾。她怎么买的票，怎么上的地铁，没人知道。他坐在她旁边，觉得这姑娘可怜，就把她扶到座位上来，帮她擦净了身上的秽物，把地板处理干净。就在这时，姑娘醒来，睁开眼盯住他看，嘴里咕哝着："你这个骗子，你必须娶我……"车厢里所有乘客都盯住他，仿佛他就是那个姑娘所指的骗子。他犹豫地想站起来离开，可衣服被姑娘死死地扯住了。"你这个骗子，你必须娶我，你不能走……"姑娘忽然嘶喊起来。吃瓜群众盯住他窃窃私语，指指戳戳。他脸早涨得通红了，但他无力解释，也不想解释。一种突然降临的怜爱之情自内心深处浮泛而起……他还没有恋爱过，还没有接触过姑娘柔软的身体。那天，在众目睽睽之下，他小心翼翼地把一位姑娘轻揽在怀里，在围观乘客一片嫌恶而怀疑的目光的追踪下，一直坐到了终点站。出站不远处有他的出租房，他已经在这里住了五年，是他在这个省城里的据点。他倒没有恶意，只是觉得如果姑娘醉得不醒，无法获知她的住址，也只好在他的家里休息一晚，他能把一个没有意识的姑娘遗弃在站台上吗？不管如何，他一定被车厢里的人误认为是她的男朋友了，那又有什么呢？在这个城市里，反正认识他的人也没有几个，他没有什么可羞愧和内疚的。他忽然动了怜悯之心，但也足够警觉地用手机对当时的情景录了像，犹豫了好一会儿要不要报警处理。那样的话他可能要一整夜待在派出所里讲清楚来龙去脉，说不定要一直等到姑娘醒过来时才会放他走。他一时冲动，突然想要对这个陌生的醉酒女负起责任，他要为她做一件值得自己回忆的符合道德规范的好事。

舒丽醉得不省人事，问什么话都不回答。偶尔说出来的一两句还是骂人的话。这个晚上她一定受了些委屈，一定是借酒醉在作践自己。任洋费了很大劲把她扛上了五楼自己的房间，扶她上了自己的床，为她洗净脸和脚，像对待自己的姐妹一样克制住本能的好奇心，决心把好事做得完整。他找出自己的干净睡衣，套在她的外衣上，轻轻地为她盖上了被子。认真听了听她的呼吸，试了试她的体温。甚至，在手机上查找了醉酒的相关知识，确认她不会有什么生命危险。他自己在沙发上睡了一夜，其间好几次去床前观察舒丽的状况，确认她呼吸顺畅，体温正常，才放心睡了一会儿。

　　他们就是这样认识的。舒丽确认了任洋的善意，被这个有点羞涩、年轻的陌生男孩而感动，也为自己昨晚的状态而羞愧。那时她刚好遭遇一场感情欺骗，三年感情付诸东流，辛苦积攒下的三十多万元钱也被那个冒充区域品牌经理的老男人骗走，弄得人财两空。感情真空期内，对于任洋的无私帮助除了感激，还多了心动。交往不过半年，就在双方家庭的反对声中结婚了。

　　直到生活在一起后他们才感觉到彼此那么不同：不同的生活经历和家庭背景就是一个人要携带一生的气味和标签，真的很难改变。深埋在骨子里的顽固观念时时影响着他个人的一举一动，几乎成为左右他一生命运的那根细线。

　　任洋简单明了地对三年婚姻生活做了回顾，发现自己像舞台上的演员，自己说了话做了事，却都是替另一个人在生活和表演。他觉得这三年来一直恍惚而茫然。向哪里去一直是一个问题，婚姻也罢事业也罢，都是一个需要他明确回答的难题。

雪还在下，没有停下的意思。他抽罢烟，转脸看看车子里没动静，打开车门一看，吓了一跳：小宝在车子上哭，而舒丽已不在车上了，车后的雪地上一溜脚印向后延伸过去……天色已暗下来了，高速上灯光迷乱，车子停在这里真是太危险了！他急得向后几乎是咆哮般喊了两声舒丽，没人回答他。他的车子停在应急车道上，他得赶快离开，向前找一个出口再转向回去，如果舒丽有什么危险那就出大事了。

他上了车子，急切地发动车向前驶去。他一边安抚着副驾座上的儿子，一边给舒丽打电话。每一次打通都是响几声后被她挂断，显然，她是赌气一直向后走了。他又给高速公路交警打电话，警察让他保持安全行车，先到前边的服务区或出口等候，他们帮助寻找舒丽。

他把车子开到前边的一个服务区时，身上已紧张得被汗湿透了。刚停好车，准备再给舒丽打电话，这时岳母的电话先打进来了。她问："怎么还没到南通？我们在清河路南湾酒店302号房，我先发个定位给你，你们导航过来。怎么小丽不接电话？你让她开的车吗？叫她尽快给我回话！"

他一边连声好的好的答应着，不敢把现在的真实情况告诉她，一边向服务大厅奔去，孩子哭闹着，烧得更厉害了，他得先给孩子喂点水去。

才刚坐下来，电话又响了，是母亲急切的声音："孩子你在哪儿？"

任洋说："我在高速上开车。"

母亲又说："你前几天说不一定能回家过年了，你现在是到哪儿去？"

任洋说："舒丽家老人有病，我得先去她家……"

母亲带着哭腔说："孩子，你得先回俺家来，你爸今天听说你又不能回家过节，越想越气，血压升高，刚才突然栽在地上人事不省，现在刚被120接到车上，往县人民医院送了。孩子，你无论如何也要今晚赶回来，不知道还能不能见上一面……"

# 粉碎一个拥抱

## 一

雪越下越大了，镇上的警车在三点零五分抵达，在山路上压出深深的车辙。"田芳小店"的门前拉起了警戒线。一辆救护车和一辆警车停在门口。雪地上有十几个窃窃私语围观的路人，提着空担架的一个男医生和两个女护士从屋里走出来，对警车上下来的一老一少两个警察做了个手势，围观的人都看懂了。

"死了，没救了。"一个矮个老头说。

"她是个好人，可怜啊。"一个系着围裙的黑胖女人低声地对身边人说。

　　警察进了屋子，轻手轻脚地勘查现场。这是间很小的杂食店。靠墙的旧货架子上满是各种包装的小零食，靠近门口的地方放了一个简易的煤气灶，灶上的锅里还有半锅炸过土豆条的食用油。柜台也有些年代了，靠近边缘的玻璃已经发毛，木边框早已脱漆，露出粗糙的木纹。柜台里散乱着各种文具，一只不锈钢水杯横陈在上层隔板上，杯沿上的水慢慢聚成一滴，缓缓滴在碎裂的玻璃架上。地面上有一些散落的文具，一只拖鞋，一个翻开页面的笔记本，一个包着手织护套的暖手宝。一条鲜红的围巾从死者脖颈处向两侧伸展出半米远，两头的穗子都撕烂了。

　　在靠近里屋的门边躺着那具尸体，脸色黑紫，双眼鼓起，头发散乱，靠近一侧的耳朵边有摊发黑凝固的血迹。

　　年长的警察头发灰白，眉头紧蹙，仔细地察看死者及周边的地面。年轻警察脸色苍白，有些紧张，端着相机拍照的双手轻微地颤动着。年长者用肘尖碰了他一下，说："别走神，要拍得像自己的大头照一样清楚，这种地方，没有谁愿意来第二回。"

　　年轻的警察答应了一声，迈向门边的脚步差点踩到那个死者手边的本子。为了避开那个本子，他趔趄一下，险些摔倒，膝盖触地，上身向下耸了一下，与死者睁着的双眼四目相对。他愣了一下，额头冒出汗来，急忙转过头来，顺势看了一眼柜子下面光线灰暗的地方，他发现了一个揉皱的小纸团。

"怎么了？"年长的警察正察看门框上脱落的一小片漆，回过头看了他一眼，俯下身低声地教训他，"我要你注意那些有用的东西，小子。人人都有职场上的第一次，别让你的第一次像坨踩在鞋跟上的狗屎。"

年轻的警察从柜底拿出了那个纸团，轻轻捏着，举给年长的警察看。

老警察说："干吗用手拿着，收纳袋呢？镊子呢？你的优秀毕业生奖状是花两块钱从打印店里买来的？"

## 二

风雪交加，天色灰暗。山区小镇上的派出所，破败灰暗的两层小楼，看起来很有年头，外墙上的斑驳油漆以及门檐上浅黄色凸出的五角星都在述说着历史。二楼上的一个房间灯火通明，专案组正在听取汇报。

年长的警察是这个派出所的所长，姓黄，干这一行快三十年了，一直在这个山区小派出所里，从一个人干到了现在的七个人，有了所里第一个本科警校生，就是那个略显瘦弱的面皮苍白的蒲建。

蒲建第一次在这么多人跟前汇报现场勘查的情况，有些紧张，他清了清干涩的嗓子，努力地抬高声音。

他说："现场发现的本子是死者的记账本，主要是每日收入和支出，还有自己所欠的账。死者生前两年内所借的最大一笔账是肉铺的王召财，借了三次，总共一万五千元，每次都是五千元。死者在最后一页上记录了一句话：终于攒够了，谢天谢地，今天还账。信用社的取款记录也显示：死者于当天上午九时十五分取走自己的存款一万五千元，余款一百三十元五角。"

"这个王召财是什么情况？"一个专案组成员问。

黄所长回答说："此人十年前离异，带着两个孩子，以杀猪卖肉为业，他的店离死者的小店有五十米远。据邻居反映，他与死者很熟悉，原是一个村子的，前两年走动频繁，后来大概因为借钱还钱的事翻了脸，邻居听到过他们在店里吵架，王召财要死者还钱。"

"死者还借过谁的钱？"另一个领导模样的成员问。

"其他都是邻居亲戚的小额借款，一千元以下，三五百元的。"黄所长说，"唯独这个王屠夫肯借他五千元，还借了三次！"

"那么据你们了解，死者还有哪些与之存在矛盾的社会关系？"

"蒲建你说吧！"黄所长用手里的茶杯示意了一下。蒲建警官站了起来，说："死者因为房租与房东发生过矛盾，一年前的七月二日，房东要加房租，死者不同意，两个人吵过架，不过后来，死者还是同意每月提高二百元。还有，是开文具店的邻居骆大嘴，此人的老婆很厉害，因为生意竞争关系，其老婆经常在门前指桑骂槐，大多数时候都是死者忍让了事。"

"现场还有什么发现?"领导模样的警官打断蒲建的话。

"就是,就是我在柜底发现的那个纸团,是从死者记账本上撕下来的,上面是一行学生的字:今欠田老板小食品账十五元,又加三十元。姓名是两个字,被钢笔涂黑了。"

"那个不重要。"领导模样的人肯定地说,"我们重点还得查一下小学校门口的监控,看看那一天哪些人进出过小店。"

三

田何村小学一间后勤办公室内,一台旧台式电脑,显示器表面蒙了一层浮灰。穿厚棉衣的教导主任满怀歉意地用一块旧抹布擦了擦屏幕,开口说:"这条街上就我们这一组监控,有六个镜头,如今坏了三个,还没修,你们看,传达室门口的这个还没坏,不过,只能看见田芳小店门前的一点点内容,你们要看那天几点的画面?"

蒲建递过一张小纸条,说:"把这个时间段的录像拷下来,我们要拿回去看。"黄所长捏着下巴,环视屋里一圈,从这间办公室的门可以一直望见街对面的小店。

下课铃声响了,一大群学生跑向操场。因为看到停在院子里的雪地上的警车,十几个孩子好奇地围在办公室窗户和门边,看着里边,他们在窗外指指戳戳,小声议论着。

教导主任给他们倒了一杯水,便出去撵学生们:"快走快走，警察在办案呢。"

黄所长拦住他，向围在门边的十几个孩子说："你们都知道校门口对面的事了吧？有谁听说或见过那个死者阿姨和别人吵架？"

孩子们摇头，一个孩子说："那个阿姨很和气的，我们常常赊账吃她的东西。"

"你们学校里的老师或者其他大人有没有去那里赊过账？"

孩子们想了想，摇了摇头。"如果你们见过别人在那店里吵过架，一定要告诉我们，好不好？"蒲建温和地跟孩子们说。

他们两个拷好了资料，向停着的车子走去。一个瘦弱的男孩子小跑着跟上来，小声地跟蒲建说："那个五年级的留级生黄大胜老去赊她的东西吃，欠了账还不还。他留了三级，快十六岁了，算是大人吗？"

蒲建听了停下脚步，蹲下来问孩子："他在几班，长什么样？"

上课铃响了，瘦弱的孩子慌张地说："在五年级五班，跟我一班。你千万别告诉其他人，他很坏，老是欺负我。"

黄所长发动了车子，摇下旧警车的窗玻璃："蒲建，快一点儿。"

蒲建记下了孩子的姓名和他的联系电话，跑过来开了车门。黄所长脸沉着说："你什么意思，以为在这个小学生身上能有重要发现？"

下午，他们又一次去了现场，想找些有用的线索。刚刚打开了门，一个警戒线外边的大个子青年冲过来，声嘶力竭地喊："妈妈，妈妈，我想看看我妈妈……"

蒲建要过去拦住他，黄所长说："别管他，这是死者的大儿子，生下来就是智力残疾，自从他母亲被害后，两天来一直在这儿守着，整个人像疯掉了一样。"

几个邻居从临街的屋子里出来，拉住了那青年，把他拉进了隔壁的小店里。

黄所长对蒲建说："这条街上的人我都认识，我们重点看看那个王屠夫有什么东西留在这里没有，他才是这件事的重点。"蒲建愣在那里，下意识地点点头。

## 四

对王屠夫的调查开始进行得很顺利，从监控录像里看到的信息显示：凶案发生的上午，他去过两次死者那里。那个与死者吵过架的邻居，她们全家人都没有住那天去过店里，所以重点锁定王召财。这次审讯从中午进行到深夜。

王召财几乎承认了除了杀人以外的所有事实：他去过死者那里，是要回借他的钱，钱全部要回了，死者还额外给了他一条烟，算是利息。他们是同村邻居，小时候玩得很好。青年时代他也追求过她，不过她拒绝了。近年来死者丈夫在外打工摔坏了腰，常年瘫痪在床，和残疾儿子住在山上的家里，死者一个月才回去一次，平常都是她七十多岁的婆婆照顾父子俩。因为王召财和死者见面的机会多，死者为给丈夫看病又到处借钱，所以他好几次都想趁着请死者到家里吃饭时占些便宜，不过死者誓死不从，他也没占到什么大便宜，没有发生过性关系。她大概因为欠他钱彼此又很熟，所以一直也没有把他们之间的事告诉过别人。当天死者因为攒够了钱还他感到很高兴，他们之间一句也没吵过，不过是为利息的事说话的声音大了点，以前到她店里吵架是因为催她还钱的事。他没有杀这个女人，他那天中午要回了钱，就和朋友一起喝多了酒在家睡觉。

"那个账本上有你的指纹。"黄所长点起了一根烟说，"柜台上有，茶杯上有，连门框上也有，怎么解释？"

又胖又黑的王召财结结巴巴地说："账本是她要我看、看的，因为，开始我问她要利息。我在柜台后面跟她聊过天，她转身去屋里拿钱时，我，我，还突然抱住了她，只有一分钟不到。她人很好，为这事只会骂我，没有彻底翻过脸……我也不知道那些指纹怎么留下的。"

"好了，你讲了几十遍也是这个意思对不对？茶杯上有你的指纹，而茶杯砸破了她的头，又砸坏了柜台里的东西，谁有那么大的劲？一个不锈钢茶杯才几两重？你好好回忆一下，你对她做了什么？"

"我确实没有杀她，警察同志。她欠我的钱，当天就还清了，那些钱是她小儿子在县城上重点高中用的，当天孩子来看她了，她很高兴能还清我的钱，我干吗要杀她？平常处得也不赖。"

"你不是说她一直不从你吗？你那么小气的一个人，一个你喜欢的女人多次借你的钱而不愿意用身体报答你，你不会恼羞成怒吗？"

"我，我，真的没有……杀人。"王召财额头冒汗，十分委屈地辩解。

清晨，一个刚开门的小吃店里，一张简易的木桌旁，黄所长和蒲建面对面而坐。两个人冷得缩紧身子。老板把两碗热腾腾的豆腐脑端上来，他们很快就吃完了。

"所长，除了王屠夫之外，是不是要再深入调查一下那天进过店里的所有人？"

"那个破监控根本看不清楚，你能分辨出哪些人进过她店里？我们判断王屠夫去过，也只是背影有点像。"黄所长白了蒲建一眼。

"可不可以一一落实记账本上那些欠账的人？或者从那个小纸团入手。"蒲建继续说。

"哼，那倒不必。都是些鸡毛蒜皮的小账，三五十块的，应该是学生欠的，值当去杀个人？哦，对了，那个与她吵过架的骆大嘴会不会因为生意竞争而雇凶杀人？"

蒲建不解地睁大了眼睛："为这点事？那天死者的大儿子在外面号哭，她们两口子还做面条鸡蛋给他吃，看起来很有同情心。"

　　"这个才是表演，表演懂吗？你小子还是嫩了点。一个年轻的警察都认可了他们的好心，说明他们的举动没有白做，今天我让小吴他们两人再重点看看这两个人的情况。"

　　"嗯，所长，这个……我要请两天假。"蒲建抬头有点歉意地说。

　　"怎么？累了，还是烦了？在这么个关键时刻，上面的人驻扎在这儿，正是你表现的机会，你选择撤退？"黄所长疑问重重。

　　"不是，我想回一趟县城，家里那点事……你懂。"蒲建说。

　　"哦，还要你转行商界？那行，我知道你们父子俩的事。青春期都这样，年轻时跟父亲关系要好的儿子真不多。要不然你也不会选择来我这山沟里混，是不是？"

五

　　蒲建回到县城的第一站没有回家而是去了在明光路的重点高中，他把田芳的儿子约了出来，他们在沿河公园一条僻静小道的椅子上坐了下来。那个孩子显然是吓坏了，眼泡还肿着，眼神茫然得无处安放。未开口先落泪。

"我想要你想想当天在你母亲的小店里的情景，这个太重要了，我们一定要抓住坏人。你回忆的内容会帮助到我们。"蒲建低声地对孩子说。

"那天，我……是去给母亲报喜的，我得了这个学期的奖学金。那天，我只在妈妈那儿待了……不到一小时。"孩子慢慢地想着说。

"这段时间里，你看到哪些人去过？"

"因为雪下得大，顾客很少。都是买小东西、小食品。我记不清楚了……马路对面的小学里的学生也有好几个。"

"有没有停留时间长一点的，看起来比较异常的那种？"蒲建问道。

"我临走时，有三个男孩子到店里买炸土豆条和一包烟。他们好像欠母亲的账，不过只是几十块钱吧，妈妈跟他们也很熟的样子，还主动问他们要不要开水喝。"

"有没有人写了欠条就撕了扔掉的？"

"这个……我没有看到。"

"一个又黑又胖的男人，那个王屠夫，跟你们同村的，他有没有到过店里？"

"你是说那个同村的卖猪肉的王叔叔？……那天，没有看到他来，但母亲说过，把欠他的账还清了。平常他常去店里找我母亲聊天，比较熟悉的那种。"


深夜。蒲建在自家电脑上画了一幅完整的人物关系图，以死者为原点，设立事件坐标图，设定他们相互交叉的时间点和空间点，与死者的冲突因子和强弱程度，他苦苦思索不得其解。

父亲看他的灯还亮着，披件衣服轻轻地走进来。蒲建不自在地直起了身子，头也不回地说："我在忙。"

父亲站在他身后，尝试着用双手靠近他的双肩，又小心地缩回去了，说："我知道，这条路很难走……你随时选择改变，我都欢迎。"

"你别操心了好不好？"蒲建用钢笔敲着书桌，不耐烦地说。

父亲没有回答，有些尴尬地转身向门口走去，轻轻地拉开门，又停了下来，说："我听说田何村的那个案子了，记住：做大事要反向思维，一定先从被你忽视的人和事排查，不放过一闪念的怀疑……"

蒲建没有回答，只是捋了一下头发。他明白父亲的话一定有道理。他原本就是一名警察，年轻时是个侦探迷，后来因为在一次破案时用枪走火，误伤致死一名群众才从警察队伍退出来，成了一名成功的商人。他很反对儿子做警察，从儿子执意上警校，父子关系就很对立，特别是儿子坚决选择做警察，坚持到偏远的乡镇派出所……好像儿子所做的只是为了跟父亲对着干。不过，最近父亲因为生病，意气消沉了很多，一步步向他靠近，似乎想选择妥协。

父亲无奈又不情愿地关上了门。蒲建回头看了一眼合上的门，眼里闪过那张他找到的字条，脑子里忽然灵光一闪。

# 六

第二天晚上，村里的街面上唯一的一间小游戏室里，换了身旧牛仔便装的蒲建把头发弄得很乱，独自坐在靠里间的一个卡座里，他把手机放在游戏桌上，不时地翻看手机里的短信。终于等来了那条短信，他马上回复：快来。赢了请你们吃夜宵。

半个小时后，四个孩子推门进来，走在前面高一点的孩子脖子下边有一块明显的旧疤，他不时地拨弄衣领遮住。他们在门口站着看了一会儿，慢慢向里边的卡座走过来。

"我不认识你。"高个伤疤男孩用警惕的眼光看着蒲建说。

"我们一定在 DOTA 里遇见过。我听说你打得很靓。来，先上根烟。"蒲建掂起游戏桌上刚开封的烟，抖了一下烟盒，一人递给他们一根。

"抽完这根烟，我们就算认识了对不对？打两个小时，我们一起吃夜宵。我请。"蒲建说。

三个孩子都坐到卡座里，第四个孩子就是那个在操场上与蒲建说话的瘦子，是他用短信跟蒲建联系的。他怯怯地不敢坐下来，因为他根本不会这个游戏。

蒲建给了他五十块零钱，让他买点零食过来吃，小个子爽快地答应了。他们四个人分成了两个战队，在 DOTA 紧张又魔幻的背景音乐里开始了游戏。

两个小时后，在街东首的小吃店里，主人准备打烊了，看到他们进屋，又热情地收拾桌子，摆上碗筷，招呼他们坐下。

蒲建带着他们点菜，点了一大桌子，要了四瓶啤酒，一起喝起来。蒲建先自我介绍起来，说自己是镇上包工头的儿子，最喜欢的事就是打游戏，希望能做他们的老大，会常常带他们出去玩。

几瓶酒下肚，四个孩子中两个大一点的喝得比较多，蒲建估计他们也就十三四岁的样子，那个伤疤男孩脸已经喝得红红的，还一个劲地抽烟。

"回家晚了，你们爸妈不会揍你们吧？不过，我有摩托车，等会儿一个个送你们回去。"蒲建装作醉态说。

高个伤疤男孩先独自大声笑起来，说："我可想挨他们揍，可是他们从来没有揍过我。"

"你这么厉害？"蒲建给他递过去一根烟。

"当然了，天堂那么远，他们也揍不到我。"伤疤男孩又笑起来，指着自己脖子上的伤疤说，"这个不是挨打的伤，这个是我七岁时在垃圾桶里烤土豆吃，给烫的，幸亏给我烫醒了，再晚一点儿那火要把老子烧死了。"

另一个男孩低声对蒲建说："他爸妈很早就死了，是他两岁的时候吧。现在他是跟着九十岁的爷爷过的。"

"那你回家会不会挨揍？"蒲建问说话的男孩。

"我？嘿嘿。"他干笑着摇了摇头。

"他也不比我强什么，他父亲在煤矿打工把自己弄丢了，到现在还没找着一个指甲。他娘很早改嫁了，哼，跟我差不多。他跟着外婆过，那可是个八十岁的老瞎子。"

"只有这个好一点儿，"伤疤男孩用筷子敲打着那个坐在他身边的男孩的头说，"你爸妈可都在，就是当你不存在。也有三年没回家看你了吧？"

那个男孩低头吃菜，根本不想回答。

"街东头田芳小店的杀人案你们都知道吧？"蒲建出其不意地问。

四个孩子都停住动作，下意识地点头。蒲建装醉说："晚上谈这个怪吓人的，不过，我是个侦探迷，我知道那个杀人案到底是怎么回事。都别走，我把这个故事讲给你们听，好不好？"

"那天下午，有三个小学生走进田芳小店，他们都是熟客，常在这店里赊账。那天他们身上一分钱也没有，可是他们还想吃炸土豆，也想弄两瓶啤酒，三个人分着喝。当然店主不情愿，不过看他们是孩子，就让他们把欠条写在本子上。

"这三个孩子吃了炸土豆，喝了两瓶啤酒，脑子晕乎起来，想着账上的数字一天天增加，却没有钱来还，越想越恼火。偏偏这个时候，女店主的儿子回来了，这个孩子是给母亲报喜来的，自己得了奖学金，用那钱给母亲买了一条红围巾，母亲高兴自豪得不知怎么好了，戴上了那条好看的围巾，在镜子前照了照，又给儿子准备了些好吃的带走。临走时，把儿子叫到身边，好好地搂了儿子一会儿，还在他额上亲了一口。

"她的这些举动，都发生在三个吃炸土豆喝啤酒的孩子眼前，深深刺激了他们，因为他们几乎没被自己母亲这样疼爱过。三个孩子本来就恼火着，等女店主的儿子走了，那个大男孩借着酒劲搂住另一个男孩，在他脸上亲了一口，模仿着女店主的口气说：'来，儿子，让我亲一口，娘喂你奶吃。'

"女店主很生气，质问他说什么？那个大男孩故意大声地重复了一遍：'来，乖儿子，亲一口，就给你奶吃！'

"女店主气得不行，把记账本子扔到桌子上，要他们把账记清楚，现在就还钱，不然就去他们家里要。其实她不过说说气话，因为这三个孩子太没教养了，居然这样来取笑她。没想到突然激怒了三个孩子，一个男孩冲上来把借条撕了，揉成纸团扔在地上。接着，他们关上店门，拉上门闩——那天雪太大，本来客人就少，他们一边一个把女店主往屋里拖，他们本来想揍她一顿，或者威胁她把欠账给清掉。女店主吓坏了，挣扎着想喊，结果一个孩子拿不锈钢水杯砸了她的头，另两个把围巾缠在她脖子上，向两边拉，他们撞倒了货架上的东西，碰坏了门框边，把围巾的穗子都扯烂了，把女店主给勒死了……经过就是这样。"

四个孩子愣在那里，蒲建顿了顿又说："你们还有什么补充的？想知道那几个坏蛋孩子到底是谁吗？"

那个伤疤男孩突然站起来，亮出了腰里别着的一把小刀，逼在蒲建的眼前。另两个孩子也握住了手边的酒瓶子。

"你到底是哪个？"大男孩声音颤抖着说。

"你们就是欠账本上写欠条最多的那三个孩子？那么你就是那个身临现场的男主角？知道什么叫'天网恢恢，疏而不漏'吗？"蒲建平静地问，身子向后靠了靠。

"快跑！"坐在门边的一个孩子起身往门外跑去，接着剩下的两个也撞倒了凳子向门边跑去。此时，门从外边打开了，一身警服的黄所长堵在门前。

"别跑了，小兔崽子们！"他拦住了他们。门外警车的灯闪动起来，警笛霎时响起。


几个警察进来把那三个孩子带上了警车。

蒲建有点疑惑地走向黄所长。黄所长向他伸出手，使劲在他肩上捏了一下："你以为你很聪明？小子，这是你入队的第一道考题，我肯定不会提示你，我要让你独自作答。"

"你是我背后那双无所不知的眼睛？你肯定一开始就意识到问题在哪儿，你就是不说。"蒲建笑道。

"记住，我毕竟是个有三十年警龄的老警察。不过这一次，我只是负责帮你拉上幕布的那个后台老头。"

黄所长笑了，又用力地拍了拍蒲建的肩膀。

# 二称轶事

　　一条大堰，揽住一湖的水。湖是骆马湖，运河穿湖而过，一路延伸至江南。堰长而宽，也作交通便道。从县城过另一省去，就须经过大堰。湖水浩渺，一眼望不到边际，依着这堰，每日水声滔滔。堰高而陡，站立堰上，望见这堰下一小乡村，数间红砖矮楼一排小瓦房，安置在土路两边，街道上不常见人，三两张台球桌，几个少年，在旁边嬉乐。又三五个小商小贩，几间杂品小店，并不兴隆，也不寂寞。堰北是田野，挨着堰下，有数十棵柳杨，几块塘子，一小片松树林，却也幽静。只这堰空空荡荡，乡里人等车去城里，就在堰上一间石屋前等。这屋就怪了，青石所筑，方方正正如一个石盒子，青石个个块头大，狰狞着有角有棱，屋内只有一床，一被，一箱，一灶，盆碗几只，大小轮胎若干个。地上杂放些钳子、钣子、螺丝、润滑油筒。屋主人的面色也黑黑的，不知道原本皮肤就是这样，还是给手里的工具传染的。一双浓眉大眼，在脸上格外突出。看人总定定的，那眼神飘忽得像湖里的雾。人还不到三十岁，也可能更大一些吧。每日坐在屋外那小方木凳上，忙时埋头做活，无事时手里拿一本厚书，或是一张报纸，甚至是一张油腻的小纸片，总是低头在看，专注得有点过分，有点贪婪，有点忘乎所以。阳光照在他的脸上身上书上，一切都亮得耀眼。偶尔一辆汽车驶过，突然在小屋外边停下来，那些腾起的灰尘卷起来，在阳光下面颗粒清晰，规模宏大地扑面而来，覆盖了他，他也不躲避。司机若不是伸头粗声大气地喊，甚至是口带脏字地叫骂，他是不会搭理的。换一个轮胎，差不多就可以挣到一天的生活费，这个人怎么这么不懂事，不在乎自己的生意呢？有的司机会这样想。那年头，三十里之内只有这一家在堰上换轮胎的小铺，路过的司机都知道他，做人老实，做生意更实在，昧良心的钱从来不赚，在他这里换的轮胎，比其他地方要便宜三分之一。你看这个人就是怪怪的，不声不响，不爱搭理人，常常一个人定定地出神，你看不懂那微微皱起的眉头后面，是什么样的世界。

乡里人都叫他二称，为什么叫二称不叫大称或其他什么，好像没人知道。只知道这是乡里的一个怪人。因为身世的怪，因为来历的怪，因为行事为人的怪。村里的老人们常常讲这件事，是二十多年前吧，那时这条堰上走的汽车很少，还没这间石屋，堰上除了树，一点人造的东西也没有。夏天时湖面上潮湿的风一路吹过来，吹得那些杨树叶子欢畅地哗哗响，吹得堰两边的知了一齐较劲地唱。中午前后，热得难忍，几个孩子过堰下湖去洗澡，远远地看见了一辆糊着醒目标语的破旧车子，在堰上一棵杨树旁停下来，有两个人下车，女的手里抱着一件什么东西，站在那儿张望。一会儿坐下，一会儿站起来，一会儿又走开几步，望望天，望望地。终于，蹲下来，把手里的东西放下了，放在一块青石头上，上面好像有彩色的带子在风里忽隐忽现地飘着。湖里疯玩着水的泥孩子们看得清楚，一路小跑地冲上岸，那汽车摇晃着开远了，远得只剩一个黑点点。几个孩子赤身跑上前，站在了高高的堰上，他们俯下身去，一时都愣住了：一个婴儿，比他们小得多的孩子，躺在包被里，他小小的眉眼一会儿闭上，一会儿睁开，黑黑的眼珠转动着。他在看什么呢？是看高高的杨树浓密的叶子，还是叶子后面辽阔无云的天空？

　　这就是那个石屋主人的来历。从一个小小的裹在襁褓里的婴孩成长为一个男人，这过程应当是漫长的吧。一个不清楚来历的男婴在那个夏天的村庄里成为许多乡里人谈论的话题。他们说那个可怜的孩子在杨树下面整整躺了一下午，一拨一拨的人来了又走了，围着孩子看着叹息着。不少人把孩子抱起来又放下了，那年月谁家有多余的粮食养活一个孩子呢？有个好心肠的女人说："这个孩子一看就是城里的孩子，如果没有毛病爹妈怎么舍得扔掉呢？你看这包裹里连个字条也没有，哪个敢收下他呀？"黄昏到了，西天上的太阳把最后一抹夕阳照在孩子脸上，那张睡着了的稚嫩小脸就映着一层温暖的光晕，没有忧虑，没有悲哀，甚至在睡梦里还带着甜甜的笑……

孩子好像在等一个人，或者说那个人注定要遇见这个孩子。这个人从河沿上背着粪箕不紧不慢地出现了，他原本是在河堰下的坡地上拾牛羊粪的，已经拾了大半粪箕了。这时正赶着生产队里的六只羊往回走，就看见河堰上围了一圈妇女和孩子，爱看热闹的他这时就出现了。他钻进妇女围成的人圈子里，看到那个婴儿，伸手碰了他的小包被一下。偏偏在这时，那个老实睡了一下午的婴儿醒了，哇哇大哭起来，好像人世间的委屈全让这小小的生命负担了，他的哭声是那样打动人，让那一群贫穷但善良的妇女都掉下眼泪了。他的小手张呀张的，向正在靠近的那张已显苍老粗糙的脸伸过来，好像曾经在那双粗糙的手里躺过很多次了，好像对那一身破烂且洋溢着羊臊味的衣裳已经很熟悉了，孩子进了他的怀里，就停止了哭泣。他的小眼睛睁得圆圆的，像那堰下的湖里一种黑鱼的眼睛，天生放着珠子般明亮的光泽，天生蓄着些淡淡的忧伤色彩。"乖乖，这几十年我白活了，原来是在等你呀。"老汉嘴里嘟哝着，那张苍老的脸上湿湿的，把孩子的脸贴着他的脸，好像永远不会分开了。他是村里唯一一个五保户，一个无儿无女的光棍汉。

从此，烟庄那个放羊的老汉就不再是孤独一人了，成了婴儿的爹，村里人都叫他木锨老爹，都知道他身世很苦，从小有爹无娘，家里穷得只剩一把木锨，从河南老家一路要饭要到这里的。新中国成立后，他有了地种，有了饭吃，还有队上专门给五保户的每年五百斤救济粮和几十块钱。因为身体还硬棒，养活自己不成问题。他就是看不得可怜的孩子，庄上哪家孩子得了病，哪家孩子吃不饱，木锨老爹都会管那份闲事。他会节省自己的口粮给孩子吃，没钱看病，木锨老爹舍得把自己五保户的救济钱借给人家，却从不要求还。自从收养了这个不知来历的孩子，木锨老爹就变了，变得像个女人一样细心，专注照顾自己的孩子了。那是他姓氏的继承人啊，这个聪明瘦弱的孩子就在乡下充沛的阳光下，粗野的风里，饥一顿饱一顿的饭食中长到了十四岁，幸福的日子就那么到了终点。那一年冬天雪下得很大，北风来得残酷，湖面上的小旋风像软刀子，割得手脸皮子裂口子，生疼。木锨老爹下湖去敲冰捞鱼，想给儿子弄点荤菜吃，快过年了，家里总得有个像样的荤菜吧。他砸破一米多长的冰面，把小网也放下去了，这时一阵北风刮过来，那风像一架巨大的风车飞快转动，只那么轻轻地一卷，就把木锨老爹卷进那一小片敞开的湖面。木锨老爹瘦小的身子像一张破碎的网那样无声坠落，消失在冰冷漂着细碎冰块的湖水里。那一瞬间的水波映着冬天下午三点钟灰暗的日光，混合着灰黑色低矮的云影。

　　孩子在那个冬天就变了，那双黑亮的眼睛从此蒙上了灰色的云影，再也没消失。书是念不下去了，为了吃饭先要吃苦，二称就成了烟庄最小的拖拉机手，那是村长对孤儿的照顾。他离开了学校里的小书，却亲近了人生那本大书，亲近了那生铁造成的机械家伙，操作它们就能明白更多的知识，了解更大的世界。这个木锨老爹起名叫胡铁忠的孩子比其他孩子更喜欢书，他的手里除了拿着那铁制的工具，心里总还惦记着大大小小写满字的书本，半张报纸，巴掌大印了字的小纸片也不放过，只要是印了字的东西，他都会很专注地看上半天。村里的妇女就笑他，说他上辈子肯定是个状元，看他写字的那劲儿，有模有样的，一有空就拿着小棍在泥地上画来画去，长在乡下真可惜了。

二称十八岁的时候，就从老屋里搬出来，在堰上盖了那间小小的石头屋子。那屋子坐落的地方，就是当初木锨老爹抱起他的地方，也是当年那一对男女把他放下又离开的地方。那个破烂的、车帮上糊着醒目标语的解放牌车子，也曾经停留在这里。只是那么一小会儿，后来开向何方，有谁能知道？老木锨没来得及告诉他，他对自己身世的了解完全是从村里人只言片语的闲谈中知道的。二称似乎只生活在自己的世界里，一间简陋的石屋概括了他全部的生活。每天等着那些来来往往的汽车，大大小小、方方正正、各式各样的车子驶过来驶过去，总有一些要停下来，总有一些要在这小屋前修理一下坏了的部件，换个轮胎什么的，日子就这样不咸不淡地过下去。许多个夏天过去了，知了在炎热的季节还是不知疲倦地歌唱，高高大大的杨树每年都向碧蓝的天空竭力伸展，张扬着浓密的枝叶。生活没有变好，好像也没有变坏，却越来越远离了过去，远离了那些生长在过去日子里的故事。

二称长大了，但还是一个人，住在大堰上的那间石屋里，只与天地湖水亲近。本来村上准备分给他宅基地盖房子，他却坚持住在这里。没有什么特别的理由，他只想用自己的手艺养活自己。乡下的闲日子是很多的，年轻人打发无聊的时光有很多种方式，但都与二称无关。他既不去台球桌前挥杆，也不去小理发店里搭讪，更不蹲在土炕上小赌，也不喜欢去湖边叉鱼或到小树林里打野鸡。他和村庄里的年轻人好像是两个世界的，几乎是一个人来去，却也不觉寂寞。很多个夜晚，下大雪下大雨的日子，这人在那木门木窗挡着的石屋里做什么？这是人们都想知道的事。走夜路的人，夜晚下湖看渔场的人，还有坐夜车赶回来在石屋前下车的人，都说看见二称在一盏汽灯下看书，灯下晃着他的影子，那个破旧的木桌上摊着一本或几本敞开的书或是一大堆纸片，他在那些书上标着什么，又在一张张小纸片上写着什么。也有人看见夜很深了，夏天或秋天的夜晚，这个怪人在堰上走来走去，有时停下来，坐在堰上的一个石矶上，像一块塑了形的石头，你喊他三四声也不应答。他在那一年清明节的晚上，一个人驾着小划子，进了堰下的湖里去。那一晚借着清亮的月色，可以看清楚人的面目。二称一个人坐在小船头，一言不发。一个收夜网的船家看见了，叫道："二称二称是你吗？"无应答。淡雾泛起，湖面反而隐约传过来呜咽的哭声，把那个船家吓得差点儿掉进水里，以为湖里的淹死鬼作怪呢。

这样的故事很多，也没人太在意真假。乡下的日头长，老年人总要拿些闲事来谈说。木锨老爹过去的老伙计就说到了二称，说那个孩子呀，他爹死了，他就呆了，你看他一不与人说话，二不与人交往，一天天成了大男子汉了。不像那些有爹有娘的孩子，到了年龄就想着娶媳妇，找不着女人还要与老的吵闹。我看这孩子，也快三十了吧，如果再不成家他就毁了，他一个人肯定要闷出病来的。另一个说，除了修车，他一天到晚抱着本书，你想他才上了几年学？他识得多少字？他能看得懂那些书吗？我看他是把书当成自己的媳妇了，早晚要成神经病的。几个老头子在冬天的阳光下面闲聊，他们真的可怜他、心疼他，想着自己儿孙辈里有没有合适的女孩，可以说给他做媳妇。

"二称就是性格古怪一点儿，因为这孩子身世苦哇。不过他身上那点儿手艺，也够他吃一辈子了，他若是肯上门来做我的外孙女婿，不也很好嘛。"那天参加闲聊的一个驼背老人就真的跟自己家人说了这意思。于是提亲的就进了堰上的石屋子。来人坐下来，看看那间又小又窄的屋子，说："二称啊，你做修车这生意也有七八年了吧，总比堰下那些刨土疙瘩的年轻人强吧，怎么没见你置办一件像样的东西呢？你挣的那些钱用来做什么？不如娶媳妇成个家，有了老婆孩子，你这辈子就比老木锨过得值了。"

二称在那时候，就真的像个呆子了。他的嘴角上总呈现一个不常见的笑，头那么摇两下，不说行也不说不行。不给来人倒茶喝，不递根烟抽，也不递条板凳让人坐，只是呈现一个摸不着头脑的笑。媒人在那一阵子来了好几个，说是某某的老姑娘，脸上长几颗不碍事的黑痣，三十几了，家里还有点钱的，要他做上门女婿；又有某某寡妇，有一个小孩的，两间平房，几亩地；还有离过婚的，在镇上开理发店，要他过去当店老板。这些都没有说动他，媒人扫兴而归，出了门骂他人呆心也呆，舍不得一碗茶，一支烟也就算了，连句客气话也不会说，真不通情理。这样的人不该娶妻生子，他没有这样的福命。也许这怪人本来就不男不女，先天就不是男人的料，父母才把他扔了的。什么样的闲话都有。

村小学里有个女教师，名字叫小燕，在上堰等车时常在他门前坐坐，那一天进了他的屋子，被那一屋子混杂着机油臭味的复杂气息熏得倒退了好几步，但终究好奇心旺盛，还是掩鼻捂嘴，进去了。一览无余的屋子里，除了床边的大纸箱子是可疑的，其余都没有看头。她走近他的桌子，掀开一本厚书，小心地捏着没有油污的地方，翻了翻那书，心里浮出一个大大的问号。等二称忙完了手里的活，她就凑上去，说了句：“你也看那样的书？”声音轻轻的，字字全是棉花质地。二称在那一瞬间愣了一下，他的眼睛定定地看着她，看得那张脸就红了起来，红得像一朵花的色彩。

后来谣言就起来了，说那个村小学校长家的小燕、二年级的语文老师，常常晚上去大堰上的石屋子里，与二称搞上对象了。两个人一长一短，一大一小的身影在灯底下晃来晃去。他们有时也在堰下的草坡上慢步，有时下了堰坐着小划到北面的湖上去，有人听到那一对男女的笑声细细地在沉静的湖面上飘。女孩还不止一次进了石屋，把那一片狼藉收拾利落，屋里面差不多能看出地面的真实颜色了。村里调皮的孩子说，小燕老师还从大纸箱里拿出书在翻看着。纸箱里满满都是书，还有杂志。怪不得乡里的邮递员每个月总有一天，骑着自行车摇摇晃晃上堰。那些书都收在箱子里，一本本地码好，面子上一点儿油污没有，里子却密密麻麻标注了小字。还有人看见，小燕和二称有时也轻声地争论，也温和地耳语，有时那两个身影也贴得很近很近。乡里人都有些不解了，后来就有些愤怒了，那樱桃脸色的灵光女孩怎么能和他是一对呢？二称不能也不可能娶那个女孩的。为什么？没有人回答为什么，只是感觉不可以。感觉就是理由。

后来的某一天，小屋空了，那间堰上的石屋子空了！一个下大雨的坏天气，有几个人下了车，看见堰上的石屋门敞着，风刮得门板扇过来扇过去，发出很大的响声。几个人往里探了探头，看见屋子里东西乱七八糟的，人早已不在了。以为小屋遭了劫呢，赶紧通知了派出所。几个民警来了，看来看去，没有一点儿可疑迹象，说是不是二称出去忘记关门了？但一天，两天，三天过去了，二称没有回来。去城里考试的小燕老师也消失了。从那个雨天开始，两个人便一起从这个平静的村庄消失了。

　　堰上的石屋从那时就废在那里，成了等车人避风避雨的地方，只是有时还会有车子在门前停下来，一个粗声大嗓的人从车窗里探出头来喊："哎，胡二称，出来看看我的胎！快点儿快点儿！"等车的人中一个熟人会开起玩笑来："看你的什么鸟胎，是你媳妇的胎还是你屁股下面的胎？"司机赶紧争辩，不是娘胎的胎，是轮胎的胎。熟人说："二称和女人比翼双飞了，不会给你堕胎了，你送你媳妇到县城里做剖腹产吧。"一群人就笑开了。

　　后来，据出去打工的人说，在省城见过他。看来他原本就是大城市的人，总要回到那里去的。听说他不修车了，现在干着写字登报的事，是个什么作家了，混得比干修车匠要好。那个小燕和他在一起，两个人挺好的，还托人带话来，早晚要来家的，他要名正言顺地把小燕从校长家里娶过去，不过现在还不行……

# 非常艳遇

他意识到那个戴墨镜的清秀女子在注意他，是火车在一个叫瓦碴窑的小站停下来的时候。

那时候车厢里乱糟糟的，人们坐痛的屁股纷纷离开了座位，涌上窄窄的过道。有的下去买一点儿吃食，有的出去呼吸夜晚乡间的新鲜空气。总之，在短暂的十分钟时间里，有必要让呆滞疲惫的神经松弛舒展一下。

他坐了将近一天的火车，在列车完全停下来的时候，仍感觉自己在保持着匀速前进的状态。这时候他有点尿意，便挤过挨肩擦背的人丛过道，在车厢一端的厕所旁停下来。他用手扳了扳门把，没有扳动，才想起在停靠站的时候厕所门是锁上的，便为自己缺少旅行经验而自嘲地一笑。转脸时，同坐的那个穿黑夹克、黄牙齿的人朝他会心一笑，那人不知什么时候也站在了厕所门边。他踢了下厕所门，用方言低声骂了一句脏话，以此宣泄自己的不满情绪。

他转身和黄牙擦肩而过的时候，黄牙手里拿着的长柄黑色雨伞碰到了他的额头，很痛；雨伞的伞尖在黄牙表示道歉的时候又碰着他腿部某一个地方，又一次给了他意料之外的疼痛，他的脸就扭曲着掩饰不了的愤怒，话不连贯地道："你怎么回事，你这个人，简直……"修养和身份不容他骂出脏话来，再说黄牙一路上对他奉献了不少谄媚的笑，尽管他和他没有认真地说过一句话。

车上的人太多，又实在没有什么可以引起兴趣的事，所以这个意外的小小事件也让不少人侧目。旁观的人中有的幸灾乐祸，脸上停留着得意与嘲笑，或是漠不关心的疏远表情，因为这让他很快纠正了自己的态度，伪装出并不过分疼痛的表情。

黄牙的歉意好像是真实的，他急于致歉，那只灰巴巴的手要向他脸上的痛处抚摸，又要查看他腿上的伤处，他厌恶地避开了，想这个讨厌的人为什么上厕所还要拿着一把雨伞？

他捧着自己的痛处往回走，感觉到有一束异常明亮的眼光迎着他，他知道那是对面坐着的两个年轻女子中的一个，那个戴墨镜的清秀女子。

腿部的不适可以忽略不计了。他想这个女子这时一定会注意他的头部，注意他脸上的表情，注意他揉脸的动作，甚至可能注意他走路的姿势。他有意识地保持着比较挺拔的身姿，挺拔得足以表现出一米八身高的男子的气派来。

他走到座位上，女子的脸也转过来看着他，脸上的表情好像是附和他心里的话：真讨厌，那么一把破雨伞，值得那么不离手地拿着吗？

戴墨镜的清秀女子终于朝着他笑了笑，露出很浅、很别致的酒窝，说："你看呀，这人！"

这是墨镜女子在旅途中与他说的第一句话，他意识到这的确是个有意义的开端，或许可以和这个理想的旅伴一路谈笑着到达目的地。这让他的心情开朗起来。

他刚一坐稳，准备与墨镜女子说几句无关紧要的客气话时，腿部的问题就出现了。他那身崭新的西装上衣什么也挡不住，他只好偷偷地拿了一张报纸展开来做成阅读的姿势，但仅是这一瞬间，他眼睛的余光扫见女人明亮的目光闪过他的胳膊、手与报纸的重重障碍，迅速地看了一眼他的腰部以下。他意识到墨镜女人大概注意到他的问题了。

他在心里用比较脏的字眼骂了一句已经远在千里之外的那个叫花花的女人。

花花不是一只狗或猫的名字。花花是他的老婆。

有必要说说这个叫花花的女人。花花姓花，名花，合起来是一个好听又好叫的名字。花花出身农村，考上了卫校，就成了一个名正言顺的小县城里的知识女性。花花是做护士工作的，很细心，她常常注意到生活中容易被忽略的细节。这一次单位派他去 G 城买试剂，要带两万元的现金，十万元的汇票。而且给他准备了一只新的密码箱。花花坚决不同意他用这只密码箱装两万元的现金，她有自己的主见。她说他虽然高大儒雅，但只是个花架子，实实在在的书呆子，没有过远途旅行的经验，要他一个人手里提着那么多钱绝对是危险的。就这样，她把两万元钞票全都换成了崭新的百元大钞，而且设法用布缝在一起，缝成一块柔软有弹性、体积小的"钱砖"，再把这块钱砖用两层布裹着，缝在内裤中，便成了一个秘密而严实的"钱袋"，这方便的布制钱袋是何等安全可靠。

那时候他表示过强烈反对，他说："简直是母猪的点子，这种方法纯粹是在小报上学到的笨方法，不可取。"

女人对他那"母猪"字眼并没有反感，相反，她拿着那玩意儿在灯下左顾右盼，满意地呷呷嘴："你看，一点也看不出什么特殊来。"

他说："什么？这儿是放钱的地方吗？这……"下面的话全给女人捂在手心里了，她说："喊什么喊？怕人不知道？"她警惕地关上窗户，压低了嗓门说："你懂什么，书呆子！笨蛋！你想想，你这样一表人才的男人，谁会想到你把钱放在这儿，他们只会注意到你那个密码箱，因为他们感觉你这样的男人只会把钱放在密码箱里，你难道不知道火车上治安也可能很乱吗？你不知道我们家有多少存款吗？连这公款的一半还不到，你真想丢了公款，再赔一条命，毁了这个家？！"

他一直到临上车的半小时前才肯换上那个精致的多用途裤衩，他心里还在怀疑花花的聪明才智。

他一穿上那个裤衩就感觉出问题所在了，因为那两万元大钞的存在，他穿上外裤时小腹显得臃肿，站着时，尚可以忽略，而当他坐下时，无论他的腿伸直还是蜷曲，现出的尴尬形状显而易见。

他就这样别别扭扭地上了车，肚子装满了对花花的怨气。

所以他一路上不敢自由地坐着，尝试着各种坐姿，而且注意用报纸或杂志随意地遮着腹部。有点儿巧合的是，他对面的座位上上下下几拨旅客，全是女性。城市里的年轻女性，两个以上旅行时就会叽叽喳喳说话，大都比较善谈，充满优越感。旅行中衣冠整洁，而又沉默的男子是容易引起她们注意的。他年轻的脸和儒雅的气质有吸引力，和他坐在一起合乎她们旅行时安全感和趣味性的需要。

戴墨镜的清秀女子和她的同伴上车时，选择好几个座位——那时座位还不满，有选择的余地。两个女人从门口走到后边，又转回来，在他的对面停住了，那个年轻一点儿皮肤较黑的说："就坐这儿吧，靠窗，挺好的。"

两个女子放下行李，全力把一个箱子往行李架上举，但她们个头矮了些，这时那个墨镜女子含笑地看了他一眼，他居然没有注意，等到他注意到，准备站起来友好地相助时，恰巧一个年轻面孔的列车员走了过来，帮女子放好了箱子。

美女让人喜欢，这是个亘古不变的真理。女子的香味让人呼吸紧张，这是他第一次有这种感觉。两个年轻清秀的女子在他对面坐下时，他一下子感觉空气给她们挤占得少了，她们身上的淡淡香味一下子便占有了这片两平方米左右的空间，他感觉到呼吸不畅又很想呼吸的那种矛盾，只好把眼睛转移到膝上的报纸上来。

在旅程的前半部，他保持着沉默。语言的沉默是容易做得到的，不说话就可以，可是心里的沉默却不容易。在旅行中难有真正意义上的睡眠，虽然他闭着眼睛，但神经保持着相当的兴奋，鼻子里全是她们的气味，耳朵里全是她们的声音，甚至在眼皮挡住的一片黑暗里，也闪现着她们的脸，极招摇像两朵灿烂的水仙花。

两个女子的对话软语细腔，跟他那个地方的方言千差万别，要好听一万倍。他在心里把花花的声音跟她们比较，就有点悲哀，花花这个北方农村出生的女人缺少面前两个女子的气质风韵。人们生存空间的差别影响着人们的生存质量和外在状态。

他渐渐地想得更深远了些，觉得自己出生在偏远小县城很悲哀，他要是大学毕业留在大城市里就好了，他也想找一个城市里的知识女性，可惜没有成功，要不然他是不会娶像花花这样的女子的。他想了很多很多，最后他想出了一肚子气。

他叹了一口气，觉得自己脸上有点热，睁开眼一看，对面戴墨镜的清秀女子正在看自己。那一瞬间他觉得女人锐利的目光剖开了他思想的外壳，看到里面全部的内容。她的注视像一记耳光悄然打在他脸上，他不由得红了脸，挪了挪身体，回避着女人的眼神。恰在这时列车猛地震动了一下，好像在证明他刚才的判断似的。在这一震的瞬间，他的整个身体被什么一撞，身边黄牙的胳膊肘和上半身就撞进他的怀里来，好像碰到了他隐藏着秘密的地方。

就是那个黄牙，手里拿着那把雨伞，一路上他似乎在搂着那雨伞睡觉，时不时还倾斜在他怀里。有时他说"对不起，对不起，大哥我撞着你了，俺不是有意的"，他的笑很谦卑，像是那种忠厚老实人的谦卑。


在他的额头被黄牙的雨伞撞痛以后，黄牙满脸带笑地回到座位上来，他手里拿着四罐饮料，他把饮料放到小桌子上时，他的黄牙又一次带着赤红的牙床祖露出来，转脸对着他邀请道："喂，大哥，真对不起，刚才碰着你了，来，我请你喝雪碧，啊，这天怪热的……"他一只手擎着一罐递给同座的他和两位女子。他们都拒绝了。黄牙不放弃地说："你们喝吧，客气什么，我刚才买的，出门在外的，不要见外……"

没人喝也没人反应，黄牙另开了一听，自己喝了起来。快喝完时，一个长相跟他相似的人拍了他的肩膀一下，两个人一起向着车门口走去。

就在黄牙离开座位时，戴墨镜的清秀女子削了一个苹果，苹果削好了，她放在手里捏着，并没有吃。她的同伴似睡非睡，她的苹果显然是削给自己吃的。但她有礼貌地把那只苹果往他面前一递，说："请你吃个苹果？"算她履行了邀请程序，他当然是摆了摆手，说谢谢。女子自顾自地吃起来，那一口糯米牙便一现一现的。真是美极了。

女子吃完了苹果，在收拾果皮时，那只精致的小刀一不留神掉在了地上。她弯腰撩起翠绿色的裙子去拾。这个动作引起了他的紧张，但他得保持原状免得自己难堪。

女子拾小刀的动作显然有点缓慢，所以他捧着报纸的手有点抖，她甚至可能是有意缓慢。女子抬起头来时脸上飞满了红晕，不像是低头时血液倒流的原因，因为女子脸上那片红晕保持了较长时间。她好像很不自然地看了他一眼，似乎对什么有所会意……他确认女子在有意味地看他，接受这么清秀的女子的注意而不心跳加速真有点困难。他不敢直视她，目光在报纸的铅字上跳跃。他甚至不能看一眼自己的裤子，那样做无疑是此地无银三百两。

女子说话了，声音柔和，缓慢："你吃苹果吗？我这里还有。"

这个问题让他松弛了一点儿。他想，这是个愚蠢的问题，因为她刚才已经邀请过了。他想城市里的女子嘛，她只不过是没话找话说吧。

他的兴趣来了，说："不客气，我不渴。"墨镜女子的眼睛还看着他，认真地说："拿一个吃吧，真的，我这里有刀子。"

他觉得女子的话有点不着边际，但他真的看见女子拿出一个红苹果，并且把刀子也展开递给了他。

他不好回绝了，接过来慢慢地削皮。

他的兴致比较好，因为嘴里在啃着女子给的苹果，而且女子明显地表露出想与他谈话的愿望。旅程的后半部分不至于太寂寞了。

这时，黄牙回来了，说："饮料你们还没喝啊。城里人真小心啊，我这又不是下了蒙汗药，怕什么。"

他于是接话说："不用客气，我们不渴。"

他说"我们"时，心里有种奇怪的感觉，他觉得和墨镜女子成为"我们"是一件他渴望的事，表示出某种程度上的亲近。

黄牙说："那我不客气了哦。"他抓过那两瓶雪碧，一边一瓶，放进了两边口袋。他龇着牙朝女子奇怪地一笑，嘴里哼着歌，拿着他那把黑色长柄雨伞，走了。

戴墨镜的清秀女子望着窗外漆黑的夜，她手支腮的侧影很好看。在他的苹果快吃完时女子问他："现在几点了？"

他说："二十二点四十，到那个城市大概还有一个半小时。"

女子说："够长的。到那儿就深夜了，据说那个地方治安不太好。"

他说："对，上个月不是还出了一件大案吗？"

女子说："偷盗的案发率比较高，据说那儿开过一次神偷大会？"

他说："是啊，那是1984年，十年过去了，现在不知怎样？"

墨镜女子说："你听说过吗？划包的很多，很锋利的小刀一划，再结实的钱包都能划破了，被偷的人还感觉不到。"

停顿了一下，她又说："出门在外，我们都要小心。"

他赞成地点点头，为这个"我们"，心里急速地一跳。

他说："女同志出门最危险了，尤其是没有男同志陪着，很多时候……"

女子用眼光截住他这句话，眼神有点挑战地直视着他说："我看不一定吧。我们女同志有时很仔细的，不像你们男同志，粗心大意，粗心是容易犯错误的。"

女子看他不言语了，以为这句话有点伤及他自尊，便补充道："男同志当然什么都不怕，他们胆大有力量。"

这时他在考虑另一个问题：他在想，假如到了那个城市，这两个漂亮的女子没有人来接的话，他是否有义务送她们到目的地？

墨镜女子转而问他一些平常的问题，他的家乡，他的职业。当女子听说他是单位的小干部时，说："噢，我看你也像，你这样的男同志一眼就看出来了。"

他得意地笑笑，问了女子居住的那个城市的一些事，他提到一个作家的名字，并吹牛说，他与那个名作家通过信。

女子惊讶道："那个作家我很崇拜，我爱读他的书，这么说你也喜欢文学了？"

他含蓄地点点头，轻描淡写地说："发表过几篇小作。"

女子说："你身边有吗？"

他说有，急切地去取密码箱，那里边有一篇他在市报上发表的文章。

女子阻止他，连说："好了，好了，以后拜读吧，不要动那箱子了。"但他还是取出那张报纸，递给了墨镜女子。女子很感兴趣阅读的样子，让他有点陶醉，他觉得他正在接近什么他想接近的东西了。这种状态是很幸福的。女子说了不少赞美文章的话后玉指一点，从上车后一直放在腿上的那张报纸说："我想看看那张。"

他没有理由拒绝，也顾不得很多了。

女子接过那张报纸，并不是真的在看，她的眼光飞快地瞟了他几下。

这时候他的问题是暴露无遗的，他不用往下看就感觉出小腹部一沓人民币的曲线，显然不是个正常合理的存在。他无法解释。

女子头也不抬地问他："你在那个城市要住多少天？"

他粗略地说出一个数字。

女子又说，她们也去出公差。她补充道，那个城市的旅馆很贵，住宿要花掉不少钱的。

他得意地说全是公费报销。

女子接着说："公家的钱更是不可以乱花的，公家的钱要丢了会很糟糕，那可是大事。"

他说，那当然了。他觉得女子的话很傻。

女子把那张报纸随便地浏览了一遍，折叠成小方块，递给他。女子在递给他报纸的时候，眼光在他的问题部位扫了一眼，这个细节是无法忽略的。接着，她微笑着若有含义地瞥了他一眼。这一眼就把他的心揪了起来，是那种幸福将临的扯痛。

直到现在，他还不能判断出墨镜女子脸上晕染的桃红和眼光里有所表达的神色，到底意味着什么？他被一种梦境般的感觉牵引得飘浮起来，这真是个不期而遇的浪漫故事的开端吗？

女子问了他三次时间。当她最后一次问时，还有十分钟火车就要到站了，女子说："我能请你倒杯水吗？"

"那当然，小事一桩。"他很想说：我还可以为你多做一些，比如，送你们到目的地，如果没有人来接你……可是他不敢问下去。是不是在这个陌生的城市会有些浪漫的事情发生？

他端着茶杯往车厢那头走，他的肩挺得笔直，衣服很合身，衬得他身姿很挺，但是那个问题部位总不太自然，令人不大愉快。只要到了 G 城，明天他就可以卸掉负担了。

他弯腰等茶，没想到女子跟着到了他身边。女子俯下身子去说："喂，我跟你谈个事。"

女子和他一起到了车门边。

他抑制住自己的心跳声怕给女子听见，但他却激动得拿杯子的手在晃。

女子说："我想跟你说……"

黄牙和他的两个同伴这时走过来，三个人靠近了他俩。黄牙装作闲谈地说："娘的，那一次我差点儿揍扁了她，臭娘儿们。女人就爱管闲事啊，我一脚踢在她屁股上……"

另一个拍着手说："六哥，那女人后来怎么样了？她吓跑了吗？"

"跑了，哭爹喊娘地吓跑了。"黄牙粗着嗓子说。

墨镜女子拉着他的手，说："这边来。"她的声音是温情的，还有一点点紧张。她的手指给他握着，他简直觉得自己要飞起来了。

女子说："请你注意，你知道我是女同志，我不能，不能明白给你说……"

他觉得女子在谈浪漫无疑了，紧张得有点颤抖。

火车在这时停了。满车厢子的人都往下拥。墨镜女子的话还没说完，旅客们都忙乱地取了东西往走道里挤，墨镜女子的同伴也着急地招呼她。

墨镜女子说："好吧，下车再说，我们跟着你一起走。"

他连连说："好的好的，我们一起走。"

在出检票口时，那个黄牙和他的同伙挤在他们身边，黄牙说，快点往前，快点往前走啊。黄牙想挤进墨镜女子和拎着密码箱的他之间来，却被管秩序的大盖帽拉出了队列。

墨镜女子一直跟在他的后边，走出了检票口。他感觉在这个陌生的城市里将会有个不寻常的晚上了。

他们已经走到车站出口外一幢大楼的阴影处了。

以黄牙为首的那三个人追上来，说："朋友，朋友，给我们指个路吧。"

他的心情也许是好到了极点，总之，他停了下来，说："我也不熟悉这个城市啊，你们要去什么地方？"

三个人不由分说地围住了他，把两个女子挡在了圈外。黄牙挨近了他，低声恶狠狠地说："哥们儿，我们哪儿也不想去，你快把钱拿出来，省得我们动手！"

他愣在那里，结巴地说："钱，什么、什么钱？你们要抢劫啊？！"

"别喊！"黄牙用雨伞抵住他的胸脯，右手一抽，伞柄处抽出一把亮闪闪的小匕首，抵着他的腰部，说，"我知道你的钱放在哪里，快点给老子拿出来，不然马上给你放血！让你做不成男人！"

"同志，有话说话，你拿刀干什么？"后面一个女子的声音不大不小却平稳有力。

原来，跟在后边的两个女子非但没有跑，反而放下手中的行李，站在黄牙三个人的背后。戴墨镜的清秀女子居然拍了下黄牙的肩膀！

"小娘儿们，别管闲事，你们找死啊！"黄牙转脸跟两个女子喊道。

戴墨镜的清秀女子摘下墨镜放入口袋，她似乎犹豫了一刹那，立刻说，看，前面有警察来了！黄牙一扭头，清秀女子猛一个跨步，锁腕、剪喉、背摔、夺刀，黄牙哎哟一声就摔倒在地上了。

墨镜女子的同伴也几乎是同时，一个扫膝，一个踢胯放倒另两个黄牙的同伙。

墨镜女子用夺来的匕首指着地上的三人说："别动，我们是警察，在车上就注意到你们了！"

这时不远处两个巡警跑过来，其中一个说："怎么啦，发生了什么事？"

墨镜女子亮出了证件，说："我们俩是特警，来这里出差的，正赶上这三个人抢劫！"

巡警说，好呀。这么厉害。受害人呢？

墨镜女子指指他，他如梦初醒指着地上的三个人说："他们、他们要抢劫！"

"你的钱呢？有没有损失？"巡警问。

他下意识地伸手摸了一下裤子，那个地方有一道笔直而整齐的口子，深及内裤，恰好能让一沓人民币露出大半个角来。他吓出了一身冷汗，急速地把钱抽了出来。

巡警大声问："你的钱怎么放在那里？有没有损失？好吧，现在跟我们到派出所录口供去……"

# 并非谋杀

栗夫坐了两千公里的火车，来到这个大城市。在此之前，他从没离开过家这么远，他很不愿意出差，一个人，没有一个亲密的伙伴。他搂着一提包的公款，看人下了两天的棋，火车在倾盆大雨中停在这个 20 世纪 90 年代初治安情况较差的大都市。

他有点儿感冒，但没有到打喷嚏流眼泪的程度，只是额头有点热，心情有点烦躁。

在雨中走了一段路，他在春景旅馆住下了。本来在一楼有个房间，013 号，单间，他没有住，因为他不喜欢那个数字。13 不是个吉利数，前面还有个零，那个零字让他讨厌，他板着脸拒绝了服务员安排的房间。出门在外，图个吉利。

他最后要了三楼的一个房间，很不好，紧挨着男女厕所，又靠着楼梯口的水暖房间，声音很大。他在服务员不解的目光中放下了行李，看了看屋里的情形：是三个人的房间，现在除了他还住了一个秃顶的老头。这老头一脸狡猾阴险的表情，令他感觉很不愉快。但308是个好数字，他觉得这是一个安慰，就住下了。

　　栗夫对秃子没好感，大概源于小时候对一个秃子邻居的反感。那个邻居是个独身，脾气很怪，住在一间阴暗潮湿的小房子里。他因为年轻时强奸妇女，被判了十几年徒刑，回来后一辈子没结婚，最后因为在他的房子里发现了用铁链拴着的一个外地女人而又一次坐牢。他还记得他们两家相距不过十米远，但他从未去过秃子的家，在感觉里，那是个神秘可怕的所在。他至今还记得，秃子被抓走时，阴狠毒辣的眼神。那时候邻居们吓唬小孩子，就会说，不听话，把他们扔到秃子家去。

　　所以他活到四十岁，一直对秃子反感。出于小心，他在三楼服务台问了那个涂着紫嘴唇的年轻服务员，附近是否有派出所呀？紫嘴唇问他什么意思？他说自己是公安，是便衣的那种，来这个城市有公干。

　　他接着很随意地问，同屋那个人是干什么的？紫嘴唇边织着毛衣，边听着齐秦的歌，慢腾腾地回答他："那个人啊，住了两天了，是四川一个工具厂的推销员。"他说，看着不像什么推销员，反而像个卖老鼠药的。紫嘴唇说，那有什么像不像的，人身上还要贴标签呀？又不是猴子，非得长一身的黄毛，生一个红屁股，让人一眼就看清？

他哑然失笑，但笑出来的声音很干燥，没有笑的意味。他觉得内心发热，烦躁得不能自已，心里想现在的人都不说实话了。

推销员有一大堆东西，装在一个个大旅行袋里，放在床底下，凸显出有棱有角的轮廓。他看得出神，觉得那些东西鼓凸得奇形怪状，潜藏着凶恶的杀机，仿佛是生着獠牙的野兽，挣扎着要出来。

他强迫自己放下想象，去照顾一下已经发热并叫唤的胃子，就去小吃店里狼吞虎咽吃了饭。心里还是放心不下那个秃子，他赶着回来，就是想看看他不在的时候，那个秃子在做什么。他做贼似的轻轻推开门，屋里没人，那个秃子出去了。这么晚他出去干什么？这令他想了好一会儿。

他收拾好床铺，准备睡下时，忽然发现了一个大问题：他的床头上方的墙壁上有一块浅浅的红印子，且壁纸也不规则地毁掉了一大块。

怎么看，那痕迹都像一片血迹的残余，这片血迹后面一定有一件大事，也许是一个大案——杀人案。想到这儿，他一颗心怦怦地狂跳了起来，头皮一阵阵地发麻。他觉得自己带在身上的那两万块钱肯定是个灾祸，不禁有些害怕。

三个月以前，也许是半年以前，这里可能住过一个富商，带了很多的钱，住在这间房子里，在这张床上。钱带多了自然招人注意，这间屋子又那么偏僻，挨着发出噪声的水电房，是个谋杀的理想场所。那个商人肯定是躺在这张床上的，半夜时分，月黑风高之际，脑袋就碎了，那肯定是一个金属器具猛然敲碎的，鲜红的血喷了一墙，才成了现在这个样子。

这样的联想合情合理，有它发生的机会和理由。现在他正睡在这样的位置，感觉富商躺在他的身底下，压抑地叫唤，一脸的恐怖与无奈，很可怕。

他精神紧张，感觉全身有点发抖。又去找服务员。那个紫嘴唇的女服务员听着歌在睡觉，丰满的前胸抵在柜台上，这让她的胸部产生了不规则弹性的曲线。在不怎么明亮的灯光下，隐现出乳罩的粉红色。

她的男友刚刚甩了她，一想到那小子在她身上做过的那些龌龊事，就心潮起伏，热血澎湃，这时她在梦中正义正词严地对前男友愤怒抨击，栗夫就过来了。栗夫说着他那些无中生有的猜测，要服务员给予证实。紫嘴唇没好气地接待了他："你要干什么，查户口吗，还是来破案？有病呀你？"

栗夫被这阵势吓倒了。想起也许紫嘴唇是和秃头一伙的，他刚进屋那会儿，好像他们一起说了几句关于他的话，说，这个人块头大，奇怪……不好伺候一类。而且紫嘴唇还问过他，是否是Ａ型血，栗夫说，是Ａ型呀，问这干吗？紫嘴唇笑了，笑得一脸灿烂，说，就该是Ａ型，Ａ型人都这样。

他问，是哪样？

她说，不哪样。说完便转脸进了屋里。她转身时胸脯的侧影很突出，一副和它的主人一样的骄傲神气。他想，这样的女人一定欲望强劲，会构筑黑暗的阴谋，可怕！

　　他觉得自己掉入了一个陷阱，无法挣脱。

　　栗夫再次进屋时，秃头正往茶杯里放着什么，那是秃头自己的杯子，但他好像脸膛涨红了。秃头说："你喝茶吧？"他没搭理，坐下来想他的心事：秃头的茶里肯定有麻醉药，他拿自己的杯子让我喝正是他怕我怀疑，也可能是要麻倒我以后再杀我。想到这儿栗夫的头一下热起来，好像是发了烧。怎么啦，难道刚才秃头已经在什么地方下过药了？

　　"我请你注意一下那个秃头，他好像不是好人！"栗夫又一次跑到大厅的服务台前跟紫嘴唇说，"你们要警惕。"

　　"笑话。"紫嘴唇说。到此刻，职业范畴内的耐心用完了，她的脸上升起了怒气，说："请你走开好吗？我还有一大堆正经事要做。神经病！"她在嘴里咕哝着，这并不响亮的三个字，追着他赶着他往耳朵里钻，要钻到他的心里去，狠狠地咬痛他。

　　神经病？才不，妈的，这些可怕的女人！他恨恨地想。在潜意识里用一只手抓住了紫嘴唇，把她按倒在地，使劲地打她，让她流着眼泪叫痛，不住地喊他大哥大哥饶了她吧。

　　他匆匆地奔下了楼，在雨地里跑了有十分钟，才找到了派出所的牌子。里面有两辆警车亮着灯，他犹豫了半晌，却没有进去。看门的老头说："同志，别在雨里淋湿了，到屋里来呀，有什么事要反映吗？"他说："有、有。"如此这般地说了一气，派出所里面的人笑了："你别瞎怀疑，没有证据我们不能乱抓人吧？你这人挺有趣，怎么疑心这么重呀？"

栗夫只好在雨里又跑了回去，他的头和身体都在发热，心跳得很快，那种不祥的预感笼罩着他，他又找到紫嘴唇。这一次，紫嘴唇完全恼了，她吼道："没有其他房间了，你要是想换，就到大通间里面去睡！"

大通间里全是民工，一夜才六块钱。他进了大通间，一股复杂得令人作呕的气味包裹住他。被子床垫潮乎乎油腻腻沉甸甸的，表现出使用过的人拥有充分多余的油脂和黑色素，他感觉全身都痒了起来。

他受不了了。他得坚强起来，他突然有了面对厄运的勇气与决心。于是他又回到了308室。秃头居然还没睡，他在卫生间刷牙。当栗夫进来时，他那双小眼睛狐疑地盯住他。栗夫感觉秃头在镜子里的眼光凶凶的，仿佛露着一丝冷笑，还有点得意。

他出去买了一把大号的水果刀。他自己的钱已所余不多，那个叫王贤惠的老婆一点也不贤惠，为公家出差，她只给了二百多块零花钱，好像他只要一出去就会乱花钱和不三不四的女人瞎搞似的。他把刀子打开来，放在枕边，想着要一夜不睡，严阵以待。

但他疲劳得厉害，全身好像都在发热，那热腾腾的感觉由内而外，一点点地漫出来。终于，睡眠如一张羽毛织就的网，铺天盖地落下来，温暖地罩住了他，掩盖了他。

　　谋杀大概在午夜一点时开始的，外面的雨下得更大了。栗夫在睡梦里感觉一个人接近了自己，这个人无疑就是那个秃子。秃子的手里拿着一把长刀，脸上扭曲着狰狞的笑。秃子手里的刀一点点地接近了他，最后逼到了他的喉结上，那丝丝的凉意透过他灼热的皮肤要钻到他的体内。他害怕，惊慌，但他什么都不能做。他喊不出声音，动不了手脚，整个身体像铁块附在吸铁石上一样不能动弹。

　　秃头说：“伙计，该你倒霉，今天你来做我的刀下鬼，谁叫你带那么多钱呢？”

　　栗夫挣扎着让自己的嘴吐出一言半语来：“求求你了，我有老婆、孩子，还有八十岁老娘，我不想死呀……”

　　秃头说：“你就得死呀，这是命中注定的缘分，既来之，则安之吧，在这间屋里你还有伴，你不会感觉孤独的。”

　　“求求你，不要杀了我，你为什么不去杀坏人呢？……”

　　“你又不是小孩子，说这种话干吗？难道你是好人？快把钱拿出来吧，还可以让你死得痛快点。”

　　“不，别杀我呀，钱是公款，我不能给你。但我真是个好人，我现在死太屈了……”

　　“咦，有意思，我杀了这么多人，还没见哪个说自己是好人呢。我允许你再多活一会儿，说说你为什么是个好人，你好到什么程度？”

栗夫哽咽着说不出话来，是呀，他到底是个什么样的好人？至少在王贤惠的眼里能算个好人吧？工资一分不少地上交，家务活全包，还经常被她骂个不休！不就因为他家在农村吗？不就因为他是中专毕业到现在还没提成科长吗？由于他父母是偏远地方的种地农民，所以，结婚五年，她几乎没在他的家里吃过饭，爸爸妈妈想念孙子了，也只能来城里，自个儿找到幼儿园去，搂住孩子淌一脸的眼泪。这是儿子的骨肉，他们怎能不疼呢？可是儿子在媳妇的眼里、家庭里没地位呀。不就是因为儿子自小自卑懦弱没个性子吗？不然不要这个城里的媳妇又能怎么样？

想想年近八十的爹娘，栗夫不禁泪流满面，一个字也说不出了。

秃子笑了，他的刀子在栗夫脸前晃着："怎么哭了？你不是好人吗？说说你做好人的故事呀，我也许可以饶你一命！你不是有八十岁的老母亲吗，说说你是怎样尽孝的？"

栗夫摇摇头，闭上眼睛，说："好吧，你来杀我吧。说到俺爹俺娘，我只有死了才好受些。"

他尽过什么孝呀？自从和那个王贤惠结婚，过年那女人都不准他回家，别说给爹妈买点好吃的做件好衣服了。那女人把他当作手里的一个玩具，想摔就摔，想扔就扔，从来没把他当回事。而且她说走就走，常常不在家里过夜，根本不要他来管。厂里的人都说看见过他媳妇怎样怎样，但他抓不着实在的把柄，又能奈何人家？他无数次骂自己懦弱，但怎么也改变不了。所以单位里的人也不拿他当回事，他尽管业务很棒，却常常受同事的气。他是一个耐受力很强的男人，各方面的重力压向他，他只要调整个角度，找个可以说服自己的借口，就能让这些来自不同方向的力的合力为零。

秃头说："原来是个假孝子，说不出什么故事了吧？别看我是个彻头彻尾的坏人，但我还真是个孝子呢。上不养老，下不爱小，你能是个什么好人？你不想说了，我倒想听了，我来了兴致，说说其他方面吧，你怎么能算上个好人的？如今许多有权势的人吃、喝、嫖、赌、贪总能挨上一两条，说说你自己这方面的表现。"

栗夫自己是个小职员，没直接参与过腐败，但是不也容忍过腐败吗？厂长拿来的乱七八糟的吃喝发票，他这个会计一眼就看出了错，但哪一回按规章制度办事了？哪一回不是恭恭敬敬地报好了账亲自送到人家手里？厂里贫困职工的孩子得白血病，想借两千块钱去治病，他不是秉承着领导的意思坚决不借，让那个老职工坐在财务室门口痛哭流涕吗？他虽然内心同情，那有什么用！他不是坏人，但至少也是坏人的爪牙。如此一想，他也算死有余辜了，索性沉默着迎接死亡吧。

见他含泪不语，秃头有几分不悦，说："原来给你机会你也无话可说，反正你的钱是公家的，与其给贪官腐败，不如我拿去养老。你的命是自己的，但可惜你还算不上个好人——你说不出自己的好！好吧，别让我的刀等得太久，让它送你上路，你可以到阎王殿跟小鬼申冤去！"

"噗"的一声，刀子便刺穿了他的胃体，胃里面的食物裹着胃液涌出来，他感到上腹部被火烧着了似的灼痛。在刀子刺进去的一刹那，他喊了一声，这是他所能做的唯一一件事了，随后，血液渐渐从伤口流出，他一点点地衰弱下去，像一只漏气的气球，缓慢地松弛，而意识是一只渺小的飞虫，摇摇晃晃地从他依然灼热的身体挣脱出去，扇了扇无声的小翅膀，无奈地飞向无边无际的黑暗中……

　　雨下了三天，终于停了，天也晴得可爱。

　　栗夫醒了，胸口裹着好几层的宽大纱布，腹部有个地方疼得厉害。

　　他看见一个医生走过来，靠近他的头部。医生的脸是模糊的，他看不清他的五官，但能感觉到他说话时喷出的热气。医生好像在问他什么话，但他耳朵里乱哄哄的什么也听不清。他挣扎着想说：医生，是那个秃头，是那个秃头行凶的……可是他说不出来，他对自己的语言器官指挥不动了。

　　过了一会儿，门开了，秃头和一个公安走了进来，他们低声地说着话。这时栗夫的眼睛好了一点，他看得清雪白的屋顶，闪着金属光泽的盐水架，以及盐水瓶里红色的药水……他缓慢地转过头去，看到正微笑着的秃头，他竟没有戴手铐！天啊！杀人犯竟然没有戴手铐！

　　秃头看他醒过来了，说着浓重的四川口音普通话，虽然不好懂，但他还是听清了："伙计，昨天晚上你差点儿死了，要不是我，你差点儿就死在房间了，你病得不轻呀。"

"杀人犯竟成了英雄？太可怕了，这是个凶手，你们怎么能不知道！"栗夫拼尽全力地喊："他是凶手……"就昏过去了。

几分钟之后，电视台来采访，栗夫的老婆王贤惠和秃头一起站在了电视镜头前面。面对"记者观察"专栏的女记者，秃头指着躺在床上的栗夫说："他当晚一住下的时候我就发觉他有点不对头，面色潮红，情绪急躁，而且很晚才睡。睡着以后，我看他呼吸急促，发着高热，大声说着梦话，人事不省，我想他肯定病得不轻，虽然出差在外，彼此陌生，但怎能见死不救呢？我就打了120急救电话，把他送进了医院……"

医生接着说："他得的是急性胰腺炎，发高热，容易出现幻觉，如果不及时抢救，就会有生命危险，幸亏送来得及时……"

下面是王贤惠的镜头。眼圈有点红的王贤惠说："感谢这位四川大哥，不是他，栗夫可能就抢救不过来了，谢谢，真谢谢了……"

秃头接过话来："那没什么，没什么，我只是做了我应该做的，出门在外都不容易。噢，对了，你还得点点他包里的钱呢，我看他生病时始终把钱抱在怀里，搂得紧紧的。送他去医院时，我怕弄丢了，就把他的钱包放在我手边保管着，大概是两万块吧，你仔细点点，这可是公款啊。"

# B 形发卡

"人生就是浪费，关键是，你要把生命浪费在美好的事情上。"

曹一梅说这话的时候，脸都没有转。她专注地盯着桌上的一盘菜像自言自语，又像是对张菊的回应。张菊感觉很没趣，后悔真不该来。她不想多看桌首那几个衣着光鲜的女人，她们鲜红的嘴唇、妖娆的身段十分可恨，还有表情里蝗虫一样肆意飞舞的优越感，让她感觉受到了伤害。如果不是李民说超市新店开业酬宾，每人两瓶醋、两小袋米，来者有份，她才不来呢。多久没有参加同学聚会了？至少也有七八年了，人家一般不叫她，她也不想去。

刚参加工作那会儿，20 世纪 90 年代初，张菊可算得上厂子里的一朵花。进磷厂是很骄傲的事，一届的同学五十几个参加考试，只录用了五个，她就是其中一个。工作半年后，有一次几个女同学周末来厂子里找她，她下班后穿着崭新的浅灰色工作服，带她们几个去厂子里新建的澡堂洗澡，那几个女同学里就有曹一梅，也有现在的老板太太吕红，她们那时表现出的是什么样的感觉？一百多平方米的大浴池，镶着乳白色印花的洁净瓷砖，靠墙边一排立着二十几个亮晃晃的莲蓬式淋浴头，她们在县城里蹩脚的小澡堂哪里见过这阵势？她记得吕红还说让她赶紧给她找一个这厂子里的工人做丈夫，这辈子就可以天天来这么阔气的澡堂洗澡，那是多幸福的事。

世事就是难料。你看看现在，同学一聚会，连个说话的人也没有了。在车间里干一天活，不换衣服不洗澡的话，走到人跟前明显散发着化学材料的刺鼻气味。所以张菊每到人多的地方，都自觉地离人群远一些，以免被人嫌弃。比如今天的场合，同学们早来的都在打牌聊天，而她呢，缩在一张椅子上，一边嗑着瓜子，一边想心事，隐隐感觉到一些不请自来的尴尬和无聊。

等到人齐了坐下来，张菊跟曹一梅自然而然地落座到桌尾。张菊很长时间没见曹一梅了，其间断断续续听到过她的一些事——原先在商业公司，下岗后开过小服装店，卖过内衣，后来干过保险公司业务员。一路坎坷。离婚，再嫁，家暴，再离婚，现在不知怎么样了。以前在街上碰见，她还很热情，聊天聊地聊人生最后必然扯到保险业务上。张菊一个工人，哪来的闲钱买保险啊？客气几句，就此别过，说了再见就再也不见了。

这次吃饭，曹一梅来得晚，来了以后就坐下来喝茶嗑瓜子，不扎堆，也不理人。大家好像没有看见她，连声招呼也没跟她打。李民到跟前给张菊递过来一包瓜子一把糖，竟然也没和曹一梅说话，甚至没有看她一眼。天这么冷，她穿着呢裙子，却不穿长筒袜，小腿肚冻得半天都没变过色来。上身也穿得少，黑色短风衣，鲜红的长围巾在脖颈处打了个不甚合理的死结，把下巴往上顶住了，好像个吊死鬼一样被动地举着下巴。脸上没有化妆，显得蜡黄暗淡，嘴唇却鲜红得出格。她坐得离张菊最近，却不怎么想理她似的。张菊以为她一定是因为自己没有买她的保险吧？但是曹一梅好像有她自己的心事，拿出手机来念念有词，好像个局外人。

张菊想拉近一下距离感，她觉得也许曹一梅应该跟自己的处境比较接近吧？论学校时的交情，她们还坐过同桌。只是曹一梅恋爱比较早，结婚也比较早，跟班上女同学没有太深的交情。她主动找她聊了几句话，都是些天气、菜价一类日常的话题。

"人生就是浪费，关键是，你要把生命浪费在美好的事情上。"曹一梅把这句话又说了一遍，好像有着强调的意味。

张菊抬眼认真地看她，不明白她今晚是怎么了。张菊小心翼翼地问了她一句："曹一梅，你现在还做保险吗？"

曹一梅微微一笑："与其平淡无聊地生，不如轰轰烈烈地死。我现在在给人规划人生。"

"那是什么职业？"张菊疑惑地问。

"你没听说过？哦，工厂的圈子太小了。人不管富裕或贫穷，关键你不能活在无知里。"

"是我糊涂了吗？曹一梅你没当过老师啊，今天怎么出口成章，说这么些大道理？"

"嘿嘿，嘿嘿。"曹一梅笑了两声，有点神秘而惋惜地看了她一眼。

张菊看看自己的衣着，只有她穿得最土气，是因为这个被人看不起，让曹一梅嘲笑？或者是她没有买曹一梅的保险，才被她讽刺？今晚干吗来啊，不就是十来个人围着一个大火锅，说些无聊透顶的日常小事，花两个小时傻了吧唧地给自己的胃填个半饱，众口一词地给人家开超市的说几句恭喜发财的喜话？平常见也就罢了，想想今晚自己还有事呢，被人家一个电话就叫来了，因为那两瓶醋和两袋米，还是那个谁谁谁平常对自己格外的关心与照顾？

曹一梅看她苦着脸，拍拍她的肩说："怎么，怀疑人生了？只有想得深入，才能活得精彩。你想一想，你一年中用于思考人生的时间，超过三分钟吗？"

张菊低下头，她差不多要哭了，也差不多要挥起巴掌打在曹一梅的脸上了，她凭什么这样羞辱自己？她没有这个权利！

对面的李民举起了杯子，笑意朦胧地要她干杯，她看也没看，直接拿起桌上的大玻璃分酒器就喝了一大口，好畅快的一大口。没听清李民说什么，她自己又说了什么，晕乎乎地感觉天旋地转，一桌子人在眼前忽近忽远地飘着，话音嘈杂像挤进上午十点的农贸市场里。她站起来想走，想找个借口快点回到自己家里去。儿子九点放学，她要给他煮排骨汤，明年就高考了，她不想让他输在关键节点上。她想起那个脸色黄干干、额上长满粉刺的儿子就有点揪心，他小学时、中学时多么优秀啊，一个暑假，就一个暑假就把整个学业给毁了。

心意已决，她站起来拿桌子上的包。自己花了一百块钱在露天市场里淘来的黑白格子人造革提包放在那几个品牌包中间，显得和她一样畏缩。

"别走别走。"曹一梅站起来，搂住她的肩，红嘴唇靠近了她的耳朵。曹一梅身上有廉价的香水味，跟她在保险公司里的时候差不多，不过略淡了些。还有，她脸上的确没打妆，眼袋的细纹都看得很清楚。

"——你看，那些有钱无心的人我不想理，但是穷而无心的人我也不想理。你别介意啊，活着是为什么呢？人富心穷活得没意义。人穷心富，活得庄严崇高。人生啊，绝不是柴米油盐酱醋茶那么简单，也不是住豪宅吃美食开豪车钩心斗角尔虞我诈那么复杂。人要活得清静明白有意义懂不懂？"

张菊停下来看她，她眼神里的冷是清水的冷，清澈见底，一览无余，倒没有什么居高临下的无理蛮横。只是，她今天怎么啦?

"曹一梅你别说废话好不好?你告诉我你是做什么的?说这些乱七八糟的大道理,当我是穷光蛋好开玩笑是不是?"

"上学那会儿我们是同桌,我们最谈得来哦。现在,你要不想听大道理,我讲些具体的事给你听,你的小心脏受得了吗?"

"你想说什么?"张菊受惊似的盯着她问。

"你想听什么?"曹一梅逼视着她。

比这些大道理更可恨的是现实,现实中总有人想闪避开的东西。现在她不想听曹一梅再说什么,曹一梅像个先知似的钉在她的旁边,她走也不好,不走也不好。

天下没有不散的筵席,总是一场场地开,又一场场地散。这个开始不怎么理人的曹一梅,现在不依不饶地在她耳边灌输着人生鸡汤,你不听还不行,听了更觉得后悔。等到一桌子人纷纷离座,椅子在地板上一阵乱响,大家带着有沉重感的脚步跟跄地移出门外,刚在雪地里站稳,一阵从墙角暗处旋过来夹着碎雪粒的寒风扑面而来,好像结实地给了每人一巴掌。又冷又锋利的冬夜的爪子像小人恶毒的眼神,你想躲也躲不过。

李民热情地开了辆面包车蹭到张菊身边,招呼她上车,她坚持要步行回去。李民只好说:"那你慢慢走,我回来接你。"李民捎带着另两名同学一溜烟开走了。她不想坐车,也不想打车,她要自己走走清静一下。可是,曹一梅跟了出来,曹一梅说："别让人接你了，我陪你走。"

"你老公还在原来那个厂子里吗？现在该是副厂长了吧？"

一年前，这是李民问过张菊的话。那次她去微利超市买一折的临期面包，正好碰上了李民。李民是个小老板，那时已开了第三家连锁百货店了。她知道他在工厂辞职之后，在露天市场里卖过女人的内衣、婴儿用品，后来又开过几天饭店，再后来做游戏厅、网吧，都没怎么赚到钱，却一路离了两次婚，两次净身出户，只好再从头创业。听同学讲这个人并不坏，做事又执着又能吃苦。大概是太痴迷于挣大钱而忽略了家庭生活，没有照顾好前后两个都比他小十来岁的老婆。那两个小夫人原来都是他的店员，刚来他店里时脸上黄蜡蜡的一脸苦相，后来成了李民的老婆便不再愿意吃苦受累每天看店，就想着吃饱穿好了跳跳舞，练练瑜伽，做做美容，好好地过城里小老板太太的闲日子。她们的生活路径与李民愈行愈远，终于分道扬镳。

那天李民正背着手在店里转悠，看张菊忙着往购物篮里拾打折面包，他走过去热情地招呼她，然后告诉她要注意食物的保质期。他让店员重新拿来新鲜软糯的面包，还给她的购物篮里拿了不少新式点心，绿豆糕、豆沙馅的酥饼等，然后拎着她的购物篮去柜台结了账。他和她站在门口的彩票站旁边随便聊了几句，她觉得很不好意思。作为班上长相普通、家境贫寒的农村学生，李民那时的衣服还有补丁，可是他一点不掩饰，总是洗得干干净净穿上，上台读课文时操着浓重家乡口音的普通话，抑扬顿挫一丝不苟，表情丰富，即使台下笑成一片，他也浑然不觉。他们之间的交集只不过是高中同学，哦，还是一年的同桌。如果说交情也只是毕业那年他给她赠送过一枚漂亮的B形蝴蝶发卡和一张示爱的卡片，是托一位女同学送给她的，她没回信，也没退回礼物。因为她真的喜欢那只彩色的蝴蝶发卡，她记得只是随口跟他说过一句，某位女同学头上的B形发卡真漂亮，像是一只停在头发上的五彩蝴蝶……他记住了这句话，跑遍了小县城买到一只一模一样的发卡送给她。她并不是看不起他，只是觉得让一位并不要好的女同学帮着送礼物，不是明摆着会让全班同学都知道他在追她吗？她为他的鲁莽而生气，而他一定以为这件事已确定失败。不过，以后若干年只要见面，他依然很客气地招呼她，而她也感觉到他那些额外的关心，比普通同学多那么一点点。

李民说到关于老公的话题，她竟红了脸。她支支吾吾顾左右而言他，想赶快度过那几分钟。不然说什么好呢？说他副厂长没当成反而坐了牢？她老公原本是个老实人，在技术科一待十几年，不跑不送就是当不成厂级干部。厂子转制后这种可能性更没有了，老板为了省钱，废水处理设备根本不开，偷偷挖了暗沟排到城边小河里，还把有毒的危化品埋进废弃的取水井里。针对这些事她老公不小心在工友中发了牢骚，后来正好赶上环保部门检查，老板挨了罚款，就此认定是他与老板作对，是他告的状。老板财大气粗，怎会把他放在眼里？耍了一个小伎俩，栽赃他偷卖新产品技术资料给另一家企业，老板花钱买通对方企业关键人，把受公司委派的技术辅导说成是泄露原企业新产品专利，疏通了上下关键人等，判了他两年。出狱后老公变了个人似的，从此意志消沉，了无志向。在家里闲转了一年后，出去开出租车，跟几个混社会的坏蛋成了酒友，每月挣的钱还不够自己吃喝。

"……你想没想过让自己的心富裕起来，你真的那么甘心做心灵的傻子和穷人吗？"曹一梅蹬着高跟鞋，三步并作两步紧跟着她，一边还不停地招呼她走慢些。只是，这个黑暗而寒冷的夜晚，她真的想让自己的精神崩溃吗？

"张菊，你站住。不想理我了是不是？那好，371省道边上的那个红粉世家的事你知道吧？"

张菊站住了。她满面怒容地站住了。她看见曹一梅的脸沉在黑暗里，有了若干种可能的表情，像变脸的戏法一样不停地变换着。她应该是在偷偷嘲笑她，也可能是幸灾乐祸。总之，她肩膀因为情绪的驱动都有了轻微的摇晃。张菊想过去打曹一梅一耳光，她已经张开了手，攒好了力气，五根手指已经像压扁了的弹簧，就等着带着快感释放了。

"你不是习惯用这个吗？"曹一梅在黑暗里幽幽地冷笑着说，她在自己的包里摸索了一会儿，递过一件细长冰冷的东西来，"拿着吧，如果你想用它来了解真相和处理痛苦，那还真不错。从古至今，铁器都是人类强力意志的执行者。宣泄愤怒和仇恨,实现占有和解除占有,不靠它靠什么?"

张菊接过了那东西,五指用力地捏了捏。不错啊,这样的晚上,握住有雪粒质地冷冰冰的硬家伙,她一点不感到陌生,那冷酷的质地传递给她坚强和勇气。

371国道边的红粉世家一直很有名,像这个小县城的一颗美人痣。主建筑是五层的小楼,红墙粉瓦,有着有传统美感的挑檐,在这个地方高炮兴盛的那几年,这里客满为患,吃喝玩乐一条龙,曾经一小时K歌包房费一千九百元,成了有钱人的福地。

张菊记得是309号房,11月19日晚十点。她下小夜班,在启明大酒店南侧的路口,看见自己男人的出租车停在一棵法桐下面。一个女人上车了,坐在副驾驶位上,车子没有走,男人把头靠在女人的怀里。张菊停下了车子,心里紧张得透不过气来,她等着一个误解的结局。结果车子开走了,开得不快,一直上了371国道,向南式去。她骑着电动车跟着,一路跟到了红粉世家。男人居然去这种地方,她心里不只有愤怒,还有隐隐的疼痛。她娘儿俩省吃俭用,一个子一个子地抠着花,这个男人居然带野女人去这种一小时几百上千花销的地方?

她进了院子,一番辛苦地寻找,终于从吧台问清楚了房号。她假装保洁工敲开了门。男人女人刚刚开心过,都洗了澡,穿着宾馆肥大的睡衣坐在松软的大床上看电视。进房间后,她还没来得及冲到女人的跟前,没来得及痛快地咒骂几句，就被男人踹在了地上，一阵胖揍，打得她直不起身子来。那女人表情淡定看也不看她一眼，扭着腰肢去卫生间吹头发，路过她跟前还特意用脚在她胸口踩了一下，吐了一口唾沫，说："贱女人，现在都什么时代了？看不住男人怪谁，瞧你那又丑又老的穷酸样！"

她的牙掉了一颗，嘴里流出了血沫，周身疼痛。这个相守几十年的男人一点不在乎她，而她却因为他在牢里受了苦而让着他，怕他冷了饿了没钱花了，从不主动问他要一分养家的钱，还把自己辛苦积攒的钱拿去给他办理出租车的营生。这些年万般辛苦一天天地熬着，忍受着熟人朋友同事异样的眼神，孩子也从曾经的中学优等生变成了年级垫底，不都是因为他吗？她稍稍恢复了些体力的时候，看见桌上的水果盘子里有一把小刀，在灯光下闪闪地发光，她披散着沾着血渍的头发疯了一样冲过去，握住了它。对面的四只眼睛被惊恐撑大了，那男人居然用身体护住穿睡衣的女人，抄起桌上的台灯向她掷过去。而她呢，用在工厂里练就的快速把操作杆插入发生器的穹隆的准确性，向前用力一刺……

她躺在家里的床上的时候，儿子还没放学，她坚持不去医院，她想把自己受到的伤害今晚展露给孩子，她不能再伪装和自欺了。儿子来时只在她床前坐了一会儿，连眼泪都没掉一滴，就回他自己的屋子里了，半个小时没动静。她觉得异常，挣扎着站起来，扶着墙走到儿子的屋子里，却看见了更为可怕的一幕：儿子小夏四仰八叉地躺在床上，两眼无神地盯着屋顶，右手握着一把菜刀，左手腕被割开了一条很深的口子，血顺着手指一直往下滴，在地板上形成了一汪刺眼的血水。书桌上的一张白纸上，有用血写的八个字：生无可恋，死有余幸！儿子看着她走进来，用平静的语气说："妈妈，你不要救我，我今天去医院检查了，我得了抑郁症，其实爸爸的事我早就知道了……"

"……你知道活着最有价值的东西是什么吗？是勇气。爱的勇气，舍弃的勇气，接纳的勇气，抗争的勇气，还有坚持的勇气。人生的确是一场浪费，但是省掉那些繁文缛节，期期艾艾，剩下的才是意义和精华。要把生命浪费在美好的事情上，你才算活得有价值！"——曹一梅的声音继续在耳畔响着，像突起巨大的耳鸣一样盖过其他的声音。她的话没有结束，还在继续："你活得太累了不是吗？你把自己搞得像个囚犯，用欺骗、悔悟、痛苦、隐忍来掩埋自己，有什么意义？生命是一次长跑，三十岁之前你是我们羡慕的对象，你跑在一班同学的前列。看看现在呢，还不到四十岁，你跑到我们队列的最后了，是最后一名。是因为穷吗，不是！是因为不幸？也不是！是因为你自己，你自己！"

"别说了，别说了！"张菊声嘶力竭地喊道，"谁给你的权利来消遣我？我为什么要浪费时间来听你的训斥？好了，你不是给我这个冰冷的玩意儿吗？你不是在挑唆我把它用在你身上吗？好了，我成全你，成全你得了，也是成全我自己吧。我不光活得辛苦，也活得不耐烦了。人生就是浪费，我要狠狠地浪费一次。"张菊举起了刀，向着曹一梅逼过去。曹一梅嘿嘿地笑了两声，嗓子里发出无限温柔的声音："你敢吗？那就来一下吧。"

张菊用尽全身的力气，把刀子举过头顶，刀锋在空气里划出一道弧形，突然转变了方向，不是指向前方，而是向她自己胸部，猛然扎去……

张菊是第二天早晨醒过来的，她躺在医院的抢救室里，旁边是同学李民守着，这个有些秃顶的鳏夫很会照顾人，不时给张菊擦着额上的汗。张菊有气无力充满疑惑地问："我没死？"

李民说："吓死我们了，你怎么喝了那么多酒？差点就没命了，你若出事，我们都倒霉了！"

张菊说："酒？我喝了很多酒？不对啊，我是刀伤，我刺了自己一刀……"

李民尴尬地笑了笑："好妹子，老同学，别说笑话了，你哪来的刀伤，你是被酒精弄得意识不清了。"

张菊摸了摸自己的肚皮，的确没有伤口，可是胃部那里还是很痛，那种由里而外的痉挛的痛。

"那，那，是我刺了曹一梅？她怎么样，死了吗？"

李民苦笑了一下，表情严肃起来："张菊，你别乱说好不好，你可是个大活人，别说晦气话。哪来的曹一梅？她因为抑郁症走了快一年了，你忘了？那次你受伤住院没去参加她的追悼会，还专门送了一个花圈。我知道你们上学时关系最好，她那封写给自己的遗书，有两三百字专门提到你俩的友谊，我们在同学圈都传看过的，很感人。你昨天在醉中老是提她的名字，而且说的话全是她遗书中的语句，连声音和表情也有点像她，可真吓死我们了，几个女同学都不敢陪你了，以为你是鬼魂附体了。"

张菊不禁皱起眉头，说："昨天吃饭时她不是坐在我身边吗？黑色的短风衣，长长的红围巾，涂着鲜红的嘴唇。她在回家的路上还陪我走呢，不停地教训我……"

李民深长地叹口气："张菊啊，酒精真把你烧糊涂了，你俩坐在一起吃饭，那是三年前的事了，是在老味酒楼那一次，你俩交头接耳谈了一个晚上，你还记得不？你一定是弄混时间了。"

"那，那，我男人，还有那个女人呢？我记得也拿刀刺过他们。"张菊缓缓地问。

李民呵呵地笑了："这个也忘记了？你要刺死了人家还会平安地待在这里？他俩早已在你生活之外了，你们离婚证都拿过了，是不是？你们的儿子此时不正在广州上大学吗？因为怕孩子担心，我们没有告诉他你住院了。"

李民在被子下面悄悄找到张菊的手指，用两只手握住，轻柔地抚摸，像年轻男子那样忸怩地说："我原本想当着众同学的面向你求婚，哪知你喝得那么醉，只好等你清醒了再说吧。"

"我记得曹一梅跟我说，要把时间浪费在美好的事情上。还说，人生是个长跑，中途的哪一段落后都不重要……那我现在的状况算不算是班上女同学中的最后一名？"她转过脸望着李民，又问，"你还记得你送给我的那枚 B 形发卡吗？"

# 春风慢

## 一

　　"吸气……憋住气……请呼气……"第一次，他闭上眼睛，侧耳细听。高压发生器线圈加速启动的噪声这么清晰，这么刺耳。那看不见的 0.1 纳米宽幅电磁波正源源不断地从机器深处涌出，以听眦线为基线，沿颈部开始依次向下扫描。时间比他通常的经验要长很多，他十分意外地听到了铅玻璃那边发出的压抑的惊呼，话筒的音量尽管调得很小。

　　那是王亚萍的声音。他没有抬头，脑子里却分明显现出她在座位上弓起身子，眼睛盯着屏幕，半张着嘴的画面。她握着鼠标的右手，好像还碰掉了手边的一件东西，不知道是不是她放在操作台上的手机，那是一部新的苹果 iPhone12s。

十六层病房里你听不到一点风声，所有的窗户都做了防坠落处理，只能开很小的缝。除了走廊里那几株被绑架般约束住枝茎的盆栽，你难见的大自然里那种生机盎然的绿意。这层楼上住着的病人不言自明，大家也不想主动互相探问，看看那张脸上的表情就了然了，被死神一只手拉住衣襟的人，谁还有心情左顾右盼。

尽管床位那么紧张，他还是想办法住进来了。这是他大学时代的导师给打了招呼，不然，至少要等两星期。住下来的第一个晚上，一躺下，脑子里就回响着一星期前王亚萍的那一声压抑的惊呼。他试着想想那之前发生了什么？值晚班的他刚洗过澡，去急诊看一个病人，会诊完，他想起放在口袋里的体检单。单位这次准许四十岁以上的人普扫 CT，他一年多没照了，一年前那一次小便不畅，有点腹痛，他查过一次，不过是前列腺稍有增生，被王亚萍嗤笑："男人就是皮球，要常拍拍，才能劲头十足，用进废退嘛。"

"你是想说'啪啪啪'吧？男人是不是要常'啪啪啪'才不会前列腺增生？好啊，你居然怀疑我的能力？"他一脸坏笑地在桌子的角落里挤住她，作势要掐住她的腰。她脸红了，急忙打他的手，拿起记号笔要在他脸上画十字，说值班室里还有两个实习生呢，再瞎闹就叫他们来。

他求饶，行了行了，老同学开个玩笑呗。一点情趣都没有啊。

"呸，还情趣呢，你的情趣不在胡一梅那里？你的情趣在很多地方，像春天杨絮，满世界纠缠，总是飞到想不到的角落！好一个老牛吃嫩草的角色！还不抓紧躺上检查床，让我仔细看看你的心肝坏透了没有。"

"好一个老牛吃嫩草的角色！"这句话的言外之意昭然，宣示她这个老同学也知道那件事。历来，男女之事都是女人和闲人嘴里最有兴味的谈资，这很正常，他就是成了一次主角也没什么大不了。那件事，已经过去了不是吗？

胡一梅还在擦着床头柜，她决心要把深灰色工程塑料材质的小矮柜擦得一尘不染。这项工作已经进行了半个小时了，其间护士来换水时干预了一次，让她不要把矮柜放倒在过道边，以免妨碍他人。护士还特别说明了一句："每次病人出院，床头柜都要由保洁员认真清理一遍，应该很干净。"护士用那种不容置疑的语气说这话的时候，胡一梅那沁了一鼻尖细汗的脸抬起来，冷冷看了她一眼，说："我在医院也工作了很多年，我知道保洁员一般不会用酒精擦桌子对不对？一块抹布可以擦一间屋子都不洗，我现在是用酒精给它消毒，这个柜子一年中至少有五十个病人用过它，会保留下五十种不同的气味，我只是想把它弄干净些放点食物进去怎么了？"

护士一听这语气，又说是同行，看年龄绝对是前辈，就赶紧走了。胡一梅用带来的干纱布擦干了以后把柜子放回原处，在陪护椅边坐下来，把她从医院里带来的那些东西一件件收好：用剩下的半瓶酒精，几团干纱布，一个大镊子，区分污染与未污染的绿色和红色小方巾，诸如此类。收拾完毕，她环顾了一下这间住了六个人的大通间，深长地叹了口气，为这几天来突然降临的人生困境，也为命运突然出给她的难题。

从得知消息到现在住进病房里，他们之间并没有过多交谈。两个人说的话甚至不比结婚后某一次共同旅行更多。他在电话里把检查结果给她说了以后，她只发出呃，呃两声短促的惊呼，十几秒的沉默，然后才说 B 城的检查结果不一定准确，不用过于担心，她要陪他去省城复查后再说，还反复叮嘱暂时不要告诉父母。

同样是医生，同样是副主任医师，在那种情况下，胡一梅比他冷静多了。她的冷静是根深蒂固在血液里面的东西，有 DNA 双螺旋结构顽强的稳定性，不像他，更多依靠意识的刻意修饰和面部肌肉的即兴表演。

结婚二十多年了，她是他的妻子，他是她的丈夫。但他总觉得，从他们恋爱那天起，甚至从第一次神魂颠倒的肉体盛宴开始，他都在事毕后她那双眼睛里看到了另外一个人——超然事外不在此刻的胡一梅，喜欢用解剖课老师的眼光审视一切的胡一梅。他们是两杯不同温度的水，即使在激情融合的时刻也能凭直觉互相隔离。

这令他自然而然地想到马菲，更近些还有王佳。她们如果在这里，那会怎么样？至少会有很多真情或假意的安慰，一些注视，眼泪，十指交接，低沉的话语，肉体间温暖轻缓的贴附。甚至要好的同学王亚萍，还给他打过一个半个小时的电话呢，她说了那么多的建议，到什么医院去，用什么样的治疗手段，前期和后期治疗中的诸多注意事项，说了那么多，至少比胡一梅说得多。这些天来她只是一副心事重重的样子，甚至连一滴伤心的眼泪都没有流过。他真的那么看重一滴眼泪吗？天生不流泪的女人一定是乏味的，甚至有点可怕：她们的心是石头做的或者眼泪是浓缩胶水？

其实他不必奢望胡一梅关爱的眼泪，他亲眼见到过胡一梅的父亲在她身边离去时，她只眼圈红了红，鼻子吸了几下。眼泪有一些在眼眶里，立即被手绢给捂住了，她生来就不是那种善于靠眼泪来表达痛苦和关心的女人。

而他却是那种最善于从眼泪里发现女人可怜可爱之处的男人，简言之，他喜欢女人的眼泪。不管是出于苦痛或欢欣，或者仅仅是矫情，他容易被女人的眼泪打动。


## 二


说起来，马菲的眼泪真是动人啊。女人的脸可以不必十分漂亮，因为眼泪和微笑会装扮它。

数年前那次在雨里，夏日的午后，在进修的省城医院的假山边上，他夹着一份病历穿过廊道去门诊。马菲站在不远处一株紫藤架下，没有打伞，身体的背部朝向他。雨水透过紫藤的枝叶间漏下来，浸透了她小百合图案的碎花护士服，他看到她整个背部抖动着，粉色乳罩的背带清晰可见。她纤细的腰肢，白皙的小腿，都在配合着那个显而易见的哭泣。他几乎是站着不动凝视了几十秒，那幅景象突然打动他，怜爱之情如藤蔓缠绕。他走过去，用雨伞罩住她，右手果断地挽住了她的肩，在她耳边轻轻说了句："什么都会过去，别太伤心，小心哭坏了身体。"

她没有转过头，却坦然接受了他的抚慰。她微翘的鼻尖还挂着泪珠，脸颊是泪水与雨水已难分辨的混合，身子抖动小了些，雨水也小了些，天色有些暗，他们的身形因为这意外的靠近也小了些。

随后是那个周末的科室聚会，在餐前打掼蛋时，在饭桌上，在卡拉 OK 厅的包厢里，她在众人纷乱的话语及目光交错里，一直坐在角落里落落寡欢，眼神里剩余的那些伤感，总是若有若无地扫动他。他感觉是这样，他在众人之前一直扮作无知无觉，却在内心里盘算着一种新的可能。

她算是他的老乡，在和他老家相邻城市的另一家医院工作。也是来省城医院进修的，也是半年时间一个人在异乡，这很容易让两个相似的人相互靠近。但开始时，却不是那么回事。马菲初来时，每个周六下晚班的时候，总有一个身形笔挺颇为壮硕的人来接她出去吃饭，他一直以为是她的亲戚或同学，看起来像个军人或者警察。他们在门口的见面合乎那种关系的礼仪，有时那个青年人也来科室里找她，他站在步行梯的楼道口，隔着一扇防火门，不时从那小窗口里向护士站的方向偷看。小伙子表情严肃，嘴里总是念念有词。那次马菲在紫藤架下的痛哭肯定与他有关，之后，那个年轻人就再没来找过她。

于是他明白了些什么，这突然醒悟的决心很快得以实现，虽然过程很老套。他在那个晚上的后半程，一直在劝她喝酒，开始她不喝，后来他佯装半醉半醒的殷勤劝慰终于见效了。他忽略了她的能力，她喝了很多啤酒，比他喝的还多。他们又一起去吃了烤串，在路边继续喝啤酒，直到后半夜。其间，他们只谈那个晚上的风物及酒肉的味道，不谈家，不谈爱，不谈工作，不谈身体某部分滋长起来的千万只蚁样的焦灼。天色很晚，又下起小雨，这个晚上一切要素都很配合他的企图，显得那么像一次流畅而顺利的小手术。他们为了躲雨就近去了一家快捷酒店，本来开了两间房，把马菲搀到房间后，却发现她连自己的衣服也不会脱了，脸色那么红，心跳那么快，她的安全比羞涩更重要，于是他来照顾她的洗漱。那时她还有些保卫身体隐私的知觉，自己摸到卫生间去，自己打开水龙头洗澡，但很快，他听到了预想中可能有的一声响动，是台面上什么东西摔到地面的很响的声音。他闯进去，她近乎赤身地蹲在地上干哕，另一只手无力地推拒他。一只亮黄色的瓷质漱口杯已粉碎，落了一地有锋利边缘的碎瓷片，而她的一只脚丫正往外洇着血。那只杯子是不小心从她手里掉下来的吗？他感觉更像是她用力摔碎了它。

后来她在床上几乎是欢快地依从，她面色潮红地呼喊，对的，是呼喊。他把手压制着她的嘴巴，不让她过于抒情。再后来，她拿起他的一只手放在自己的眼睛上，他的指尖拭到了些微凉意的泪珠，的确是眼泪而不是汗。过一会儿她就开始呜呜咽咽了，说不清是激动还是悲戚。他不好问她，只好翻身睡去。片刻之后，她猛地起床去卫生间，先是哇哇地畅快地吐了一会儿，用水冲净了，突然俯身在镜子前裸身大哭起来，把他从幸福微漾的浅睡眠里惊醒。在镜前灯折扇状的半片光明里，他看到香泪喷薄在那张娇小白净的脸上，光晕下她脸上的明暗交界处闪着微光的泪痕，竟有了万般楚楚可怜的生动，一下吸引住他全部的注意力，像橡皮吸盘对于所有光滑墙面的贪恋，他把她揽在怀里，不想留一点缝隙。这短暂的真空，驱散了空气里陌生肉体间呈现的尴尬，时间停下来等他，等他和她蠕动的热烈煽动起另一次激情。享受着一个年轻漂亮女人莫名的悲切，这是多么新鲜而另类。尽管这悲伤的内涵可能跟他一毛钱的关系都没有。

不管是为谁哭，女人总是需要眼泪的，他在胡一梅那里难得一见的景象，马菲饱满丰厚地给予了他。

三

外面又下了雨，十六楼的雨声你一点都听不到，只有雨水在暗色玻璃上涂画，反复涂写反复擦去的涂画。他的床位靠窗，他看看表，只剩下二十分钟探视时间了，这是无陪护病区，每天只有两个小时的探视时间，中午，晚上各一小时。胡一梅还在看书，那也是她随身带来的《肿瘤化疗用药安全指导》，她戴着窄边老花镜，可以折叠的那种，右手拿着笔，笔尖轻点，偶尔在纸上标出重点。她那学了二十年的产科知识在这种病上派不上用场，她要像职称考试前一样恶补基础知识。这又有什么用？难道省级著名三级医院的临床医生会遵守她的用药指导？

"你先回宾馆吧，雨这么大。"他说，不去想那些涌上心头的烦心事。

"嗯，知道……明天，明天我还有两台约好的手术。我白天回去，晚上赶过来，儿子那边，要不要让他知道？"

"先别说吧，那么远，等他暑假前再说……应该可以。"他说得有些迟疑。

"嗯，他今年要拿学位，纽约夏伯明大学放暑假要到8月份，还可能有毕业旅行……"她小心翼翼地停住了，对做这个决定有几分怀疑。都是医生，谁都明了，这样的中晚期患者，不要看现在面色如常，举止自若，一刀下去，三期化疗下来，能不能撑得住，谁都说不准，如果说结果已经明确，总要给一些事留出空间和时间上的富余。

"看治疗结果再说吧，亲戚那边，也暂时瞒着吧，以后回去再说，这么远也不适合探望。"

他低声交代，她沉默点头。一般来讲，他们夫妻间的状态以前并不是这样，从来不是这样。她有那么强烈的主见，向来如此，关键问题上言辞犀利不落下风。对他的判断，也并不领情，她总是抱着他的见解应该比她更深刻更实用的期待，而他实际上又在那么多的事上短视与无知。她觉得在公立医院的事业受挫之后，他的智力一小部分用在业务上，一大部分专注于生理本能，所以，她更多地依靠自己的判断去行事。

五年前，是她去省城开会期间，和同事随便去逛一处楼盘，那时金融危机过去不久，房价低迷，说笑间就定下一套一百四十平方米的大房子，连个电话也没给他打。半年后一起去省城给儿子办托福，她笑着跟儿子说："看看，这么漂亮的省会，我们在这里有落脚之处了！你以后若从美国回来，在这里就有了自己的家！"他很少看见她有兴奋之色，这一次她脸上有了点真切可爱的动人之色。房价涨了一倍，他们的财富因为这一投资而增长。这事，是那个不好的事件发生过不久之后发生的，他不知道她了解不了解那件事的全部。

庆幸的是，她是在 C 城的一家专科医院，跟他所在的 B 城民营医院相隔三百公里，他们共同的家是在 A 城。他们当初一起分配到 A 城医院来，同一届，不同校，一起在那个老旧的二级医院的七楼会议室上了一星期的新员工培训课程。胡一梅是那十几个女生里唯一的本科生，唯一的临床医疗专业女生，这就让她那张不苟言笑的脸有了不一般的层次感。二十年前女本科生在县城医院还是少见，分来的大中专的护士居多。就是那次培训，开始了他们最初的交往。

恋爱时断时续，他几次犹豫不决。他们的气质对立，她对不同意见的讨论和沟通的排斥，她脸上凡事不动声色的冷漠，都是他们之间的障碍。他差点在结婚前两个月被一个外地来的实习护士"策反"。那是个整天笑呵呵的丰满女生，人前人后把老师两个字叫出蜜糖味。他几乎已和她私订终身了，一起偷偷出游了三天，第四天见习生挽着年轻帅气的心爱的老师逛商场，在大街上接到母校的电话，要她中止实习火速回校，回去就挨了一个处分，推迟毕业一年。她后来才知道是她的准师母找到了学校，甚至还交给了学校两三张护士与可爱男老师的合影。

他回来以为他们的婚姻要黄了，那样的话不好不坏，他准备硬着头皮接受各种可能。他真的不待见那张脸了，她在日常繁重的门诊值班、在夜班手术整夜不眠里消耗了太多的青春，从她过早潜伏的抬头纹、终日沙哑的嗓音、发黄浅暗的肤色、脸上疲劳而淡漠的表情、眼睛深处洞穿世事的了然态度来看，俨然一个渐近中年的已婚妇人。年轻女孩身体里由内而外自然散发的热力和激情，那种碧绿荷叶上露珠般的晶莹，他从没在胡一梅身上发现过。

他没想到胡一梅会那么宽容而淡然，没有责备他，没有哭，没有闹，没有向亲戚和同事们诉苦，她一个人摆平了那个实习生。她像局外人一般隐忍那一切，她只是在结婚前夜跟他恨恨地说过，她很不幸地在半年前就让家人和同事都知道她要嫁给谁了，她要做新娘子了，她不想让他们失望，她不想放弃哪怕是错误判断带来的苦涩后果。她要果断地咽下它，并且不会咽下第二次这类的苦果。如果他想风流，尽管在老鼠洞的角落里风流好了，永远不要让她知道，在大庭广众之下丢她的脸。

他们在那个观念陈腐、发展缓慢的公立医院工作了十二年，期间恋爱结婚生子，积累下比同龄人更为丰厚的家产。事业上的进步未达预期，她本来有希望接任科室主任，因为她是科里最早的在职硕士生，又是年轻人中最早的副主任医师。可是她偏偏与原主任不和，那个 20 世纪 70 年代工农兵大学毕业生，技术陈旧，只会开剖腹产和卵巢摘除，新术式一个也不会。她对自己的技术主见过于自信而且不留情面，尽管话很少，但对原主任的医疗过失会在讨论会上当面指出，所以原主任向院方推荐另一位男医生接任。大专毕业的初始学历，当年刚升的主治，手术做得马马虎虎，就是喜欢给漂亮的产妇查房，他的服务态度可以按病人的年龄和长相分出等级，对原主任唯唯诺诺，在科务会发言时，很喜欢说"在郑主任的正确指导下如何如何"，这样的人怎么可以当科室的学科带头人？科室主任应当是技术权威和行政权威的双重载体，院领导不会看不到这一点是不是。所以那时的胡一梅很泰然，甚至不屑于向领导陈述自己的优势，结果事情不出所料，出线的是那位油头滑脑的男医生。

这样的医院还能待吗？胡一梅辞职的时候，甚至都没和丈夫商量。她有个大学同学在相邻市创建民办专科医院，那时莆田系如日中天，她的同学是个有医学背景的莆田人，当然有十二分的优势。其以五十万创始股东分红和年薪三十万的优厚待遇召唤她，于是她毅然辞职，放弃了她曾经很看重的所谓编制，放弃了十多年奋斗积累的人脉及影响力，放弃了公立医院给予高职人员的年度旅游，"十佳医生""市级劳模""巾帼模范人才""拔尖人才"这一类荣誉和待遇，奔着厚重的人民币和独当一面被人看重的自由而去了。

"即使不是赌气，我也不想在那个庸才和伪君子的领导下工作，他那资历，凭什么领导我？"胡一梅告知他这个决定时说。

"就不能等个一两年吗，会有争取的机会，科室还要扩建，可以分而治之，院长没跟你解释过？"他说。

"呵呵。我从来不信鬼话。我也不在乎那芝麻大点的职务。儿子将来要还出国留学，我要让他上最好的学校，那也需要钱。这太现实了。"

"钱，只是为了钱吗？你有那么多的荣誉做基础，将来进院领导班子都有可能，为什么这么轻易放弃？"他说。

"你留在这里做你政治上的白日梦吧，想要在这里进步，每向前一步都要踩着自己的良心与尊严，我从来没想过。为了钱没什么不好。真的没什么不好，尤其是舒心的环境中，安全而稳定地拿。"她尖锐地辩解。

他们的争论到此为止。于是这个家又分出一个角，这个支点落到了三百公里之外，尽管来去也很方便。儿子在省城高中名校，相距四百公里，而他在 A 城，他们所处的三个点开车兜一个圈要一千多公里。他后来也只继续留在 A 城的医院两年，便离开去了 B 城另一家股份制民营医院，那当然是后话了。

后来 A 城市中心区的那一套曾让人羡慕的套房彻底空了下来，有时母亲会去给开开窗子，晾一晾霉味，他们三口人只有到春节时才汇聚一处，在大套房里住上一星期。

## 四

住院的第二天，他的大学老师陈加教授来看他了。他是省医科大学附属一院外科的学科带头人，又是省内这方面屈指可数的专家。人比实际年龄显得小很多，身材瘦削，脸上一双浓眉，在靠近中间眉峰处长了一个明显的黑疣，上面一根细长白毛分外显眼，那是他最特别的地方。他好像很爱护那根细长而蜷曲的眉毛，突出地向侧上方伸展着，从来没修剪过，比其他的眉毛略略粗硬些，标志性独立于同类浓黑眉毛，一说话时就有轻微的颤动，好像为他的言辞标注节奏和适当的停顿。

陈加教授带了一篮水果来，特意把他的另一个学生，也是这个肿瘤科的葛主任叫到他的床边来，亲切有加地给予嘱托，要求他尽快安排手术，一定由这位葛主任主刀。他们算起来，应当是同门弟子呢。按年龄算，葛主任年轻些，是学弟，他就是仰仗着这位主任学弟帮忙才能这么快地住进来。那之前他和胡一梅专门去了导师家，带去家乡的一些特产还有几瓶茅台，同时把这个不幸的消息告知老师。陈老师很震惊，看了他带来的所有检查资料，并以他一贯的对待疾病的客观态度略作分析，因他不是肿瘤方面的专家，他对手术后期的治疗特意推荐葛辉主任，省内有名的肿瘤专家，年轻的权威。

"朱刚，我记得你抽烟，抽了多少年了，一天多少根？"陈教授带着责备的语气问他。

差不多二十年了，每天一包烟吧。他想了想，说。

"所以啊，你这肺都黑透了……怨谁呢？医生这个行当好是好，就是太辛苦。我有好几个学生都在比你还年轻的时候倒下了，那个陈虎，心外科专家，加州医学院的博士后，回国后在北京天坛医院，前年还来看过我，每周平均开二十台手术，周末还受邀两天飞三个地方做四五台心脏手术，一天只睡三四个小时，怎么受得了？他就是心脏外科专家，自己却心脏猝死，可悲又可惜！"

他点点头，知道那个陈虎教授，他是在读完了陈加教授的硕士才去美国读博士，国内知名的心脏专家。听说他四十一岁还没结婚，在美国也有房产，他们医院也请过他做手术，好像一台心脏介入的出诊费是两万元。他每个周末都各地飞来飞去，因知名度大，好些地方医院的患者点名要他做手术。

"像你们俩这样，好好在公立医院待着多好？就为了那几十万的年薪？正当年的夫妻，偏要分开几百里，一年过三百多天的单身生活，哪里算是家？还有什么有质量的家庭生活？婚姻就是男人女人间相互关怀与守护，你不在身边，小朱的烟瘾大，与这有些关系吧？"教授抬眼看了看胡一梅，一点不掩饰他的态度。

他们两个脸色涨红着离开了教授家。这几年来，家庭生活是什么样的滋味，竟有些陌生了，他已不太习惯和胡一梅在一个屋顶之下完整待上一天。她是那种从不做饭偶尔洗衣的知识女性，没有时间也没有兴趣钻研这门学问，在民营医院宿舍里的单身生活放大了两个人的懒散，又滋生出一些顽固的个人习惯。胡一梅不习惯他开电视的音量，他不习惯胡一梅的挑灯夜读。前两年她还在冲刺正高职务，一直都在看书写论文。胡一梅和他一同回家的时候，如果不找钟点工，他就要把全部的家务承担起来，做饭，洗衣，擦净霉味浓郁的厨房，晾晒衣物，这些事他都不喜欢做。所以，周末也有很多理由不回去，比如有外请的手术，加班开会，学术活动，其实最重要的原因是王佳会来看他。

## 五

那个王佳，是个多么会生活的女人。她的小资情调，她日常生活里精细准确的观察力，她偶尔扮相里的小清新，多么新鲜别致。

　　她喜欢那种颗粒状的水果，比如葡萄、大樱桃、荔枝冬枣之类。不论是冬天还是夏天，只要到他在 B 城宿舍里，她总会不期而至，站在他的门前再给他打电话。问候了一番之后，他问她什么时候来看他，她调皮地问他希望什么时候来？"现在来多好啊，我刚刚洗过澡，万事俱备，只欠东风送美人，来吗，可爱的女主人？"她低声巧笑，声音柔软有绸缎的质地，要求他轻轻地拉幕布一样地开门，好让这个瞬间具备足够的画面感。她要女神般地降临，像舞台剧里的仙女般从天而降。果然，这个喜欢穿碎花裙子的南方女人，一身鲜艳可人的裙装，化着恰到好处的淡妆，低眉垂眼地等在门外。她身体的姿态一定是有心塑造出来的，因为每一次见面都不一样，有时是童话气质，有时是淑女的忧伤，有时又是孩子似的惊讶态。但总有一阵风恰到好处地撩起她的裙子，带进来一阵法国品牌女士香水的浓郁甜香。有这股气息就足够了，他的陶醉，他的激情涌动，他快乐周末的开端，就是这阵香气撩动起来的。

　　桌上摆满了她带来的水果：鲜荔枝、红提、大樱桃。她拿出藤编椭圆形工艺小篮，据说是从台湾带回来的，把这些水果摆出造型，还要拿出手机拍两张照片，然后换上拉杆旅行箱子里自带的粉色睡衣，系上围裙，很细巧地做出几道南方菜品来。她最拿手的烧河豚，糖醋鱼，从颜色，味道，营养学的角度来看，都是上等货色。她能烧出家乡最地道的河豚，那味道和他吃过的五星级酒店也没什么差别。有一次为了烧制出原生态家乡味的河豚，她还专门带来最佳配菜草头与野生的毛蒜头。那一次，他馋得连菜汁都喝干净了。

王佳的情调不止于此。吃饭时她要熄掉房间里的大灯，点上四根蜡烛。总是四碟小菜，两荤两素，一小篮水果，在长条桌上摆放整齐。然后是古筝曲《梁祝》或《高山流水》作背景音，高脚杯，还有法国波尔多的葡萄酒，他家里总要备一些。她松散妩媚的衣装，总要让胸前的一片白嫩若隐若现。他们喝些酒，还要间或慢舞一曲。有时高兴了，她会取出一本诗集来，轻声朗读诗句，据说她做过两年电台播音员，所以嗓音总甜软适中，普通话也字正腔圆，总是句尾带上升咏叹调的港台音。然后，他们轻轻拥抱，耳语，他的手支在她脑后发间，吻她，站立着吻遍她，直到她的身体像团慢慢灼热起来的火一样裹住他。

她总要把每一次的会面弄得像恋爱一样，总要在小情调里把气氛造足。依她的话说，让他记住每一次不同的自己，她决不会潦草地躺在他的床上，她要先撤下他那一个月也不换洗一次的床单，然后在褥子上喷上一些香水，换上她带来的纯棉质地有卡通图案的床单，然后才会和他疯狂。

她从不会明确地和他要什么东西，只是在梳妆或换衣服的时候会问他："你看我的身材配什么衣服更好看些呢？"她微笑地晃晃手指或顽皮地伸伸脖子，这喜欢贵重金属配饰的柔软地方有一些空白等他来填。再过一会儿，她就会翻开手机淘宝，打开一两样选中的衣服或手包，请他评判或给个好建议。他不必说，一定早有准备，他不适于带她去那些超市或专卖店，他也不用记下她无意间说过喜欢的那些东西，有时是淘宝上一万元的欧式紧身皮风衣，或是七八千元的时尚裙装，那些经他过目，并且以为很适合她的，她会在离开后过一两天发来一个代付的链接，他只要付款就好了。除了到省城开学术会，他不会选择和她在公共场合出现。

等待手术的那几日，葛主任已组织过会诊，病情清清楚楚，没什么要他做的事。他一个人留下来，让胡一梅回去了。她是医院的科主任，有很多需要处理的事，而且在民营医院里并不像公立医院那么好请假，你的业务量和考勤是直接和收入紧密相关的，一些大手术约定好没法推辞，要不就得请上一级医院专家来做，那样医院会扣你的绩效。

等待的时间一分一秒都难熬，现在角色移换，患者可能有的心情，他都体会到了。他那几日每天挂完水，就在就近的一个小公园里闲坐，看那些老人打陀螺，抽长鞭子，下象棋，练太极。他很愤怒地想自己的病，为什么一点早期的迹象也没有呢？他埋怨过多少病人对自己疾病的忽视，导致不可逆的结果，而现今他自己也是这样。他记得几年前在扬州的一场学术会上，那位白发苍苍的老教授就在会议上提醒业界的精英们，都别把工作当成生活的全部，他说："你们在医院里是精英，可能在生活中是拙夫，在身体的自我料理自我关怀上更不如跳广场舞的大妈精明，你们中的大多数都是亚健康的准病人，只是不愿意承认罢了。"他敲着讲台大声疾呼："别在你们正当年的时候帮死神打个结，勒住了自己的脖子！"

## 六

噢，正是在那个会议上，他认识了王佳。

——A 区的 502 房间在哪里？

——请跟我来，走过这条长廊，出花园小道，在前面 A 区的小楼那里。

那时她是五星级酒店里常有的那种行业学会雇用的招待。那一类的学术年会一般都是厂家赞助，并由专业协会出面组织，一切会议花费一般不用与会的代表掏钱，尤其是有钱的大公司出面的时候更不用。

她领着他走上回廊，拐过开满芍药花的花园小径，把前面的 A 楼指给他看。一路上，她纤细的小蛮腰扭动得自然而贴切，像这个春天晚上温煦微风的力度，在它悠然的慢里饱含着春光易逝惹人叹息的快；像芍药花冠轻微摇晃播散的微香，会比色彩更快抵达。或许感觉得到背后一双眼睛不离左右，她转身回望时高跟鞋的尖底陷在花园的软泥里，身体趔趄一下，脚踝立刻扭伤了。他不好意思地道歉，扶她回到前厅报到展板边的座位上，答应第二天会亲自赔罪。

多巧啊，第二天那个医疗品牌的区域代表出面请客，恰好她是接待。带着初入此行的陌生感，跟桌上的客人打招呼时还会腮上泛红，给客人敬酒时还不擅长油滑的辞令。那些场合美女业务员都应展现亲和力，提升客人的幸福感。那天，她因为脚伤，脚踝处还贴着膏药片，不敢喝白酒，受了经理的责备。她认出了他的脸孔，但她却不说脚伤的原因，还是他主动站出来，向她的上司说明了一切，并怀着真实的歉意敬了她一满杯酒，又亲自满了杯红酒给她，要求她一晚上喝红酒。既然尊贵的客人发话，主人哪有不许的道理？那一晚上他喝了好多酒，他记得席间出去抽烟，在卫生间里格外仔细地整理了衬衣和领带，仔细打理棱角分明的额头上浓密的黑发。整个晚上他被主人安排在王佳身边，偷偷替她喝了一大半红酒，还和她说了很多话，他兴致很高，满嘴风趣的谈吐也给王佳留下了很好的印象。那时她还像个女孩子，如果不是后来她自己说，他怎么会相信，她结过婚，那时有个女儿已经两岁了呢。

都怪那不公平的造物主，让一些女人的年龄比面相跑得快，虽然已是妇人，却像小姑娘一样汁水饱满，晶莹剔透；而让另一些女人，面相遮蔽青春，干瘪枯瘦如风干的水果。

对于男人来说更是这样，同学聚会时那些私人老板的意气风发，在健身房里练就的好身材他何尝不想拥有？但做了医生这一行，无论公立还是私营，你都停不下来。无止境的工作磨损了他整个青年时代，工作带来的快乐屈指可数。病人送锦旗的时候算吗？一个新技术引进的初次成功案例算吗？年终时表彰会上被选为先进算吗？银行存款不断增加的数字算吗？不停加班，会诊，甚至因为纠纷而烦心，毁坏了这个职业大部分的美好。因为习惯于忙，他不知道真正有空闲时该干什么，抽烟，打牌，喝酒，或者上网？多年来自己一个人住，即使晚上不加班他也会睡得很晚，烟就会吸得更多，这也许是他的病产生的主因吧？

他明白葛主任那含蓄的宽慰：一般来讲，肺叶切除后，如果癌细胞浸润不广泛，淋巴转移不明显，施以合理的化疗或放疗，加之以放松的心境，乐观地估计有两年以上的存活期。他的病人里有一个晚期患者，手术后存活已六年，现在每年还来复查。

"朱主任你自己是医生，我想你的治疗效果会更好。"

这几天，他把这句话默述了很多遍，好像不明白它确切的含义。无论如何，两年还是六年，甚至是十年吧，生命也只能给他这么多了，这段时日他还能做什么？不是待在医院就是待在家里，胡一梅和孩子能停下来陪他吗？放下他们正在做的一切？

第一次，他对过去的时日有了愧意，流下了几滴只有自己明白的眼泪。

## 七

——这孩子是你的，是你给我的礼物，你不要，我要。

三年前马菲来找他，倚在他房间的门框上，坚持不进门，她要他的态度，听到她满意的答复才进门。是晚上，他刚忙完急诊回来，他连饭也没吃，他急于让她进屋来说，那个楼里上下有好几个邻居是他医院的同事，他不想让他们知道。

马菲只重复她的话，两腿把门撑着，努力向前挺着要认真分辨才觉得微凸的小腹，娇小的脸庞上有了一种异常刚强的神色。然后是眼泪，无声地、缓慢地流下来，先是小巧的鼻翼翕动，接着双眼内清泉涌动，五官向鼻眼处扭曲塌陷，头部轻轻摆动，带动全身，很快，身体的全部都参与进去。她的站姿渐渐不稳，如果没有一双手扶住，她就会晕厥或摔倒。他的眼前又重现他们之间第一次独处的那个晚上，她蹲伏在地上，面孔向下，涕泗并流，张大嘴巴用力哕着，仿佛在厉声呵斥地面。地上散乱着锋利的磁片，切口尖锐如一地凶猛小兽的牙齿。

于是不到十分钟，她就倒在他怀里哭了，门已关上。她是为谁哭呢，为她刚刚离散的婚姻，那个他曾见过一面的退伍军人，还是肚里的孩子？她本可以随着那个退伍军人回到云南，但她坚持不走，她不想去那个只有二十万人口的山区县城，尽管也可以在那里当护士，那又为什么选择仓促结婚？她好像太容易喜欢那种有挺拔体格的男人，太容易被有力量感的身体所吸引，不计后果地吸引。

那么她对他的感情是什么性质？她从没说过喜欢他，喜欢一个大自己十五岁双鬓已生白发的中年男人吗？他敢肯定他没有值得骄傲的肌肉让马菲喜欢，但她每次来都带给他喜欢的小小礼物，那是些值得她啜泣的小小忧伤，要么是跟同居男友吵了架，要么是借同事的钱还不起，要么是有一个丑男人老骚扰她，她不知道怎么办，要么是在股市里那小小的投资亏尽了本钱……她在他面前的两次动人心魄的哭泣送别了两个恨恨不舍的男人，迎来了一个肚子里的未知来处的孩子。他只是夹杂在这个时间段里和她有那么十多次幽会的地下男友？怎么确定肚里的孩子一定是他的呢，要不要做DNA鉴定？他无论如何不能给那个小生命以合理的名分，况且，马菲身上的故事可能更复杂些，他喜欢她的眼泪，但不喜欢她用眼泪来攻坚克难。

他一直犹豫着，不敢对那个决定下狠心。他有什么权力去发配一个本来不属于他的小生命？后来，马菲不知为何又丢了工作，好像跟她的家庭也闹翻了，她说过自己是单亲家庭，脾气怪诞的母亲常常要她靠技术而非脸蛋开拓人生。她们意见严重不合，有时冷战到互不理睬。她好像从小到大没有被谁不留间隙地爱过，婴儿时期经常被母亲锁在家里，在她嘴边塞上橡胶奶头或在手里攥一小段破布，当作安慰。直到四岁她还要咬着奶嘴才能安睡，一定与此有关。所以她不知道那种最亲密的爱是什么滋味，是不是会比一只橡胶奶嘴或一段破布更有安全感。

那一天，她直接搬到B城来，住到他不得不给她租的一间两居室的小房子里，那房子和他的住处隔着一条街。尽管他一再劝慰，她还是不管不顾地经常拎着一篮子菜走进他住的小区，尽可能地演绎出怀孕妇女惯有的幸福而谨慎的步态，并且在邻居猎奇的目光中很自然地打开他的房门，在里面热热闹闹地煎炸烹煮。有时，她会把烧好的饭菜送到他科室去，让他吓出一身冷汗来，幸亏胡一梅在三百公里外的另一家医院上班，要不然他肯定完蛋，他必须了结这件事，无论多大代价。

马菲拿到她大为惊诧的一笔钱时，给了他漫长而细腻的一次长吻。他们最后一次缠绵似乎超越了以往的若干次，完全忘记了马菲腹部那个被她用眼泪疼爱过很多次的小生命。他到底是一圈肥厚起来的小腹脂肪还是靠想象力滋养出的胚胎，没得到确切验证。马菲拒绝做任何医学检查，每个因母爱的本能膨胀的女人都可能有那种决绝的情怀。一切终于平静地结束了，马菲这个名字后面的那些温情的细节渐渐淡出。四个月后他在省城参加一场会议，在参观一个母婴关爱中心时，竟然在大厅里偶遇马菲。那时她穿着粉色紧身工作服，曼妙的体形似乎比一年前还显轻盈，除了臀部的曲线增加了丰厚的张力感——她早就说过她一旦有钱就去做臀部美容塑形，她的愿望或许已经实现。现在，除了那可称道的臀部，还有依然柔顺油亮的长发，还有，她周身散发着淡淡的乳香味——那时她已是一名笑容可亲的催乳师，每天为那些不产奶的乳房做一千次以上的轻柔按摩，所以她眼睛里满是温柔娴静芳香四溢的母性光辉，那个曾经被她赋予无数神圣权利的婴儿，要么被她半途扼杀了，要么从未被她喂养过。

# 八

一个小小的婴儿给他带来的折磨还少吗，想起来就心痛而懊悔。他都不愿想那些往事了，他是怎么离开那个曾经献身十五年的公立医院的？为此，他放弃了那么多的东西，甚至放弃了更大的发展可能。

多年前的那个下午，他生平第一次受到了自己尊敬的导师陈加教授的呵斥。

"朱刚，你简直混蛋！无知自大！干技术最怕盲目和过度自信！你怎么可以这样？你觉得你有这个能力吗？这是你能胜任的吗？这么小的孩子，一条活生生的命啊！"陈加教授连手术衣都没脱，就在更衣室训斥了他，之前他小心地关上了门，避开其他的手术人员，室内只留下师徒二人。

他低头不语，感到无限羞愧。但手术结果已无可补救，他只好硬着头皮挺过难关。

那个弃婴存活了不到五个月吧？开始，那婴儿一周大的时候被人丢弃在A市的桥底下，几个小时后被人送到他的科室楼道门口，是夜间十二点时发生的事，保安也没注意是什么人所为，几层包被的最里面有一张字条：好心的医生护士们，求求你们救救孩子！

正好是他值班，那时他已做了普外科主任，正想向院级领导努力。他和护士长商量，留下那个脸上布满蚊虫叮咬的疙瘩奄奄一息的婴儿，及时用药治疗，留给护士们照看，并且，决定举全科之力，救助这个弃婴。这个一周大的小生命先天肛门闭锁，而且位置较高，如不马上腹部造瘘通便，他可能在一周内死亡。那是十多年前，这样的事很容易引起媒体的关注，很快，本市的电视及报纸大篇幅报道，他和全科人员照顾婴儿的照片感人肺腑地登载在醒目位置。他们全天候地成为那个起名为艾艾的小弃婴的义务父母，他带头捐款，买最好的奶粉哺养他，甚至动员科室内刚生育的护士做义务奶妈，给可怜的孩子哺乳。

医护人员的爱心行动感动了社会上的人。很多热心市民来院看望孩子并捐款，全市大街小巷都在传颂这个感人的故事，媒体更是连续跟踪报道。给小艾艾造瘘成功后，他一时头脑发热，执意要给婴儿做直肠肛门成形术。对这么小的孩子手术，他没有成熟的经验，他做过的最小患者是九岁儿童，但他自信满满，又是刚晋升的副主任医师，也想给自己未来的发展造个势，还想借机宣传一下自己领导的专业实力，增加领导层及社会对他的关注度。

他没有听从告诫，手术毫无悬念地失败了。直肠坏死粘连，只好请陈加教授来补救，却也回天无术，最后只能继续保持腹部瘘口，等待婴儿身体好转再行手术。

医院出面干涉，把他送到孤儿院，并承诺将来身体好转后继续治疗。但孩子最后没能保住，这个过程最后被一家报纸追踪，并直接点出失败的手术导致婴儿死亡。一件在 A 市全民皆知的善心之举变成受人指责的沽名钓誉，并且怀着多么阴暗的企图。事件不断发酵，甚至连上级主管部门也派人调查，要追究他医疗事故的法律责任。他曾经愤懑地想，那个婴儿躺在桥底下被蚊虫叮咬时怎么没有那么多社会机构出来发声？凭什么对一个有爱的行动中的失误耿耿不放？但此时，在铺天盖地的压力之下，悄无声息地体面撤退，成了他最好的选择。就这样，他才狼狈地来到了 B 城的股份制医院。

也许，马菲知道这段历史，才会那么纯熟地使用婴儿对他的杀伤力。他已经无限后悔那一次的莽撞决定，所以对所有与婴儿相关的事项都高度警惕与敏感。

至关重要的那一天终于要到来，手术时间确定下来，明天上午九点。例行的家属术前谈话也简短地进行。葛副主任有太多的工作等着他，他又那么缺少睡眠，谈话时片刻的停顿也要打个呵欠，眼珠布着血丝，眼眶在深度近视镜后显得更暗，明显有一圈暗黑肤色画出的句号般标志。他尽可能耐着性子回答了胡一梅很多专业方面的问题，琐碎而浅显，看得出他有点怀疑面前这个妇科主任是否精通医疗？问题有时简单得太显业余，几乎是被她丈夫给粗暴地打断，他微笑着表示歉意，因为，他们确实对这个领域的疾病不了解。

葛主任的态度当然有别于对待一般病人，他对这个学兄的好感除了陈加教授的介绍，还得益于胡一梅放在他汽车后备厢内的那块水晶原石。像个小假山一样有造型的原石，带着天然水晶淡褐色的菱形的多面体结构，还有背面的岩石基底的粗糙剖面，那是自然界里水晶存在的原始状态，让他大感新奇。他知道他们来自盛产水晶的地方，但没有想到他们会送这么贵重的水晶礼物。他收到的当天就把它放在四十平方米的宽敞书房的博物台上，一旦有空就拿着放大镜贴近那些纹理细细赏玩。

胡一梅当然觉得自己应当比普通病人得到更多的讯息。她带着一切以病人为重的迁就隐忍的态度停止了发问，看了看丈夫那张涨红不快的脸，不舍地抿了抿嘴唇。这件事上她的问题还有很多，这两天她突击看了肺肿瘤治疗方面的两三本书，她其实有一些经过挑选的更艰深的专业问题等待发问，只不过不想一下子为难葛主任。她一向有那种普通女性难以企及的学习能力，在任何领域都不怯懦，喜欢由浅入深步步为营地攻占制高点，当然，除了家庭生活中那些最低级不费脑力的简单劳动。

签手术风险告知书时，她左看右看，垂首低吟研究着每一行的字句，尽管这些类似的内容在她执业的医院里司空见惯。原来这些字只与她的工作对象有关，她只需大概了解，现在这上面的每一句话都与她直接关联，她的名字将永久嵌入那关乎家人生死的一张小纸片上，药物，血压，脉搏，手术意外，这些不可预见的因素都可能形成风险，她肯定要仔仔细细研究完每一个字，透彻理解它的含义。签完了字，她还用手机拍了两张照，弄得葛主任很感意外，以为那上面是不是有明显的文字错误。她和他一起回病房时小心地解释这件事:"我们现在是病人和家属,每个医院的告知书内容都有区别,我当然有责任弄懂每一句话,防止将来可能有的事故。病人总是处于弱势,你不想真有问题时站在有利一面吗?"

他很讨厌这句话,难道手术没开,先要预想一下可能发生的事故吗?这种怀疑有对治疗前景诅咒的意味,他几乎是甩开她伸过来的手,不肯和她一起回病房去吃订好的中餐。他坚持去外面吃一顿饭,趁着今天还有好胃口,趁他吃得下。他说,化疗以后再吃那没有滋味的营养餐吧。

"那,那两份饭我让护士长留下,晚上吃吧。"她拎着包小跑着折回去,像个付了款却忘记收回几角钱找零的主妇那样,专门跟护士长仔细交代了这件事。


他们去了医院对面巷子里的一家春江菜馆。古色古香的大堂里很冷清,没几个人,他们选择在靠窗的位置坐下。有一排工艺竹子遮挡出一小块独立的空间,向外望去,可见繁华的丁字路口车来车往,更远处,是反射着强烈光芒的几排高矮不均的玻璃大厦。正午的城市,有种阳光过于浓烈而造就的恍惚感,春天里洁净的阳光,透过水晶般的天空流泻而下,被很多建筑表面光滑的棱面折叠反射,有如银色的火焰,如影随形地追逐那些流动的车子和行人。

"你想吃点什么?"胡一梅看着眼前的菜谱,完全没看病历时的自信,向他投去探寻的目光。

他笑笑,她还不知道他最喜欢吃的菜,连这个也要问。

扬州炒饭和鲜笋熘肝尖，难道他没和她说过吗？在家里叫外卖的时候，他也是点的这个，那是偶然一起回到 A 城老房子里的时候，如果不去母亲家吃饭，他们就叫外卖，在饭桌上她吃她的西红柿炒蛋和发面饼，他就吃上述他所爱的。

他点出了它们的名字，立刻遭到反对。她说，明天就手术了，这个太油腻，也不利于消化，加重肝脏的负担……他立刻转过头去，看着窗外，不再说话。

"好吧，好吧，"她妥协地做了个手势，"除了这个，再点个特色一点的吧，比如，这个——"她手指点着彩色菜谱上张着嘴巴的河豚的照片，"这是这个店的特色菜，而且也不肥腻，最有南方菜的代表性，你说过这是你最喜欢吃的鱼类，它的胃对人的消化系统有特别的功效是不是？要不要点一个？"

菜肴端上来时，他十分吃惊，那盘河豚烧得和王佳的手艺有几分相像，嫩绿的草头含汁偎依在鱼腹两侧，野生的毛蒜头一小瓣一小瓣地疏离在浓汤汁里。味道的确很好，而且有江南菜品特有的鲜香及适宜的盐度。他眉眼聚焦，专注于这道菜，口齿间适意的快感让他想起那些在 B 城的隐秘时光，春风撩动烛光摇曳的快乐夜晚，有一种多么宝贵的慢与生命匆忙的快相遇的感觉。他的意识有一会儿退出了这个中午，退出了 CT 片上的那片可怕的阴影，退出了此时此刻。

"明天，哈院长会来看望你。他前两天就要来，我不让，我让他手术后来。"胡一梅打破沉默说。

"先不要让他来，你知道我不喜欢这个。我那医院的人没几个知道这事，谁希望最无力最衰弱的时候被人围观，被人怜悯？"他说。

"别太敏感，想这么多，同事间的关心是最基本的人情啊，再说，哈波院长也不是陌生人，若他不是我同班同学，又去我们家做过客……当初若不是人家收留，我能有现在的收入？儿子一直上很贵的学校，我们有今天，都应该感谢……"

"感谢我们自己吧。再想想陈加教授怎么说的，要我感谢人民币吗？它若能挽回我当前的局面，我愿意三倍奉还！"他反讥道。

"那是意外，不是普遍规律……"她说。同时察觉到这小小的争议不必要，就停下嘴里的话，忽然皱起了眉头，好像感到胃部强烈的不适，手捂着肚子去了卫生间。

我在B城呢，听说你去省城手术，你好吗？他烦闷地打开微信，惊奇地看到半年多没联系的王佳居然发来信息。他没回复，接着第二个信息又跳出来：我和姜波主任在一起吃饭，才听说这事……这半年我一直在重庆，开拓那里的市场，本来想给哥哥一个意外的惊喜……等你康复吧，借这温暖的春风送去我的关爱，祝哥哥一切顺利，再送上一万个祝福！

姜波是他的副手，那个油滑而低能的年轻人，他们怎么认识的？也是那次的会议上认识的吗？在B城时，他有时刚下手术台就能收到王佳的电话，刚有一个相对清闲的周末王佳就会翩然而至。哪来那么多的巧合啊？

他气恼地丢下手机，喝了一大口河豚汤，食物的滋味被这上面的念头破坏掉。这会儿，胡一梅的手机也振动起来，那是微信的振动，他知道她那 Z 字形的开机密码。他知道她一向都会在卫生间里待比较长的时间，她从小就有便秘的毛病。

他打开了她的微信，看见是哈院长跳动的头像。他刚发来的一条短信，问她：明天手术确定吗？明天我会在十一点到，看望你的夫君。

他很随意地向下翻着，居然发现下面还有好几条语音信息，他打开了时段最长的那条，把手机贴在耳朵上。多么意外，他听到了胡一梅的哭声，一阵抽抽噎噎之后，是放声大哭。并且，反复地说："哈波，我该怎么办呢，现在，以后，不管他之前如何，他毕竟……是我的丈夫，他这个样子，恐怕不久于人世了！"

婚后第一次，他听见了胡一梅发自肺腑的酣畅哭声，那因为涕泗并流而显得混沌不清的声音，从耳朵一直炸响到他的心里去，确确切切，胡一梅哭了，为他的病哭了，哭得那么伤心而绝望……

# 我是你的谁

一

夜色初临，眼前的城市还在一种似明非暗的烟气里。三十岁的男人郭德萱从香江酒楼的三楼窗口探出头去。他的目光捕捉着一个披肩长发穿红色紧身风衣的年轻女子。那女子站在街心公园里，弯下腰，掐一片嫩嫩的草叶，也可能是花瓣，含在唇间。好像是要品味一下初生植物的味道，或是映衬她涂得饱满鲜艳的红唇。为了这孩子式的举动，这个漂亮的少妇还侧着腰左右转了转了头，看看是不是有人注意到她。可能她永远不会知道，那个今晚约会的主角郭德萱，把这一切看得清清楚楚。他看得入了神，想起20世纪30年代的那句诗：你站在桥上看风景，看风景的人在楼上看你。

人生就是那么有趣：二十分钟前在德萱眼中的一道亮丽的风景，二十分钟后，就春风满面地坐在德萱的身旁，彼此谈笑风生了。客人已到齐，德萱朝服务员挥了挥手，示意她斟酒。但他的眼睛还在眷恋他的风景：浓淡相宜，风姿绰约的雪莉，坐在他视野的最佳位置，可以理由正当地欣赏。他心里不由得感叹，十年时间可能让一些女人变成明日黄花，也可能让另一些女人更丰满艳丽。他朝她深刻地一笑，两根手指拈起了酒杯，环顾着三位客人，声音有点颤抖，说，诸位，真想不到，十年隔绝，一朝相逢，都是当年挚友，来，干了这一杯。

事情真是巧合，前几天德萱在QQ群上和一个叫雨晴的女孩谈得正欢，网名叫金龟子的刘浩突然蹿上来，平常他们网上见面，只问一声好，说两句荤素搭配的段子，就各自忙去了。这次刘浩一上线，就主动和德萱打招呼，话语飞快地传过来："喂，告诉你一个好消息，雪莉在线，你不和她叙叙旧情？"

"是吗？"德萱吃了一惊，问他，"网名是？"

"雪山飞狐。你去逗逗她。我和她喷了十来天，终于套出她的真话，她还专门问了我你近况怎么样呢。"

"那你怎么说？"

"我当然说你现在很得意，重点大局的新晋副局长，年轻有为。叫她酸了好一会儿。今晚她刚好在线，你快去套套。"

哦。德萱打完了这一个字，就一头钻进本地写作爱好者群，这儿他不常来的，本地人占多数，说不定聊上的所谓女友，哪一天会有位大胡子男人找上门来，会有潜在的麻烦。

他在注册的时候特意选了一个新名：love90318，他想只要雪莉在，看到这个名字，也许会勾起她对往事的回忆，这特定的几个字，只有他们能理解，也许一生都不会忘记。

果真，他上了几分钟，那个雪山飞狐主动地跳出来和他聊，她说："为什么起这个名字呀，怪怪的。"

他说："你感觉怪，我感觉不怪。这是个有纪念意义的名字，懂吗？"

雪山飞狐很快地回话："如果没猜错的话，你是本地人。你认识一个叫德萱的人吗，市一中1990届的？"

"哪个德萱呀，我不是本地人。"

"是吗？如果你没撒谎，那就是我认错了人。"

他心里知道是雪莉了，但并不急于去识破。欲擒故纵的伎俩他会。于是很干脆地中止了这次谈话，他想下次用别的名字，考考她，看看现在的雪莉是怎样的一个雪莉。此后的几天，他一直上网，可是叫他失望的是，都没有遇到雪山飞狐。

到了第五天，他忍不住给刘浩打电话，绕了个大圈子，说了半天的无聊话，对方终于明白了他的意思。刘浩说："德萱，不瞒你说，前两天我还遇到刘雯雯了，这小阿妹开了个服装店，生意还不错，我们聊了一下午。我有个想法，能不能找个机会，会会十年前的老相好？我听刘雯雯说，现在的雪莉过得并不开心。这是题外话。这两位少妇，不知你近来又见过没有，做少女时有少女清纯脱俗的美，做少妇有少妇成熟丰满的韵味，你现在见了，我保证你还会写出当年的十四行诗来。你想想她们姐妹当初是怎样让我们吃了闭门羹？可是看走了眼呀，咱哥们至少今天不会再让她们瞧不起了吧！你不想有个机会报个雪藏十年的仇？时间地点你定，我来通知她们，可否？……"

他一口气说这么多，让德萱插话的机会都没有，德萱想他不愧是语文老师，有说教的潜质与水平。他放下电话深思了一会儿，想这十年间娶妻生子事业努力，几乎没有闲空来回忆旧事，也许是不愿回忆……那爱情的老伤痕是经不起触碰的。虽然现在想起来已没有了心痛的感觉，只有遗憾像一个幽深不见底的洞，让他不敢去深究。

## 二

德萱不能否认，他的确对十年前的女友有见一面的强烈欲望。他想知道现在的雪莉是个什么样子？她的生活，她的容貌，一切有没有改变？有了多大的改变？从已婚女人的身上，很容易看出她们丈夫的生存状态，德萱想知道，十年后的自己与当初恋人的丈夫有多大的差距。

他打完电话，坐在自己的办公桌前深思，对自己十年来的生活浮光掠影地过滤了一遍，觉得满意。所以他很想有一个机会，要在那些当初与他站在同一起跑线上的朋友们的跟前，有个比较，增加点自信，满足些虚荣心。

德萱把约会定在很有情调的香江酒楼。他要的是"往事厅"，正好和今天的聚会意义相合。这个房间他以前来过多次，室内的灯光又温暖又暧昧，把灯下的人修饰得像油画里的人物，朦胧得恰到好处。墙壁上还装饰着两幅油画，大的那幅上是一对老夫妻——也许是老恋人，手持着一幅年轻时的照片，面对一面大镜子在彼此仔细端详，他们苍老的脸上有一抹淡淡的喜悦与淡淡的忧伤调和出来的微笑。画面上还有一个老式的挂钟，指针正指向九点，钟摆似乎正在摇出"嗒嗒"的报鸣声。整幅画的色调是淡淡的灰色，散发出年代久远的气息，两位老年人的眼中似乎有一点点的泪光，让人们感觉出往事在他们心中的分量。

出乎他的意外，雪莉没有同刘雯雯一起来，她自己一个人先到了。一进门，两人握了握手，开局像男女同事的相会，但笑得都有点不自然，坐下来聊了两句，竟没有了延展下去的话题。他说起上网的事，说得枯燥无味，全没了平日的口才，雪莉也似乎听得心不在焉。两人的话语一断，目光更是无处安放。雪莉只好转脸欣赏墙上的画，一下就看得入了神。德萱找不到说话的乐趣，正好放松一下紧张的神经。奇怪的是，过了十年他还有那种紧张又心跳的感觉！他有点愤愤不平地望着昔日恋人的侧影。那认真打理过的一头浓黑的秀发似乎比她少女时代还有生机，身段还是那样苗条。比起十年前，单薄的地方圆润起来了，在冬衣的遮掩下还显露出曲线。皮肤也是那样，没有浓妆艳抹，就有珠玉般滑腻的光泽。今晚她特意修饰的大概是嘴唇，有点夸张的红，使她略显平直的双唇，变得饱满，张扬着一点煽情的味道。

女人的第六感觉恐怕是针对男人的，所以漂亮女人对男人的注视也尤其敏感，更不用说是一对男女单独相处的时候了。雪莉明知道德萱在看她，却并不急于回头，她等着自己的形象在德萱的心里激起赞赏的感叹时，再去品味这赞赏。男人在那一瞬间的呆痴傻相恰好是女人所渴望的。在雪莉偷袭的回眸中，他还没有醒悟过来，目光没来得及转移，意识却先于目光而觉醒了。他下意识地说了句："有时候你真的是一幅画。"声音很低，好像是说给自己听的。雪莉虽然听清了，却问道："你说什么？"德萱没有解释，脸红了下，心告诫舌头不要放纵——十年的隔绝，陌生感仿佛零度的水，可能薄冰正在融化，也可能水在生成薄冰。礼貌不许他超越朋友的界线，一些话还没到说的时候，另一些话说起来又显陈旧。

他告诉她刚才在楼上望见她站在街心公园里的事，他笑笑说她童心未泯。雪莉说，三十岁的女人谈不上童心了，可能玩性还有一点。不过她有时真的有点儿童狂想：想有一天变成小女孩，把所有的小儿书都看遍了，然后到一个美丽的地方去写童话。这是她儿童时代的梦想，现在还没有消失。德萱问她少女时代的诗还写吗？她摇摇头，说浪漫的时光已过完了，现在做会计，一天到晚和数字打交道，连报纸上的文学版也不想看了，只是偶尔翻翻微信上的短文。不过还是喜欢看老熟人的文章。比如德萱的散文。

"你在市报上的那篇《冬天》我还剪了压在玻璃板底下呢。"雪莉说，"你现在的文章老辣多了，不过行文总有点居高临下的意味，这是你没想到的吧。是不是和你现在所处的位置有关系？我听刘浩说你现在很得意。"

德萱复杂地一笑，身子向后一仰，差点脱口而出官场中的客套话："哪里哪里。"他不准备掩饰自己的得意，说："还行吧，不至于下岗。"他希望雪莉能接着说：当初真没看得出你这么有出息，或者是：你比那一帮朋友强多了。可是雪莉没有说，雪莉只饱含深情地望了他一眼。

"你还好吗？"他问雪莉，问完了又有点后悔。就是今天上午，刘浩来电敲定聚会的事时，才含含糊糊地告诉他，雪莉的丈夫去外地做生意赔了本，现在还欠着很大的一笔账，他们的婚姻摇摇欲坠——她公公从厂长的位子退下来时已暗含危机，现在正是山雨欲来风满楼。那时德萱截断他的话说："既然如此，这个时候聚会太不恰当了吧，有蹚浑水的嫌疑。"刘浩急不可耐地说："老朋友聚会，有何相关？你不必想那么多，除非你真的还对她另有所图。呵呵，要真是那样，我也没脸去见嫂子喽，她会抓破我脸皮的。"

德萱不理他的玩笑，说："这件事是你引起的，今后若真的发生了点感情的乱子，我不负责。我只提供一顿饭，一个场合，只叙旧谊，不谈感情，可否？"刘浩电话那头频频称是。

想起上午的话，德萱才用心地看了一眼雪莉的表情。她正端起手里的菊花茶，仔细地品味。德萱望着她饮茶姿态的安详，不像是在婚姻的后院里发生乱子的样子，他想也许是刘浩那小子情报不准。可是心里又真的希望那消息不假，这样他的心情会好受一些。

两个人坐着，一时又没有话，那样的时光过得极慢。德萱看看表，已过了约定的时间，他不知道刘浩这小子又在捣什么鬼，想问雪莉为什么没和刘雯雯一起来，又觉得不妥，便说："十年时间对有些人来说变化会很大，刘雯雯怎么样？"

雪莉平淡地说："她发了点财，你一会儿就见得到，花枝招展的正是如今流行的那种。"


三


德萱想不出当初清纯灵秀的刘雯雯变成"花枝招展"是个什么样，他记得很清楚的是，刘雯雯没进工厂时和进了工厂一年后的强烈不同。仿佛工厂是摧残漂亮女孩青春的怪兽，十八九岁鲜灵灵如水萝卜的女孩子，在工厂轰鸣的车间里待上一两年就变了样，变了大样。

刘雯雯是和刘浩上半年进厂工作的，在车间当工人。刘雯雯父母都是化工厂的工人，家世不行，不像雪莉那样幸运，出了校门进机关。刘雯雯在洗瓶车间干了三个月，一下子变了样，两只手变红，变粗，布满玻璃碎片拉出的小伤疤，一双油亮的黑眼睛有点暗淡。她在刘浩跟前哭过，说："你要真爱我，就想办法把我弄出去。"刘浩那时是大学一年级的学生，家在农村，家里为他每学期的学费都要犯一些愁的，要把刘雯雯调出厂，把祖宗八代的能耐加起来，也不够用。他只安慰她说："你等着，我毕业以后，也许会有办法，将来，可能……"

他明知道这些话连空气都不如，他出了大学门就能改变一个女孩儿的命运吗？但他爱她发了痴，在大学里梦想靠文学成功，一天给她写三封信，写了大半年。暑假里回来，却听说她已于一个月前同车间副主任的儿子结了婚。那时刘雯雯还差一个月到二十岁，不够结婚年龄，是她的公公走后门办妥了一切。这段婚姻改变了刘雯雯的命运，她被调进了车间的化验室，与吸管，小试管，电子仪器打交道，做起了科学范畴的工作了。她的双腮又红润起来，黑眼睛闪放出光芒，双手远离了肮脏的纱布。

那个暑假是刘浩人生中灰暗的一个夏天。他对人类的爱情产生了严重的怀疑。憎恨、愤怒、失望交替咬噬着这个大学生的心，他把整整一本写给刘雯雯的十四行诗撕成了碎片。

他骂刘雯雯是世俗小人，背信弃义。但他没有也不可能认真地理智地理解刘雯雯。他不知道他大学一年级水平的情书解决不了刘雯雯眼前的问题，浪漫的诗歌，绵绵的情话，只是给悠闲的心灵享用的。当刘雯雯白嫩的手指给破酒瓶子划破，血珠儿像眼泪一样向外喷涌的时候，那些情书连一块肮脏纱布的作用也不如。

刘浩与刘雯雯的到来像话剧里的一个情节：扭动门把的声音急促，然后门迅速地展开，两个人并排站立，像在幕布后面准备完毕的胸有成竹的演员。

一股冷风挟裹进室内，刘浩在两秒钟的停顿里没有说话，他只用他那习惯概括段落大意，总结中心思想的眼神考察了一下室内的情形：没有他想见的亲密和谐的气氛。德萱离着雪莉两把椅子的距离，正好在开门以后直视不到的角落。他有点奇怪，但不影响把已准备好的台词背诵出来："对不起，来晚了，是刘雯雯要给十年不见的老友一个小小的礼物，在她店里耽搁了一会儿。"刘雯雯举起她手里的四个绒布做的笑面白须的小老头，说："给大家个见面礼，让时间老人记住：友谊天长地久。"

德萱心里想笑，又禁不住要仔细地看刘雯雯，变化真是想不到，三十岁的女人头发染成少女流行的淡黄，梳成台湾一位女歌星的发式，前面整齐干净，在脑后集中成束，挑到高处，再爆炸式地散开。脸是美容店加工出来的俏美，晶莹光泽，从睫毛到嘴唇都不平凡。一身紧身皮裙，黑色长筒袜，腕上突出的一圈金黄手链，让整个人精致时尚得令他想不到一个准确的形容词。

酒过三巡，菜过五味，彼此就熟了，他们之间仿佛根本就没有十年时光的阻碍。室内的暖气放得足，把两位女士身上的香味烘出来了，带着体温的暖意，充斥得无处不在，加上酒气菜味，让人神经兴奋起来。

也许漂亮女人本身就是一剂可以激活男人神经的妙药。德萱渐渐地话也多了，他本来告诫过自己的，只把这次聚会限定在同学相会的范畴内，要严格自律收敛情绪。事实上他做不到，血液一经酒精的骚动，就把许多年前隐蔽很好的往事带出来，一幕一幕，一情一景，驱使他回忆。过去与现实相映成趣，叫他情绪一点点温热，直到沸腾。他禁不住目光黏滞，一波波倾注在他十年前痛失的恋人身上。雪莉的眼神也很暖昧，激励得他的心跳加速，理智怎么也找不到控制眼神的法宝了，刘浩与刘雯雯的随意与亲密又影响着他，叫他忘记两小时前自己对自己的谆谆教诲。

他看过这样的话：彼此相爱的人永远没有距离。十年时间彼此隔绝，但在这个晚上，只一个眼神就洞穿了，可见爱情的硬度与力度有多大。好像莎士比亚说过的话：男女之间没有真正的友谊，所谓男女之间的友谊，或者是爱情的残余或开端，或者是完完整整的爱情。而他只想要重建起一种友谊，在爱情的废墟上栽培一株小树，也许那小树还会绽放出青枝嫩叶来。

# 四

他滔滔不绝，他侃侃而谈，从工作到生活，从官场趣事到世俗笑话、社会新闻，他为什么说这些？取悦于谁？他感觉自己一点点陷入柔情中去。

刘浩也谈到了爱情，他说婚姻有两种类型，一种是为了生活而选择的婚姻，一种是为了爱情而选择的婚姻，前一种让人同情，后一种让人觉得崇高。

刘浩说道："告诉你们三位，最近我在网上看了部老电影《泰坦尼克号》，一个人看了三遍。所以受了些触动，才有了这个提议，爱情是伟大的……所以要借一种形式来纪念过去那些难忘的岁月。"

德萱说："别提往事。说好了不提往事的。只欢庆重逢。文学爱好者的重逢。"

"呵呵，说什么理由都可以，只是我看你眼睛里的话比嘴里的话要真实生动，嘴里尽挑空话来说！"刘雯雯说着，挤着眼朝雪莉急速地一瞥。

德萱自知理亏，端起酒杯喝干，红着眼睛说："我没忘记过去，只不过提起来有点儿遥远。莎士比亚说过'时光如镰刀'，我们那时潦草稚嫩的爱情，哪经得起时光这把锋利的镰刀？"

刘浩低头沉思，刘雯雯俯在他耳边低语。雪莉略一沉思，淡淡地说道："也许不是真的爱情吧，真的爱情纵然可能稚嫩，但绝不会潦草，收割起来不会那么容易的。"

刘浩笑出了声，说得好。他的巴掌擎在雪莉的头上方响亮地拍了两下，夸张地大声说："本人是学中文的，也不如雪莉妹这样有语言的感悟力，不错，真感情是连皮带肉长在心里的，时光这把镰刀只能对付青枝嫩叶，是无法连根拔起的。'离离原上草，一岁一枯荣'，真感情遇到好时节，必然会生芽绽绿，一点不减当年的生命力。"

刘雯雯又给刘浩鼓掌，说："欢迎真情实意。"

德萱苦笑着无话。刘浩点了一首《心雨》和刘雯雯对唱。雪莉勉强坐着听完，拍了两下手，走到阳台上去了。德萱想坐着不动，可是他听歌的表情，像服务员报菜名的声音，不着一点感情。他心里痒痒地想走出去，就说，屋里真的闷，伴以两三声咳嗽声，扭开了通向阳台的门。刘雯雯在他身后尖叫道："哎，都走了，谁给我们献酒呀？"


这是初春里一个微凉有月色的夜晚，空气干燥，清冷，猛一呼吸刺激得鼻根痒痒的。月色很均匀，薄薄淡淡地披照着城市的一切，缥缈，恍惚，透着神秘。雪莉两手扶阳台，深深地吸了口气，把一个轻轻的叹息推向夜空，她感觉到身后德萱的到来，像是自语又像是诉说："时间真快啊，十年了，你能感觉到它在不依不饶地推着你向前走吗？"

"是的，时间把一些事，一些人挪远了，又把另一些事，一些人挪近了，你不得不面对。"德萱说道。

"我只觉得累，对人也好，对事也好。"

"你的外表倒看不出，"德萱说，"你有一个可爱的儿子，一个事业成功的……爱人，我以为你很幸福呢。"

"幸福对每个人的意义不同……也许我们四个人中只有你感觉是很幸福的，你很幸运。"

"你太武断了点，在今天晚上之前，我还以为我是没有缺憾的，可是现在面对你的时候，我要说，我有人生里不能实现的愿望。真的，我为此在内心里受过的伤，直到现在还没有消失。"

"我猜得出你要说的内容。不过，人生的路是多种多样的，哪条路都能走到终点。"

"不对呀，恕我直言，我现在还无法忘记……"

"什么？"

"一生中最大的遗憾……初恋。"

"我们都是有家庭的人了，不必再说这些话……"

"不，"德萱感觉酒力冲撞着舌头要表达，无法阻止，他说，"我要说……"手机响了，他打开来放到耳朵上去，那是他温顺的妻子的声音："喂，德萱吗？"还有机灵的儿子的声音："爸爸，老爸，我要和你说话……"


他的酒意一下子散去了，清醒地感觉到，他是站在香江酒楼的阳台上，对一个即将离婚的女人说话，而不是站在十年前的那个夏天里，在栗子园里，繁密而硕大的栗树的叶子下面，对一个清纯的高中女生诉说。那个少女就是雪莉，那时她才十七岁，手里捏着的一根草芽含在口中，专注地听他说话。她淡绿色的连衣裙上面，有一个自下而上攀缘着的小小蚂蚁，正迟疑在她领口那片脖子与胸脯交界处白嫩细腻的皮肤上……

## 五

德萱的妻子于秀是他结婚前见过的女孩中最柔顺的一个。温柔得有点笨拙，善良得有点愚昧。她文化程度不高，没有德萱起初向往的那种有诗情画意的浪漫情调。原先在工厂里做保管员的，工作单调而简单，企业改制，一下子用不了那么多人了，下岗在家，料理家政，带着三岁多一点的耀耀，把德萱照顾得无微不至，是令人羡慕的那种小家碧玉。

那晚德萱十一点钟才回家，满身的酒气，进了家门就吐得一塌糊涂。她见这阵势吓了一跳，德萱干局长三年，在外的酒场也不少，但他还一次也没喝醉过，德萱回家曾得意地炫耀过，他久战不败的法宝有三个：手帕、茶杯、障眼法。第一种方法容易理解，就是喝完了酒不下咽，含在口中，脸上表情自如，拿起桌上的手帕顺嘴一抹，酒全在手帕上了；茶杯的用途与手帕相近，端起来到嘴边，杯里的茶水漫过双唇，舌尖一松，嘴里的酒全在杯里了；障眼法复杂一些了，从满酒到端杯到饮酒的各个环节，用手指快速晃动，将酒不动声色地洒出去，落到肚里的酒，还不到五分之一，这才是功夫。

德萱把这一套操练得很熟，一般不醉，于秀才问他是在哪里喝了酒，德萱那时脸俯在水池边，脖子脸皮都胀成猪肝色，胃翻腾得难受，却不知哪来的火气，没好气地道："想跟谁喝就跟谁喝，想喝多少就喝多少，你管不着。"

于秀觉得他异常，也许是酒精的原因，就不再管他了。

第二天是星期天，德萱一直睡到九点多钟，醒了，头痛，两眼发涩，浑身酸懒，脑子里全是昨天晚上支离破碎的片段在跳动，赶也赶不走。他有点儿羞愧，有点自责，多年修炼出来的沉着与稳重就给那一个照面打破了，露出他赤裸裸的内心原形。说了不该说的话，做了不该做的举动，忏悔都来不及。同时一些往事的碎片从心底浮起，那么清晰、生动、逼真，仿佛就在昨天才发生，走入他昨晚的梦中，又走进他今天早晨似醒未醒时的意识里。

他和雪莉的初恋是这样开始的：雪莉和刘雯雯都是十年前的文学爱好者，他们在一次文学讲座上认识。她们到他家里来玩，带给他一本贾平凹的散文小册子，她们坐在他的屋里没有说太多的话，但他注意到雪莉脸上的红晕，像一丛漂浮的水草，渐次地展开，她的语气那么迟缓，眼神里藏着浓浓的意味。走的时候，她好像是无意地把手放到他的桌上去，压在他刚才展开的笔记本下面。眼里含山含水地向他一瞥，口里柔声地说："你好好看看呀，这上面全是好文章。"

雪莉和刘雯雯走后，他打开书翻了翻，扉页里掉下了折叠得很好的小纸条，那一行娟秀的小字让他的心跳得激烈，每一个字都成了一杯美酒，让人迷醉。他知道了，一个漂亮的女孩子，在今天晚上七点以后，会在市政府后门那片小松树林里等他，这是有生以来第一次与女孩子约会，又是一个让人向往的女孩子。

他换了他二十岁时最好的装备：一件白衬衣，一件蓝色的西装，还有一双钉着厚厚鞋掌的牛皮鞋。其实那样的天气不太适合穿皮鞋，但他那时还没有一双足以增加身高又好看的凉鞋。

那个夜晚，他清楚地记得，雪莉穿一身乳白色的连衣裙，让她的个头显得更高，他们去沐水河边赏月。在到达那儿之前，他们没有在一起走，而是隔着一条马路。直到现在他仍能回想起，那个夜晚他鞋上的铁掌在有点空旷的马路上摩擦出有节奏的节拍，一点点进入他内心的深处，成为他年轻时代难以忘怀的一种音乐。那是怎样的一个夜晚呀，月亮仿佛为他们而生，满世界闪着银辉，沐水河水在月光下像婴儿一样，给月光安抚得那么安宁，岸边的草丛是夏虫的伴唱，空气又清澈，又甜润。

那个夜晚足够让他回忆一辈子，可是现在他想起来，只后悔没能在那样天造地设的美景中吻她一下，成了今生的一桩憾事。二十岁的他笨拙得可笑，也许是启蒙爱情的脑细胞还没有发育成熟，在两年的相处里，除了几次手与手的接触，他几乎和那个让他梦寐以求的姑娘没有任何形式更亲密的接触。

结婚后有一次，他曾经半真半假地说起这个细节，妻子含笑地听了，捏着他的鼻子骂他撒谎，因为他在二十六岁的那年，真正地进行第一次恋爱时，他只和于秀认识三天，就揽她入怀，开始他人生中与女人的第一次长吻了。在这点上，他和好朋友之间无可夸耀，他给自己解嘲说，在爱情上他是一朵晚开的花，但晚开的花必然会开得旺盛。

随后的好几天，他一直念念不忘这个星期天早上回忆的一幕。脑子里不时映现出那个晚上作为少妇出现的雪莉，给他的强烈的感官上的吸引，他无法阻止意识随意地流动。在冗长枯燥的会议间隙，在人去楼空的办公室里，潜意识里浮现出来的雪莉，是为某个目的而存在，纯粹、赤裸、充满性的意味。

## 六

星期五的上午，刘浩打了一个电话来，问他那天晚上的感受。他虚假地说，老朋友相会，乐乐而已，说一些逢场作戏的话，只为了逗逗那两个有情无意的"老情人"。刘浩在电话那头放声大笑，震得他耳朵痛，全无为人师表的庄重与深沉。

他粗着嗓子说："我看你这颗情种生了点嫩芽，痒痒的要破土而出，还拿那些鸟话来遮掩。好了好了不谈这些，免得嫂子将来怨我拉你下水。三十岁了，日子无波澜，就是有意弄点人造的波澜加点刻意的起伏，也未尝不可是不是？不过我看你老兄看雪莉的眼神，稠得能拧出蜜水，你可要临渊止步，雷池驻足哟。"

德萱听他这么说，嘴里的话也真实了几分："我看你才危险呢，你老婆在国外读研究生，你弄不好饥不择食，连放了十年的瘪樱桃也要吃。过去的事，谁也忘不了，说情，现在的确还有几分，用来造点起伏，给人生添点情趣倒还可以，就怕是波澜大了，把你自己先给淹得找不着岸！"

德萱说了一气，弄不清楚是教训刘浩还是告诫自己，他想起刘浩说看了三遍《泰坦尼克号》，倒真想在电影院里再重温一遍。

刘浩最后告诉他，这个星期五，再请朋友们坐一坐，是他做东。因为刘雯雯贴着他耳边说过：老朋友要么就不聚，要聚就要成双，两次或四次，他没办法，只好答应，请大家一定赏光。

德萱假意生气，说："喝酒可以，就多叫几个人吧，不然，这样的酒喝下去要出事的……"心里的另一个声音却在说：好，一定去，就四个人，没一点含糊迟疑。

刘浩说："你放心你放心。不会有事。"

德萱无奈地叹口气，嘱咐他道："那要注意保密。告诉她们两个别弄得满城风雨，让人家说我们开什么情人派对。"

刘浩用哼叽出下面的话："女人没你聪明！"

这一星期他过得有点恍惚，对于即将到来的星期五，既惴惴不安，又心怀期望。工作有点潦草，开会时常走神，想一个长头发、大眼睛、穿红风衣的少妇，会突然来到他的办公室，面带笑意地说：嗨，我来看看你，欢迎吗？

星期五的下午，他忽然想起电影厅重放经典名片《泰坦尼克号》，他还没在电影院里看过，就问秘书小丽现在还放不放，顽皮的小丽调侃他说，是不是想起初恋情人了，如果需要，她可以请来一起欣赏。

他找了一个借口，溜出单位，去隔壁一条街的电影厅，坐在偏后的位置上看起这部大片。

老电影是循环放映，放完一遍，隔不到五分钟再放，他是从中间部分开始看的，怕这样看得不过瘾，于是漫不经心地环顾左右，不看则已，一看叫他意外又惊讶：左侧座位上正坐着雪莉！那么巧合，难道冥冥之中真的有第六感觉在指挥人的行动？这几天在他头脑里闪过最多的人是雪莉，他刚才往录像厅里去的时候还想到过她，这家影厅里百余个座位，他在黑暗里径直地走向了雪莉的旁边！

他扭头望望雪莉，她的脸上没有表情。大概没有看到他。在她的另一侧，也是一个女子，手里正拿着瓜子在嗑，看起来像是她的同事。他不想惊动雪莉，但在潜意识的指挥下还是很响地咳嗽了一声，她果真转脸瞥了一眼，接着又看了第二眼，她的目光停顿下来，她的脸上绽放出笑容，他想跟她说话，但雪莉似乎眨了眨眼，向他示意身边有人，那眼神在荧幕反射的微光里丰富得像一本厚书，让他不能一下子解读清楚。

突然间，冲动左右了理智，鼓舞他急速地、毫不犹豫地在黑暗的掩护下握住了雪莉的手。雪莉挣扎了一下，随即，她的手和他的手停留在座椅把手下边的角落里。德萱捏住便没有放弃，在电影中的爱情场景出现时，他都要捏得更紧一些，在主人公的话和他想表达的话接近时，他的手指便着力握紧，他感觉出雪莉的手指同时也柔顺地应和着他……

在整个过程中，德萱在想一个问题：三十岁的他比二十岁的他要大胆多少倍呀。他记得和雪莉相识六个月时，雪莉说起喜欢莎士比亚十四行诗，他就去县城的书店里为她买，书店里没有，他怀揣二十元钱，等坐第二天的火车去省城为她买，一天没舍得吃一顿饭，在冬天的冷风里跺着脚，哈着手，望着食品车里的面包，在想象里大嚼大咽。

到了家，他一会儿也没耽搁，在深夜十一点钟跑到雪莉家楼下，把她喊醒，哆嗦着手把书交给她，叙述着一天的经过。雪莉那时感动得掉下了眼泪，第一次主动地把他的手握在她的掌心，让他那双冻麻木的手慢慢地温热。那种感觉是多么幸福，他竟没有想到可以拥她入怀，可以把他的双唇依偎在她的双唇里，一点点地占有她少女的体温！

## 七

多年以后的现在，他竟不相信十年前的他会是那么笨，当初若是能大胆一些，一步步地深入，达到爱情的最高境界，也许婚姻就有希望了。

电影放完了，他和她始终没有说一句话。灯亮起来时，雪莉站起来，整整衣冠，跟她的女同事笑笑说："李姐，这电影还真好看，我下午没事，想再看一遍，你陪我看吧。"她明知道李姐四点钟要去幼儿园接孩子，所以这样说。那个李姐忙推辞："我要去接毛毛，怕是已经晚了，你自己看吧。"李姐走了，雪莉坐下来，眼望着屏幕，仿佛身边没有一个熟人，而德萱也侧身向内，在昏黄的灯光下生怕有熟人来骚扰。

剧场里的灯一关掉，《泰坦尼克号》那优美深情的歌声又响起来时，他们两个也仿佛复活的木偶，手与手穿越过扶手下面的空间，相握在一起。德萱脸上含着笑，心里藏着笑，怀着激动，感觉到不为人知制造秘密的快乐。《泰坦尼克号》真是好片子，把人间的爱情渲染得多崇高，超越了一切世俗、物质的束缚，唯有情感，表现出绝对唯一无可比拟的力量。

两个小时的时间里，雪莉的手与德萱的手缠绵在一起，一会儿五指交叉，一会儿单指相勾，一会儿手掌贴着手掌，说尽了手指与手指之间所能表达的最深刻最隐秘的话语。

看完了电影，天已黑了。德萱说："到我单位里坐坐吧，刘浩那边，我们可以晚点去，谁叫他上次戏弄我俩呢。"

他们去了德萱的办公室。楼上早已空无一人。他的办公室紧挨着值班室。平常的窗帘总是拉上的，今天也没例外。

德萱为她和自己沏了一杯茶，想平静一会儿，说几句话。他们原本以为，在电影院里的情绪感染下，一切可以顺理成章，水到渠成，完成彼此身体的愿望。没想到一进了办公室，两个人坐在了办公桌前，在明亮的日光灯下想说些什么时，才发觉在黑暗里酝酿生成的暧昧情绪，这时像夏天阳光下的冰块，蒸发成水汽，早已无影无踪了。但德萱不甘心，心里像忍受了长久的饥饿，突然发现新鲜草料的牛羊，在围栏里拼命地要把嘴挤出来，贪婪地吞咽食物。

他脸上浮着笑，额上渗着汗，心里很多只小兔子上蹿下跳。关了门，拉紧了窗帘，跟雪莉说："来，看看我的值班室。"

雪莉脸上摇摆着红意，一会儿从耳后蔓延上来，一会儿悄然消失，但她的仪态仿佛多情的女秘书会见新领导，身体姿态循规蹈矩，眼里却流光飞度，恨不能让天光暗下来，只让眼神来照明。

但本能让一切的女人在这样的场合忸怩，她端着半杯泡满茶叶的杯子，脚步僵硬地跟着德萱进了值班室。那间略显沉闷的房间放着一张床，一台电视机，一个书柜，还有一张桌子。

在这半私人的场合，充分显示出德萱的文人气质。桌子上是书，柜子里是书，床上也扔着书。黑格尔的《逻辑学》，乔治·迪基的《艺术与审美》都是他休闲时的读物。他随手拾起床上的几本书，放在桌子上，眼睛看了看雪莉，又看了看床，嘴里囫囵着一句感慨词，连他自己也没听清，好像是公鸡呼唤母鸡进窝的意思吧。

他的手伸过来，搂住了雪莉的腰，雪莉脸向外一转，突然跳开去，拿手指了指窗户。

原来半扇窗户没关，看得见对面办公室里的灯光，窗前还有人影在晃，一双模糊的人手在一扇窗后招摇，德萱不能判断那是对他的招呼，还是一个人无意识的多余动作。

局大院虽然没人，但周末也有值班的，工程车偶尔也进出。去乡下施工的外线班，这时大概吃完了饭，酒足饭饱，车厢里除了施工工具，还可能有一整套的钓具，一蛇皮袋活蹦乱跳的鱼。

德萱小心地关好窗户，又去关门。雪莉做了一个手势要阻止，但手只是招摇一下又无力地放下去。屋里的日光灯就显得亮了。德萱只留下台灯的光，柔软温和地罩住他俩。

德萱的手放在雪莉的身上，温热的手虽然放松了警惕，但没有了刚才在录像厅里的浪漫刺激。一切从头开始，慢慢地积累着温度。最后台灯的光也显得多余了。

终于，德萱的舌探进了雪莉里的口里，雪莉身体里的激情慢慢地觉醒。德萱正要舒展肢体，施放力量，突然电话响了，两个人吓了一跳。他惶急地拿起了值班电话，电话里的女声还算温柔："你是王局长吗，今天你值班啊，东城区供电局有事……"德萱烦躁地打断她："你打错了，听不清我是谁吗？我是郭局长，今天不值班！"

快速放了电话，涨上来的激情的海水退了一半，他朝雪莉笑笑，说了句，重来。从额头的发际开始，到嘴唇一点点下行，刚才的兴致却消减了，只像是熨衣服的熨斗，释放的热力有强加的嫌疑。

感觉慢慢地回升时，雪莉充满期待地闭上眼睛，脸色刚有了绯红，电话又响了。还是那个总机小姐，德萱拿起电话，对方却没了声，好像一双耳朵戴着机警在监听。德萱心里的燥热变成了气愤，话语声不出意料地大起来："喂，你什么事？"

对方的声音加倍小心了："郭局长，实在不好意思，又打扰你。是这样，今天是王局长值班，他在外面有事，一时回不来，让我转告你，如果你还在局里的话，请你给协调一下东区供电局的事……"德萱回过气来，声音软下来，说："我正在加班准备汇报材料，你这样一搅和，思路全乱了套。"

对方一个劲儿赔礼。德萱说："让他等等吧。我处理完手里的事再说。"

雪莉说："你真忙啊。"

做了一半的事，还没个眉目，等着德萱，而他只好勉强地笑笑。硬着头皮说，真烦人。重来。冲雪莉妩媚地一笑。

但很明显，表情胜过了内心，一些膨胀的激情好像还没得手的贼，因为受了惊，慌忙逃窜，躲在暗处安抚受惊吓的心，眼见着好东西还在原地，只是不敢窜出来取了。

德萱想力挽狂澜，收服涣散的激情，竟急出一身汗来。正当他想重整旗鼓，再展大业时，电话又响了。

声音变成了男人，一听就是王局长。王局长一定喝多了，声音粗重，口齿不清。

"郭局长啊，这个，这个，我在外边喝得多了些，那个，那个，东城局的事，你先，先处理一下，这个，这个，我一会儿，就回啊。"

听完了电话，德萱气急败坏地摔在桌上。想拼凑些笑来安慰雪莉都难。

没想到雪莉说："你看看几点了，别让人家等急了耽误大事啊。走吧。"

## 八

他们一个月内聚了四次，选择的都是香江酒楼的往事厅。到了后两次，连服务员小姐都看出点意味，觉得这两男两女关系特别，好奇心让她们多投入了些关注的目光。德萱早看出来了，便自力更生地斟酒，不让她们站在身后看风景。不上菜，不许她们进屋子，这样一来，更让服务员小姐有了咬耳朵的话题。

那一次刘浩出去方便，见门口两位小姐正在低头吃吃地笑，便立住了，以手遮耳，俯向两位小姐："你们在说什么呀，我感觉好像是说我的坏话。"小姐收敛了含义丰富的笑，忙说："没有什么。我们说不相关的笑话。"

旧东西并不都是坏的，比如旧情。隔了十年再来品味，仿佛珍藏了多年的好酒，有一种特别的醇香，叫人沉醉。德萱越来越看出，刘浩与刘雯雯之间的事态严重，他们仿佛无所顾忌地走近了，包含着心理与身体两个层次，游戏正在改变性质。可是他连自己都控制不了，又怎么去说别人？后两次聚会是女士请客，最后一次是刘雯雯请客，档次也提到最高，因为有三百平方米营业厅的鞋店老板很愿意显示今天活得比昨天更好。

他们吃完饭，步出饭店，感觉到春天已无可阻挡地来临了，夜晚的风比一个月前暖和多了，空气清新得让人不自觉想深呼吸。那一晚有星有月，夜色恰到好处地可以隐藏一些秘密。四个人都不舍得离开，刘浩提议来一次相识十周年的友情散步，德萱觉得不妥，但也没有反对。心里想要把这没有大碍的浪漫进行得彻底一些，四个人仿佛觉得明天将不再有，今晚是生离死别的关头。心里隐隐约约地感觉，友情聚会的借口已不能使用，像已经逝去的那些日子，要把这点小小的怀古的秘密隐藏起来，不知是什么时候再想起去翻阅回味。

他们开车到了沐水河岸，这城市的情人们去的地方。河水、栗树，岸边的风都是给情人们准备的。刘浩与刘雯雯不自觉地走远了点，德萱与雪莉走在了后边。小路幽幽，不时有情人出没，有些脚步声近时倏然分开的黑影，让人的想象得以丰富地展开。

他们站在十年前曾经站过的地方，听着十年前听过的水声，都默不作声。德萱遏制自己不去碰雪莉的手，却又忍不住去碰。心里矛盾得厉害，便借着说话来间隔一些距离。他说，刘浩他们呢？

雪莉说："也许他们躲在黑夜里看我们。"

德萱说："你怕吗？"

雪莉说："夜色是太亮了一些。"

德萱说："那我们去宾馆。"

雪莉说："这里是寻找回忆的最好地方。"

德萱努力睁了睁眼，隔着一两米，还是看得清人的，周围的小树丛里，河岸边都站着或坐着朦胧的人影。

德萱心里只想吻他，心突突地跳动，他牵她的手到了一棵大栗树下面，双手环她入怀，就想去吻雪莉。但雪莉的小手放在他灼热的唇上，轻声说："别慌，说说话吧……你看刘雯雯他俩能成吗？"

德萱说："也许能成，刘浩的老婆去了国外，他们又没有孩子，刘雯雯对他还蛮有意的。"

雪莉无声地笑了笑，说："你们男人呀，有时见识也不长。你知道吗？刘雯雯虽然离了婚，但现在还和原来的丈夫同居在一起，活得很潇洒……"德萱惊愕地张张嘴，听雪莉耳语般地说出下一句话来："你知道吗？我已经和那个人分居半年了。现在快想不起他的样子了……"最后一句轻得几乎听不见，但在德萱的心里像在黑暗的胡同里被恶意地惊吓了一下，那回声带着不可明言的意味在心里回荡。吻她的欲望忽然像栗树下面支离破碎的月光，散落得不能收拾。幸亏是在夜晚，没让雪莉看出他脸上表情的尴尬。

但气氛不容他的热情马上撤退，他凑了上去，贴着雪莉的耳边说："那么，还是去宾馆吧，两个人，好好谈谈。"

"只是为了好好谈谈吗？你们男人做什么事都是直奔主题？"

"那就去我单位？"德萱小心地说。

"不，我不去那里，上次你不觉得可笑吗？"

德萱脸一下红了。一定要证明自己是个健全的男人，必须让雪莉验证。否则十年来的单相思，变成了滑稽的闹剧，还让他蒙受了男人不想让人小瞧的冤情。

"过了十年你还来找我，就为了这个？"雪莉向后退了一大步，突然有了圣女般的庄严。

德萱觉得自己太直白，于是手又揽住雪莉的腰，感觉那腰轻盈而圆满，充满肉体的质感与弹性。心里的愿望探着头，引诱他说些什么，做些什么。

恰好一棵大栗树的枝叶避蔽了月光，天气又不冷不热，可爱到了有情人都想做些什么的程度。

德萱等不及，准确搂住了雪莉，亲她。两手展现的柔情，带着十年后失而复得的热烈。雪莉还挣扎着说些什么，终于透过一口气来，说："我们什么时候能说些正经话？"

德萱忙不迭地说："什么时候说都行。我爱你，宝贝。"

雪莉嘴里的不屑还没有机会表达，就被德萱封住了口。他们纠缠在一起，坐在了栗树下面的松软的草地上。

热情完全从身体里觉醒，两个人很快不能控制自己，德萱放翻了雪莉，把她的头枕在自己的胳膊上，另一只手腾出了空，解除雪莉的武装，急切得不能自持。

"干什么的！"忽然，一个女声传出来，清晰而分明。那个声音接着又提高音阶，"我最讨厌流氓了！"

两人受了惊吓，从树下站起来，找那个声音。好像出了鬼似的，四处只有微风亲吻树叶，细碎的叶响反衬夜晚的安静。

雪莉穿好衣服。德萱搂住她，说："我分明听见一个女的说话。"

"我也听到了。"雪莉说。

"是什么声音？"

"不会是鬼吧？"

"你才是鬼呢！"那个声音分明清晰地响在头顶。德萱头皮麻了，雪莉惊叫了一声。

树上跳下两个黑影来。德萱大呼："是人是鬼？"

"我说过了，你才是鬼呢。"黑影中的一个向他们走近了一步。冲着德萱说。

"什么人？"德萱大声问。

"先说说你自己，你们是干什么的？"黑影中的男人说话了。他走过来，一大团黑影压过来，足有一米八五高的个头。

"你们是什么人？"女的拧亮了电筒，强烈的光线照彻德萱与雪莉的衣装不整的全身。

德萱说："我们，我们，朋友啊。"

"哦，朋友，身份证拿出来看看。"男的说，亮了一下手里的警官证。德萱凑过去，看清那几个字：黄国平，东城区刑警队。

黄警官一脸不容置疑的样子，要德萱的身份证。

德萱掏了半天，掏出了驾驶证，嘴里不停地解释："不好意思，没带身份证，只有这个。"

黄警官仔细看了看，递给他，说："深更半夜，在这里想做什么？"他转向了雪莉，问："他是你什么人？"

"朋友。男朋友。"雪莉紧张地回答。

"知道这是什么地方吗？"黄警察说，"这个地方两个月前发生了一起强奸杀人案。你们不知道？！我们蹲了一个月的点了，今天被你们干扰，如果打草惊蛇，犯罪分子跑了，你们要承担法律责任。"

德萱不敢作声。女警察说："别跟他们啰唆，走，回警队去录一下口供。"

德萱吓得出了一身汗："不要了吧。我们两个谈朋友的。你们可以调查，绝不是什么犯罪分子啊。"

"谈朋友？"女警察说，"谈朋友还耍流氓？他真的是你朋友？"

雪莉说："是的，我们快结婚了。"

"看你们也老大不小了嘛。都没结过婚吗？"

"没有，没有。"两个人连忙解释。

"好，放过你们这一次。"黄警官指着德萱的鼻子说，"做男人要放端正些，不要做那不负责任的事。另外，不要跟任何人说今晚这棵树上的事儿，听见没有！"

……

# 九

只过了三天，刘浩又打来电话，说清明节快到了，春暖花开，清艾山气象不凡，大概他们十多年前一起去过之后再也没有一起上山吧。可否借德萱方便，圆一圆山上诗意聚会的愿望？德萱回击他说，他们一起聚过很多次，初恋的内容是不是可以一一重演？到此为止吧。但他嘴里劝刘浩，心里却痒痒地盘算这件事的可能性。离清明还有十几天，山上的游客不多，不大会碰着熟人……就含糊地答应下来。

星期天是个好天气，风和日丽，叫人的心情格外爽朗。刘浩早晨六点就急匆匆地打来传呼，把德萱从梦的泽国拯救出来。这一阵他老是做梦，今天早晨做的梦尤其荒唐又奇怪。

他梦见自己变成了鸟，轻轻地扇动翅膀就可以飞到天上去。他有了鸟儿的心情鸟儿的视角，从自己家的阳台上起飞，忽而高忽而低，掠过城市的街道、楼房及高高的水塔。那种感觉真好，自由轻盈地飞，眼底的世界是那么逼真，四肢仿佛不存在，代之以长了羽毛的翅膀。

他飞啊飞啊，阅尽了城市的风景，却孤独得没有一个同类。最后，他累了，停在一个山尖上，望着山底下的湖水，熠熠水光中浮动着一个大鸟的影子，生着彩色艳丽的翅膀。它招摇地呼唤着他，他跟踪而去，从山尖上飞掠下去，那只美丽的鸟便盘旋在水面上。

它一回首，竟生出一双熟悉的女人的眼睛，他越看越觉着是雪莉的双目，明亮含情楚楚动人。他飞啊飞啊，只想追上它，却不料那只大鸟向水中一个冲刺便消失了。他急急地向水中俯冲下去，清凉的湖水便淹没了他……醒来发现惊了一身汗，但梦里的情景他又仔细地回味了一遍。

他吃完早饭，跟妻子说今天一整天不回家，要下乡去。他说这句话时眼睛闪避着妻子，目光只盘旋在饭上。这一阵子他撒了不少谎。每撒一次谎，心里便感觉增添了一份重量。儿子说他一个月没有带他去玩了，以前他每个星期总要抽出点时间带儿子到公园里坐一会儿电动车，玩玩蹦蹦床的。他安慰儿子自己闲下来就去。临走时妻子关照他早点回来，晚饭一定回家吃，她顽皮含笑地扭了他的腮一下，吓得德萱心里咯噔一下，以为自己无意间泄露了什么。

他驾着黑色帕萨特上了路，四个人，两辆车。开出了城市，进入郊区，眼里的灰色变成平展展的绿色时，心情一下子舒朗起来，开了音乐，哼着唱着，早晨梦境带来的不快全消失了。雪莉坐在他的身侧，副驾驶位子上。她着意打扮了一番，从脸色到衣着鲜艳得像地里刚开的油菜花。身上的香水味丝丝入鼻，令他神清气爽。

山在四十里外，是八百里清艾山的余脉，不高，也不险，却滋生着厚实的绿。山下是果园，梨花、桃花开得艳丽，山中有泉有湖，碧水青山相依相环，景致独到。

他记得二十岁时和雪莉来过这里，曾在山上的竹林里留下一个小秘密，那时游山的少年顽皮，爱在青青的竹子身上刻字留念，一个个乐此不疲，想把爱山水的好心情也让山水知道。

他也曾在一棵竹子上刻下"LOVELI90318"的字样。歪歪扭扭，只有他们自己能辨认。十多年后的今天，他们第一个目标便是到竹林里来，青青的竹子比当年粗壮了许多，高大了许多，竹叶碧绿，群鸟啁啾，阳光从茂密的竹叶间零零落落地漏下来，清风徐徐，阳光便在地上随意跳动，星星点点，仿佛真金的光芒。

他们寻了半天也没有寻到当初写过的字。竹身上斑斑驳驳，还横陈着张三、李四的俗名，成了竹身上的疤痕。德萱玩笑地说，也许那棵竹子产生了误解，以为"爱你"两个字是献给它的，便坦然珍藏到竹心里去了，却不去想生长得自由自在的竹子，是不会把那切肤割肉的"爱慕"收取入心的。

竹林旁边有一小茶寮，古色古香，木窗木门，窗格上镶着彩玻璃，室内置三五张方桌，一圈同样古典的圆凳。临窗而坐，见竹叶摇摆，绿波浮动，别有一番韵味。

他们临窗而坐，每人要了一杯绿茶。衣着古典的服务员小姐说，这是山上自产的茶，别有滋味。他们端起来品茗，真觉得舌底溢香，幽然直抵肺腑。

坐在窗前听风，感受着山的宁静。他们两两相对，感觉心情轻盈得像长了翅膀。爱情只在山水间才能呈现出透彻的美，真是一点也不假。

是雪莉打破了沉默，她说："我给你看一样东西。"从手袋里拿出一本旧书来。

德萱一眼认出是那本有着特殊含义的《莎士比亚十四行诗》。扉页已泛黄了，第一页上面题着德萱抄录的莎士比亚的一首诗的片段：

> 爱是一颗星，一切迷途的船只
> 都靠它引路，把它当作无价之宝
> 爱不是时间的玩偶，虽然红颜
> 到头来总不被时间的镰刀遗漏
> 爱决不跟随短促的韶光改变
> 就到灭亡的边缘，也不低头

德萱轻轻地翻看了一遍，心里感慨万千，他抬头问雪莉道："你保存了这么多年，真想不到，是要把它还给我吗？"

雪莉两手托腮，只用眼光回答，盈盈春波里无一字句，却充满了字句的含义。

十

走出茶寮，他们要去湖边的松林，下山时蓦然见一花坛之中树一玻璃罩，罩中立一古碑，碑色青灰，且有零碎残缺。这碑以前他没见过，大概是新发掘出来的，碑文是十个字：山秀天自蓝，读书煮春茶。笔法苍劲。

德萱品味这五个字，心里默读了多遍，觉得真好。他想拉着雪莉，重回茶座，握书在手，静静地体味一下那五个字的真谛。雪莉笑他浪漫："三十多岁了还像个少年。"他却一脸的严肃，只可恨身边春色撩拨，内心静不下来，不能只装着书与春茶两样，雪莉美丽的身形脸蛋，环绕在侧，她是那种让人一眼看去，就想入非非的女人。

他拉着雪莉踏着青石板的台阶走到湖边去，湖边水波微兴，一群群小蝌蚪浮游其上，好不自在。他们在湖边的一块石头上坐下来，德萱想起早晨的梦境，便笑着讲给她听。雪莉笑笑，说："我不想听梦境，梦都是不真实的，我喜欢现实。你告诉我，我现在是谁？"

德萱不懂，愣着眼看她，说："你是雪莉还能是谁？"

雪莉道："我问你我在你心中是你的谁？"

德萱含糊地笑了，说："你是那个在我心里安了窝，飞走了又飞回来的小鸟，长着美丽羽毛的鸟。"

雪莉说："我不要你作诗。"

德萱的右手轻轻地包抄过去，揽住她，说："你在我的手上和心里。"

他要吻她，雪莉指指对岸，在明亮的阳光下，对岸有一个垂钓的老人，坐在一块大石头上。

德萱怕她连环地问下去，便拉她起来，说："你记得我们以前去过的那个防空洞吗？它就在附近。"

那个山洞曲里拐弯，有一百多米长，战争年代做过弹药库的，他们小时候进去玩过，打着手电，还能捡到生锈的弹壳。

到了洞口，那儿长着一棵枝繁叶茂的大树，树下面是个石案，人坐在树下，在外边一点也看不见，这是躲在山坳里的隐秘所在。

他们的到来，惊飞了几只小憩的山雀，它们一飞远，山又宁静下来了，已近中午，这小山坳里暖暖的。

他们相拥在一起，远离了喧嚣的城市，感觉到了完全的自由。刘浩和刘雯雯已走远了。这是个多么好的诉说与倾听的所在。但德萱却说不出话了。

在很近的距离，这么仔细地看着雪莉，大概只有她的丈夫可以做到吧。德萱一想到她的丈夫，就觉得自己应当行动。事实上，眼前的雪莉就是一个活生生的诱惑。尽管他的脑子里很混乱，几种意念在做着无声的斗争。但他感觉到，雪莉的眼睛、嘴唇、微微翘起的鼻子，丰满的胸部与臀部，渲染出情欲的诱惑，一点点地要吞噬他。

德萱身体里激荡的热力，强大得要爆炸。他猛地搂住她，感觉怀里雪莉的美是那样充足，要他不停地吸吮，于是吻遍她脖颈以上的部分，又回来找到她温热的双唇，把十年前积累的怨气，倾泻在通向她身心深处的路途上。

他的手游遍她的全身，在山峰与低谷间缠绵，雪莉激动得不能自己，直到德萱拧开她贴身的纽扣时，她才猛地一个愣怔，睁开双眼，坚决又温柔地问他："我是你的谁？"

德萱的手被她紧紧地锁住了。德萱想挣扎，却无力挣扎。

"我是你的谁？"雪莉问他，"你只想要你没得到的那些，却不问问我要什么。"

德萱望着她没有回答。他准备要把雪莉当作谁来对待呢？过去的情人，现在的女友？还是过去的女友，现在的情人？

"你回答我好吗？"雪莉依然温和地问，慢慢地软在他的怀里，"你要什么我都可以给你，不论是现在还是将来。"

德萱慢慢地缩回他的手，替她整理好衣服，无力地说："为什么一定要问这个，你太理智了……"

他脑子里不知何故闪现出那块古碑，那句诗。他的激情慢慢地消失，有点尴尬，有点羞愧，有点不知所措。

雪莉说："我一定要知道这个，它对我太重要了。小三也罢，情人也行，未来的妻子更好。角色不同，期望值也不同。"

德萱结结巴巴，脸涨得通红："你一定、要知道吗？其实，也许，我是真话，你和我所要的，是两个层次的东西……"

"我们，你和我，连个情人的关系也够不上吗？一定要有肉体上的关联才能算得上爱情吗？"雪莉脸上兴奋的红转为羞愤的红，她一字一句地道，"我希望能看清你的心。"

德萱转过脸，望着山坳外的天空，喃喃地道："其实我们应当在茶寮里多坐一会儿……"

雪莉直面他的脸，盯着他的眼睛道："现在的你像个小人，伪君子！不是吗？"


德萱一路垂头丧气地开车，不敢正眼看车里的人。来时荡漾着的柔情，漂浮散漫着的亲密，全都不见了。

德萱的电话一路上响个不停，他没有时间也没有心情去回电话，他一看号码就知道那是家里的电话。他把车开得飞快，只想快一点回到这个城市里来。

家，终于到了。他把空车停下来时，像完成了一件艰难的工作似的松口气。打开手机短信，是妻子的留言：速回家，等你。发了五遍了。他匆匆地敲开门，露出妻子含笑的脸，妻子说："回来得这么晚，你的手机也没带啊。先等一下再进来。"

他站在门外，不知道发生了什么事，心里有点烦恼。忽然，门打开了，屋里的灯全灭了，客厅的饭桌上亮着三十支小蜡烛，烛光照着妻子儿子的笑脸，他一瞬间愣住了。

"祝你生日快乐……"妻子与儿子低声唱道。

# 十一

过了一个月，刘浩打来电话，告诉德萱他要同刘雯雯结婚了，准确地说现在还只是住在一起，先试试婚吧。德萱很是惊奇，嘴里的话却是平淡的："你的研究生呢？让给外国人了？"

刘浩说："忘记告诉你，她在国外，已经把离婚申请寄过来了，你知道的，从她想出国的那时起，我就感觉出我们之间快完了。"

"那么说你以前不爱她，或者是她不爱你？"德萱问。

"谈不上。应当说我们以前还是很好的，是那种相敬如宾的婚姻，节制有度的爱情，好像都在等待什么，等待一种可能的变化，所以我们谁也没提出要孩子。"

德萱愕然，忽然心里掠过一些平常生活的片段。那是妻子于秀，她平静的脸上是恬淡的笑，她眼睛深处有不为人知的平淡，像阳光下那些无声漂浮的微尘……她织着毛衣，眼睛盯着电视，手上灵活穿插；她坐在窗前描着细细的眉梢，看见赤着上半身走过来的德萱，轻轻一笑……她站在凳子上，在晾衣绳下面等着他举过来的湿淋淋的衣服，她的目光摇过来摇过去，像一阵轻微的风那样在他身上掠过。这都是平常日子的记忆。就是那样的感觉，你走进了一个无风，阳光明丽的早晨，天空上一丝云都没有，在安静的空间，人有点恍惚，不知道那是在人生中的哪一个时段。你该做些什么，似乎又没有什么可做，什么也没发生，那样空空的感觉不止一次有过。

他们沉默了一会儿，各自为自己的心事。最后，是刘浩的声音在电话那端先传过来："对不住，德萱，可能，是我引起的，让你这些天不快乐。你看到论坛的帖子了吗？"

"帖子？什么帖子？"德萱惊愕地问。

"你真的不知道？怪不得没给我打电话，那你赶快去看看，关于你和雪莉的！有照片还有录音呢！"

"什么时候发上去的？！"

"昨天……是不是有人想搞臭你，快去看看吧！另外告诉你，我刚听说，雪莉和老公在外边搞非法集资，欠着一大笔账。现在债主盈门。"

德萱没有回答，木然地放下电话，心里是被白色的蚕丝一点点裹紧的感觉。他跌坐在沙发上，沙发是他两年前新买的，柔软的皮革包围住他，裹紧了他，有了让他不能呼吸的窘迫。

他的手刚要伸向桌上的鼠标，旁边的两部电话突然同时爆响起来……

# 元旦

## 一

没想到班里出现的怪事会和我搭上关系。按班主任的推理，是因为发生怪事的同学，都与我相处得比较好，我们都是班级"抑郁四人组"的成员，又同住一个宿舍，接触的时间比其他同学都多。班主任姓任，是个持有二级心理咨询师证的中学一级教师，这些怪事出现在她班上，已经让她疲惫不堪。

星期二早上的第三节课，是数学课。我的新同桌王艺晨同学在回答数学老师提问时，突然瘫倒在座位上，昏迷不醒。

那时，他嘴唇微微开合，似乎念念有词。但那声音无法辨别，至少不是我们常见的外语，和前两个同学的反应一样。因为是一周内发生的第三例，全班同学都乱套了，我的座位周边围了厚厚的一圈人。有同学很快把校医叫来了，现场量了血压、脉搏、心跳，都没有大问题。后来救护车也开进了校园，穿着紫红色工作服的急救员抬着担架进了教室。不到半小时，全校的师生都知道了。在同一间教室出了三次急诊的年轻医生大呼奇怪、邪门。对在场同学影响更大，有的女同学吓得躲在厕所里哭泣，不愿回到教室。但王艺晨同学在急诊观察室住院一星期，也没查出什么大毛病来，睡眠情况还比在校时好了很多，和前两个同学的情况大体一致。这个事件一周内上报到市教育局，教育局上报到市政府应急办，引得全市人民议论纷纷。前后来了十几拨人，给全班的学生体检，又全面地检查了班级的教室设施，包括空气质量，甲醛残留指数，甚至整栋楼的建筑物辐射情况都做了检测，均没有发现明显的异常。

王艺晨同学出院后的情况也和前两位几乎一致，记不起当时是怎么回事。就好像有一声温暖的呼唤把自己带入了梦乡，来到一片蔚蓝色的湖岸边，深沉地睡了一觉，把一年来欠缺的睡眠都补偿了。身体在醒来后也没有任何不适，倒感觉体力精神好了很多。

三位同学病程都是一星期，然后正常复学。他们都在医院做了详尽的检查，也曾怀疑是过得了什么急性的传染病，只是暂时还没有准确的结论。作为同桌，也是亲密接触者，我是被重点问候的对象，和他们一样做了全面体检，把一个月来，甚至一年来的情况都详细回忆了一遍。最后，班主任静的建议也得到了采纳，那就是给全班同学做了一次心理体检。检查的结果是存在焦虑和抑郁情绪的同学占比 26%，比中国青少年心理健康蓝皮书公布的数据略高几个百分点，不是什么大问题。马上面临高考，每个同学都面临着高考压力，这种情况是普遍现象。但是，如果第七中学的怪事继续扩大，不断有同学出现类似的情况，会不会引起全校同学更大的恐慌？在这些学生身上到底发生了什么？是一种病原体引起的怪病还是群体性癔症或焦虑症急性发作？一时间，第七中学高三二班成了焦点，而我，就是焦点中的焦点。

## 二

面对各级调查组的询问需要一遍遍讲述的内容，我不妨把它们写下来更省事。但这些内容如此特殊，也不太会有人会相信，所以我还是认真地回忆一番更为妥当。

2023 年的元旦，我是在青海省茫崖市冷湖镇度过的。两个月前，我和我父亲两个人，一直在西北部旅行。我们开着我家那辆二手的吉利自由舰一路向北，从江苏北部的最北端，沿着连霍高速一直开，一路浏览名山大川和风景名胜，终于在元旦那天早上，来到冷湖镇。

具体说来，我们是走青甘大环线，路线为：西宁—青海湖—茶卡盐湖—大柴旦—东台吉乃尔湖（水上雅丹、西台吉乃湖）—火星营地—茫崖翡翠湖—艾肯泉—冷湖石油小镇—阿克塞石油小镇。到这儿旅游一直是我心中的梦想，因为这个地方是地球上最像火星的地方了，也是最具有外星文明气质的所在。初中时我就报名参加冷湖的火星基地研学营，可是较高的入营费用让我最终放弃了，我的父母不愿意付出这笔在他们看来与提高成绩无关的费用。现在，我终于到了这个地方。

　　沿着火星一号公路前行，放眼就是茫茫的戈壁滩，布满灰黑色细小的沙砾。远处稍矮的山峦呈现出特有的丹霞地貌，展现不同颜色魔幻般的铁锈红，十分醒目，在夕阳下山峦仿佛被阳光点燃。如果你仔细观察，这些山峦好像是大自然准备了丰富的颜料，却没想好如何构图，就那么随意地泼洒出来，却不料每一笔都很惊艳。只有更远处的雪山，经年不化的积雪直入云天，仿佛白色羊群的脊背。在冷湖，火星营地上鲜红的国旗迎风招展，乳白色充满神秘感的方舱式建筑群召唤着你；赛什腾山上的冷湖天文观测基地巨大的墨子号天文望远镜给你导向宇宙的无限联想；石油小镇充满沧桑感的遗址仿佛荒漠中打开的历史教科书。冷湖之美，让我无力言说。

　　那个晚上，我拍到了最美的星空。在这儿，即使使用最普通的相机，你也可以拍出宇宙群星闪耀的画面。傍晚将临，我们就在戈壁滩上支好了帐篷。在地面铺上一块毯子，仰面躺上去，你就会看到一颗颗星子密集地跳上青灰色的天幕，银河仿佛就在眼前流淌。

整个晚上我几乎沉醉在自己的幻想里，没怎么和父亲说话。他大概也习惯了这种状态，没有主动地跟我交谈。显然，他也想多给我一些独立的空间，让我尽情地和这片神奇的大自然相处。即使在翡翠湖边散步，他也是远远地跟着我，拿着一个强光手电筒和一根捡来的木棍。因为我们听野营的游人说，附近山梁上住着一个亲密的野狼家族，大概有十只狼，因为野营的人常常投喂，所以并不怕人，但常常会在晚上下山饮水。

湖边尽是灰黑色的沙砾和石块，有很锋利的那种甚至可以刺破鞋底。湖面安静得没有一点波纹，倒映着整片天空。我捡拾着湖边的小石子，一次次地向湖心掷去，在湖面一遍遍地擦出细小的水花，又消失在更远处的水面上。

除了这点轻微的动静，这儿什么也没有，风也没有白天那么狂野，就好像身处另一个星球。我扔了十几块小石头，直到手臂都酸痛了。我想再扔最后一次就结束这个游戏，于是在沙地上精心地挑选有光滑棱角、扁平的小石子。反复翻找之后，发现一个手感光滑圆润的椭圆形小石子。有点奇怪，并不像其他石头那样冰冷，甚至跟体温差不多，而且表面细腻也不像其他的小石子那么粗糙硌人。在明亮的月光下，发散着淡淡的微光，我随手把它放在我的腰包里，作为一个小小的纪念吧。

这片湖面不大，但在淡淡的月光下，湖中倒映的星空与远处真实的星空仿佛衔接在一起了，你越是降低观察的视角，这种感觉越强烈。当我俯下身子，卧在岸边去观察这个湖面时，突然间，湖面好像是在缓慢地旋转起来。我十分好奇地拿起随身携带的望远镜，观察这个奇怪的现象。发现眼前景物的旋转更加明显，而且在天与地的边际线上仿佛有一排非常明亮的星带，星带也有比较明显的位移，这是我的错觉还是现实？我一时无法判断。我转过脸去呼喊父亲过来，他就在我身后的百米之外。但他好像没有听到我的声音似的，仍然慢悠悠地走着。我向他招着手，急速挥动手臂，他都好像没有看见。我急得满身大汗，却发现自己无法迈动脚步，脚下好像悬空一样，有一种温柔的力量急速包围住我，把我推向那排越来越近的明亮闪烁的灯带……

三

我苏醒的时候，是在帐篷里。父亲正在冲一杯咖啡。"怎么回事？突然之间你在我眼前消失，后来又在帐篷里睡大觉。我以为你有意这样做，躲开我回来休息，所以我没叫醒你。"父亲有点讨好地看着我，微笑着说。

他看着我脸上迷惘的表情，想拿手去摸一下我的额头，被我下意识地挡开了。从什么时间开始，我们父子俩的互动变得如此陌生？大概就是从高一那年的暑假开始的吧。作为一个事业上并不成功的父亲，从我懂事起，他换了多少个工作我也记不清了。总之，他不甘于做个普通人，一直想通过做生意赚到更多的钱。我承认他是一个勤劳又能吃苦的人，但他真的不具备一个生意人的头脑。每一次投资都是一时兴起，没有认真计算过成本，评估过可行性，几乎所有的创业主意都打了水漂。到他四十五岁时，似乎真的认了命，不再东跑西逛做他的发财梦了。他创业的时候，几乎看不到我的存在，总是匆匆忙忙地回家，又匆匆忙忙地离开。我从小到大没和他待在一起太多时间，当然也没享受过他亲密又温暖的父爱。等到他身体和意志垮了，发财梦破灭，被迫回归家庭时，又整天唉声叹气，怨天尤人。忽然有一天，看了一档现实版教子成龙的电视节目，他突然人间顿悟，感觉到也许儿子的成功也能抵消他自己的人生失败，给他带来荣耀和自信，于是把他人生的辉煌梦想全寄托在我身上了。全方位地给我施加压力，希望我能出人头地，替他实现人生的梦想。对每一次大考小考的成绩他都斤斤计较，因为一次考试的排名落后而大发其火，甚至拳脚相加，皮带伺候。渐渐地，他对我的每一分关心和爱都与成绩密切关联，成绩考好了，他的关心与物质奖励都有。成绩考不好，他就怒火中烧，暴力施政，甚至会波及整个家庭。从高一下半学期开始，我不堪重负，开始出现失眠多梦，注意力不集中的情况。后来渐渐感觉头痛头晕，恶心呕吐，意志消沉，学习困难。我独自去医院看了心理科，不出所料，我患了抑郁症，特别是关系要好的同桌女同学何小燕出事之后，我的症状急剧加重。在精神专科医院住了一个月院，又回家吃了半年的药，也没完全控制住症状。后来听从一位心理医生的建议，粗暴而吝啬的父亲真正意识到可能毁了他独生子的一生，终于痛下决心，放下一切，带我出来旅行，到大自然中完成余下的治疗。

那个晚上，我没有把真相告诉父亲。事实上，我走近翡翠湖边的时候，好像被一道不断靠近的星光捕捉了。我当时以为自己处于幻觉之中，或者自己看到了海市蜃楼。但是刹那间，我眼前一道宽阔无垠的大门被打开，我忽然站在了一个完全陌生的新世界的入口……高大入云的植物，弥漫着神秘花香的空气，干净明亮的天地，所有的建筑都只以圆和方两种形状存在，一切建筑都散发出淡淡的金属感的冷峻光泽。

"欢迎您来到二百六十年后的世界，第 10101 号访客。你是我们这次低功率时空隧道试验的唯一幸运者。"我听到一个轻柔的女子的声音发出来，却没有看见任何人，"我是您在这个世界的跟随，您也可以理解为接待员，为您在有任何需要的时候提供帮助。"女子的声音很好听，但你无法确认它从哪个方向传过来，好像这声音来自所有方向。

"每一个初来的客人都会有这种困惑。如果你想看到我的形状，那么我就会出现在你的头顶。"这个声音带着顽皮的腔调说。

我费力地仰着头，仔细地凝视，看到一团淡紫色的云雾状的物质，若隐若现。

"你仅仅是一个声音，一团云雾？"我惊奇地问。

"你可以这么理解。你可以认为这是一团会思考的高度智能的云雾。事实上，在我们这个世界，有很多类似的东西。这是一团小小的量子云，就像你们那个世界里刚刚发明的量子计算机一样，一团高度智能的流体机器人。它可以任何形状出现，如果你需要，也可以成为你们那个时代的一个烟盒，一支铅笔，或者是一块普通的石头，或者是一个美丽温婉的少女形象。比如现在，我可以成为你头顶的一个帽子。"

我还没有反应过来，头顶就多了一个帽子，很轻，很柔软。

"你可以叫我小D，那是我们量子服务生的统一称呼。正如你看到的，这个世界没有多余的东西。所以，你会看到很多奇怪的事物，有很多的疑问。没关系，希望你很快理解这个崭新的世界。"

"我还没有看见这个世界的人在哪里，和我长得一样吗？"

小D轻轻地笑了两声："有很大的不同，也许以你们的审美，会感觉现在世界的人很丑，但他们才是最聪明最智慧的人类，因为他们在这个世界的所有行为都是精确计算的结果，都是效率和使命的最优结合。比如此后你会见到指令长——就是这个城市的最高领导者，你要保持冷静，控制你大脑里的所有感叹词。"

小 D 引导我走过长长的观景通道，准确地说是飘过去，因为我的双腿好像没有用一点力，也没有脚掌接触地面的压迫感，就像有一种轻柔的反弹力量推动一样。小 D 的解释是身体的能量要用在更重要的器官上，这种步行不需要消耗宝贵的能量，这些地面的建筑材料都是赋能材料制作的，就像我们那个世界里的磁悬浮列车的原理差不多，只不过现在把这种技术用在了所有方面。

在云端大厦的最高层，我见到这个城市的指令长。起初，我以为他是一株植物，因为小 D 说，这儿的人可以和任何事物融为一体，因为他们的衣服有智能的适应性，倒不是为了隐形或者战争的需要，而是为了保护个人空间。比如，小 D 指着一间空阔只有几株高大植物的大厅说："这里面工作着几十个人和数百个智能机器人，但是在你的眼里只有几株植物是不是？"

小 D 带我到一面银灰色的墙壁前，片刻，墙壁云雾一样散去，我们飘了进去。这个宽阔的房间可以一览城市的风貌，天空和地面洁净宽阔，圆的方的建筑直插云霄。从不同的角度看，它们就会展现出不同的颜色。一些建筑的窗外生长着据说可以长高到一万米的植物，名叫大藤，开着无数细小如蜂巢一样淡紫色的花。我闻到的神秘香味大概就来自这种植物。比如这个房间，有三分之一的视野被这种植物遮蔽，甚至一些枝叶从墙壁中伸进屋内，茂盛地环绕着一张圆形的桌面生长。

小 D 让我坐下来，但我的身边一把椅子也没有。我按照小 D 的提示，轻轻地往后一靠，臀部和背部立刻被一种柔软的支撑接住了。我回头看了看，什么也没有，但是我的身体稳定而舒适地被一种透明无形的东西包裹住了。

"这是磁感应应力椅。"小 D 说，"地面是特殊材料制成的，人体也是电磁受体，就是地面施放的反作用力支撑住了你的身体。所以，在这间房子里的任何地方都可以舒服地躺下或坐着。"

我看了看房间里，并没有看到人。二百六十年后的人类是什么样的？正在我疑惑的时候，圆桌后面的植物丛中忽然呈现一个站立的人形，在我看来，那只不过是个"人形"。一个脑袋小小的眼睛大大的人形"模具"，瘦瘦的身体被两根细木棍一样的腿部支撑着。

在我的猜想里，因为对智力的不断开发，人的大脑的发育会超过身体发育速度而变得脑容量越来越大吗？为什么这是个小小的头颅？

"现在的人类消除了多余的东西，极大地节约了时间和能量成本。身体的结构是经过精确计算后的结果。而每个人都是定制后的合格产品，管理者的大脑是专用大脑，所以不需要使用太多脑力。脑袋太大，会消耗掉身体宝贵的能量。只有智者的大脑被允许大容量开发。"小 D 贴着我的耳朵说，她一定猜透了我的问题。

"欢迎你，10101 号访客。我是冷湖时空隧道试验基地 1

号城的指令长，你可以叫我掌者。"对面的小头颅上嘴巴开口很小，但声音就像优化过的男中音，很有穿透力。

"我只是个患抑郁症的高中生，我和父亲是来冷湖旅游的，我也不知道怎么会到了这里。"我怯怯地说。

"哦，这是个复杂的问题，你是在地球日龙年元旦这天的零点零零分出现在翡翠湖时空交汇点上。这是我们正在试验的时光隧道——时间穿梭的时空原点。简单地说，就是将四维空间的某一地理位置用一种巨大能量折弯，在一个无限缩小的焦点上切入三维世界的过去、现在或将来。"

我听得迷迷糊糊，不明就里。那个很有磁力的声音继续在播讲："在地球上的三维空间里也有机会看到四维空间形象，比如，你们也会在自然状态下看到海市蜃楼，那些景象你在地球上找不到相似的地点。因为那就是在四维世界某一点的局部倒影，也是两个时空特殊的交叉点，假如你恰好在某一个敏感的点位上，你就可以穿越未来的时间，来到我们的世界。"

"你可以做一个旅游者，也可以成为这个世界的住民。"小D小声地补充道。

"欢迎你到处走走看看，你在地球世界里还是个学生，可以参观我们的学校和其他你感兴趣的地方。"掌者一边说着，一边用细小的五指捏下天藤的一片叶子和花，塞进嘴里，很有滋味地嚼着。

"日餐的时刻到了，我们走吧。"小D说。我疑惑地站起身，没时间追问他掌者到底为什么会随手摘下一片叶子和花吃得津津有味。

四

从冷湖镇旅游回来时，我和父亲一起去省城医院做了体检。这次检查十分全面，从身体到心理查了几十个项目。最后检查单子交到精神心理科王轮教授手上时，他一边看，一边感觉奇怪。我看到他额头上冒出了细汗，甚至拿着检查单据的手也有些颤抖。

"怎么回事，是拿错结果了，还是弄混淆了？"他打了几个电话落实，又把助手叫到跟前，一一对比了电脑上留存的以前的检查结果，两个人嘀咕了半天，最后将信将疑地把我们叫到跟前，仔细地打量着我，"我从业三十五年未见过这种情况……关于你孩子的检查结果，经过反复落实，跟两个月以前的结果对比，从诊断上看完全正常了。"

父亲高兴地站起来，似乎要表示感谢。王轮教授挥挥手让他坐下了。

"先别高兴得太早，因为我们也为这种结果感到疑惑。两个月时间，对一个重度抑郁的孩子使用最合理的治疗手段也不太可能让他完全康复。何况 SPECT 和核磁共振检查结果显示，孩子大脑完全正常了，病灶区的脑容积也恢复到原来的水平甚至更大了一些。特别奇怪的是，之前检查显示存在的胆囊结石、肾脏小结石，以及肺部小结节完全消失了。甚至儿时腿部骨折留下的疤痕也不见了——你们在这两个月里还采取了什么特殊的治疗方式？"

"哦？那太好了，我们自己没采取什么方式治疗，从冷湖镇回来之后，他的情绪明显好转了。"

"我们会把你儿子的情况当作一个特殊病例来研究，希望你配合我们。"王教授喝了一口水，用温和的语气说。

对我的同学和老师来说，我最大的变化是摘掉了眼镜，视力也好了很多，脸上可以自如地绽放笑容了。当然他们以为我佩戴了隐形眼镜，班里的捣蛋虫王义恒甚至和其他同学打赌，要扒开我的眼睛把隐形眼镜取出来证实这个事。任老师也对我那一堆正常的检查单心存疑虑。因为在前年，有一个家长弄了一张假的医疗病情证明交给学校，让孩子复课，事实上那个重度抑郁的孩子把药停了，仍处于发作期，最后在学校里跳楼身亡，造成了很大的负面影响。所以，学校也不敢马虎，复学之前又重新给我做了心理评估，并且安排班干部负责观察我的日常表现，稍有异常就报告给学校。

总之，费了很大力气，我重新回到了课堂，并且用很短的时间把功课补回来了。我的记忆力和理解能力超乎自己预判。至于我的经历，我即使很严肃地讲给任何人听，也没有人愿意相信。他们知道一个抑郁的孩子可能会有幻听、幻视等幻觉，哪怕我的好朋友听我的讲述，也会在故事开头的两分钟内打断我或者哈哈大笑起来，他会说："你还有幻觉，药还得吃下去，要不让你爸再带着你去旅行。不然，我会告诉班主任，让你继续休学治疗。"

还有一件小事，我不得不提起它。在冷湖镇，那个晚上我和父亲准备在翡翠湖边扎营住宿。傍晚的时候有一位开着房车的中年夫妻专程过来提醒我们，附近的山上有野狼，它们经常在夜晚来湖边饮水，如果不巧与它们打个照面，千万不要转身逃跑，要手中备一根棍子或者石块，然后面对着头狼不做任何动作，只用眼睛盯着它看就可以。这样狼群会选择自行离去。所以，那个晚上，我父亲才会拎着一根木棍陪我去湖边，而且，我们也在口袋里装上几块小石头，以防不测。说到戈壁滩上的石头，我想起那块我在湖边捡起的椭圆形的石块，银灰色的，隐隐在月光下泛起光泽，我认定它不是个普通的石块，因为，随后发生的一切可能与它有关。那个晚上父亲的说法是，看着我往湖边走去，他远远地跟在后面，然后他稍一走神，我就在湖边不见了，湖面上什么动静也没有，我不会因此坠入湖中吧？父亲吓得沿着湖边呼喊寻找了两个小时，也没有找到我。他一定吓坏了，想报警电话没有信号，想去冷湖镇派出所报案，又担心我回来找不到他。当他焦急地返回到帐篷边时，却听到帐篷里有熟悉的鼾声。他急忙拉开帐篷门，发现我酣睡在野营毯上，手里握着一枚小石头。他以为我是和他恶作剧，故意绕开他跑回帐篷里睡了一觉。

我带着那块表面光滑的戈壁滩上的石头回到家乡。两个月时间让我的人生大变样，最重要的是，我那些真实经历也无人相信。当我想详细讲起自己经历的时候常常被无理地打断，就连在非常关心我成长的班主任任老师那里也是这样。她在认真做过心理评估和深入交谈后对我说，她很奇怪我恢复得这么好，甚至学习能力比过去也有大幅提高——我的成绩本来就是她的骄傲，高二上学期当我成绩下降到年级前十名之后时，她曾经为此抹过眼泪。这并不奇怪，我曾经是她班上唯一进入年级前三名的学生，这是她取得年级优秀班主任荣誉的条件之一，甚至也是她得到年终教学质量一等奖的条件之一。因为我的回忆不被信任，让我仍然感受到一些现实感的缺乏，不知道我经历的事件是在梦里还是现实体验。在他们看来，我仍然有些脱离常规的行为（比如我随时随地贴身带着那块来自冷湖的石头，并用一个精致的香囊装着，挂在胸前）；仍然坚持一些不切实际的信念：我在自由命题作文里大谈超自然力量和时空穿梭的议论。她认为我读了太多的科幻小说，这样会加重我的幻觉体验，不利于提高成绩和冲刺高考。

我的同桌王艺晨在课堂上摔倒之后，我成了众矢之的。他和我玩得最好，我们是一个宿舍的上下铺。我抑郁的那段时间，夜间老是醒来，总做噩梦，睡不着觉。我们学校高中学生五点半起床，六点上早自习，晚上还有一节辅导课一节自习课。做完作业差不多十二点才能入睡，每天有五六个小时的睡眠很正常，远远达不到教育部规定的高中生八小时睡眠的要求。精神科医生也告诉过我，脑力的过度开发和严重的睡眠不足也是导致青少年心理疾病的重要原因之一。升入高三时，重要课程的课间休息缩短到五分钟，连解小便都要跑步去抢位置，对于长期便秘的我在课间休息时解一次大便的时间都不够。而抑郁症伴随的失眠让我整夜没有完整的睡眠，连带着影响到王艺晨也睡不好——他在下铺，铁架子床不知是松了螺丝还是紧固件不牢，翻一个身要吱吱地响两声，让整个宿舍都受到噪声影响。但王艺晨还能体谅我，一直都在同学面前维护我，我也和他无话不谈。我俩同宿舍一年，居然他也查出抑郁症，医生说是感受性抑郁症，也就是受了周围抑郁症同学的长期影响。这样，我们一个宿舍的八个人，有三个患有抑郁症。即使这样，王艺晨也没有选择换宿舍或换座位，所以这份友情我内心很感激。回家的第二个星期，我把那块石头给他欣赏把玩了一番。

"看起来这块石头上有金属粉末，不然不会在黑暗处发出微光。今天我拿回家让我爸爸看看，他是地矿局的专家，应该知道这是不是一块普通的矿石。"

我没有答应。我感觉这块石头和我的奇异经历一定有关联。我不能让它离开我的身边。我仍旧把石头香囊挂在胸前，答应他放暑假后和他一起去找人鉴定石头的成分。

结果，那天晚上我在宿舍里睡着以后，王艺晨偷偷取下我身上的石头，带回了家。接着，第二天他就在课堂上晕倒了。我从他身上取回了小石头，重新挂在自己的脖颈上。

我相信，它是另一个世界的东西，它对于我有着特别的意义。


# 五


小 D 告诉我，我在新世界的身份是游客。是否留下，要看我个人的意愿。在这个世界，时间可以被加工，也就是伸长或缩短。所以，你在这里度过的每毫秒都很珍贵，你如果选择回去就意味着你不能够泄露这个世界的秘密，你记忆中的经历实际上更像你的梦境或幻觉中输出的内容。如果你试图详细讲述这一切，你将会受到非自然力量的限制。

在这个世界，既没有会浪费掉的智力也没有浪费掉的时间。每个人的时间和作用都是经过精确计算的，人们按照设定的程序生活，发挥最大的作用。每一个随身的小 D 就是你的生活助手。比如日餐的时间到了，你就必须在这个时间点进食，因为消化系统是通过基因技术优化改造过，胃肠道消化吸收功能在这个时间段会发挥最大功效。你可以选择多种方式就餐，食物加工的方式可以有很多种，可是食物只有一样：天藤。包括它的花、叶、果、根、茎、汁。就像现在，小 D 把我安置在的这个云层餐厅内，一边欣赏着万米高空纯净蔚蓝的天幕，一边吃着面前两个盘子的食物。一个盘子里装着天藤花干，一个盘子里是天藤花鲜切嫩芽，还有一杯淡紫色浓稠的天藤花汁。盘子和杯子都好像悬空放置，可以按自己的意愿让它们悬浮在任意的平面上。

"我们这儿只有一种食物——天藤。这是整合数百种优秀植物的基因，把人体所需的所有营养元素都整合进这种植物中去，甚至是预防各种疾病发生的疫苗类抗体基因。这次用餐之后，你会感觉到你身体和心理上的巨大变化，会修复和治愈身体的病症。"小D一会儿变成一棵枝叶茂盛的天藤，一会儿又虚构出一个三维逼真少女坐在我的对面，"现在，我是按你们世界的标准来虚构这个少女，这样，会让你体会到更多用餐的快乐。"

的确，食物很鲜美。尤其是天藤汁，我记忆中没有品味过这么美好的食物。它给我的肠胃带来的体验就像是我的胃肠器官泡在温泉里一样，几分钟过后，你就会感觉到体力充沛，精神抖擞。

"那，其他的大自然中的植物呢？"我感到很稀奇，的确也没看见其他各类的植物。

"有害的植物和无用的植物全部种植在巨大的植物园里，就像有害的动物和无害的动物被关在动物园里一样，用于观赏和科学研究。"小D说。

"我在健康课上学过，人体摄取的食物也应该包含动物蛋白啊，不然会造成营养失衡，这里的人不吃肉类了吗？"

"动物蛋白和植物蛋白天藤中都含有，我们计算过每一百毫升天藤汁中含有三十克当量的动物蛋白成分。从分子层面分析，它们和二十种优质动物肉类的成分一样，而且，脂肪的含量更少。所以，这个不用你担心。"小 D 用温柔的少女腔调说。

"那些大自然中无处不在的昆虫呢，比如让人讨厌的蚊子和苍蝇？"我的问题越来越多。

"那些昆虫的进化进程已被修改，确切地说它们都被驯化了，就像与人无害的狗和猫一样。我们改变了它们的基因和遗传结构，让它们更乐于为人类服务，比如为天藤花授粉，就是它们干的，连蜻蜓和蚂蚱也加入了这项工作。某种意义上说，它们是我们这个社会的工作者和贡献者，是最勤奋的产业昆虫。"

很快，我把面前的所有食物一扫而光。患抑郁症以来，还没有过这样好的食欲。但我也在想，如果一辈子都吃这些食物，会不会厌倦甚至失去饥饿感和进食的快乐？我抛出这个问题之后，小 D 笑得眉眼如画，她指着空盘子说："如果没有科技参与，人类自然进化到现在，也许会出现这种情况。但是，科技可以改变身体对食物的依赖程度和体验感，只要修改一下人体器官中的食物感受器的阈值和相关基因就可以了。这是一个世纪之前就解决的问题。所以，在这个世界上的所有人都不会对眼前的食物产生厌倦。而且，他们也明白，仅仅在加工食物方面，全社会可以节约天文数字的能源和时间。而现在加工食物的过程没有对动物的杀戮，没有对环境的污染。比如，包括掌者也只吃天然的天藤花和枝叶，而这种植物就生长在每一个办公室内，就在你触手可及的身边，连简单加工的过程也省略了，你不觉得这是最经济和最高效的进食方式吗？"

我无力反驳，我曾经是个只知道学习是生活中最重要的事项的中学生。父母也没有教会我独立做一顿饭，甚至也不会使用燃气灶和电饭煲，不知道一把生面粉和肉馅如何变成美味的包子的整个流程。我身边的同学，也差不多都是这样的。我无法估量一个家庭每年浪费在厨房里的时间有多少，如果把这些时间都利用起来学习一门科学，会不会出现更多的科学家来促进社会进步？眼前这个世界多好，人们不必操心食物和吃饭等所有日常琐碎无聊的事情了。

"还是谈谈我最感兴趣的事吧，我想知道这个世界的学校是什么样的，他们的中学生也有繁重的课业和马不停蹄的各种考试吗？也有暑期里上不完的补习班吗？"

我们乘坐的运载设施称为沧波舟，也叫飞轮。乘坐这种工具前往他们的教育机构。这种沧波舟类似于舱体透明的隐形飞艇，可在陆上、水下和空中运行。在城市中有专用的空中通道，四通八达，每一个目的地都有固定的线路，运行时没有发出任何声音和物体相对位移的感受，显然不是那种依靠机械动能作为运行动力的设备。乘坐的过程就像你坐在椅子上眨了一眼，运行的时间以秒计算。据小 D 介绍，城际之间最远距离的运行时间不会超过十秒。你感觉不到它的运行，就像风从云朵中间轻轻飘过，没有空气摩擦的噪声。只两秒钟，我们就到了朵云山二级仓育所。

迎面矗立着一间宽大的圆形屋顶的大房间，密密麻麻地布满了无数个半圆形的卡座。每个座位上都有一个流体机器人，现在它们的统一形象是中年男性。每个卡座上都伸出几根悬浮连接线，分别连接着卡座上坐着的少年的手臂和额头。他们头顶上的空间不停地来回穿梭着小型无人机一样的设备，据说那是类似于能量传递和状态感知一类的智能服务设施，也起到类似班主任一样的"监学"作用。座位上那些少年是表情统一而严肃庄重、身材细长的人类。我粗略地估计，这个大厅里至少坐了两千人。

"这就是我们的二级仓育所，类似你们世界的中学，他们正在'接种'。"小D压低声音说。我跟着她穿过窄小的过道，左看右看，竟没有一个孩子转过脸来看我，他们都专注于眼前所谓的"接种"。而流体机器人小D们不停地调整着卡座上的显示装置。那些细如发丝的连接线闪烁着红蓝绿红各种彩色的微光，他们脸上的表情显得高深莫测。

"接种是自动接种疫苗还是其他的什么？"我好奇地问。

"接种就是你们所说的学习，也叫灌入，把所有需要掌握的知识和技能加工成原子级的记忆颗粒，通过特殊的仪器直接导入大脑皮层的记忆神经元，实现高效的知识接收。这样，每一所学校都是培养对社会有用的专门人才，比如这个学校，是培养星际飞船工程师的，只需三个月的接种，他们就可以直接开展星际飞船的操纵驾驶。"

"那么没有优等生和差生之别吗？也没有考试和排名？"

这是我最感兴趣的问题。

"那是遥远年代的做法，我们的小 D 确保了每一个接种准确无误，并且他们的操作能力也以记忆颗粒的方式直接输入了。简而言之，你无须对知识使用记忆的过程，这些记忆颗粒会伴随你一生，而且不会衰减或消失。你也无须练习操作，动作记忆的颗粒也可以准确无误地输入进大脑神经元。所以，每个人的知识储备和操作能力是一致的，没有优劣之分，也不会有考试之苦。他们生来就为了掌握这些知识和能力，而后为社会服务。"

"如果在这儿，我就不会抑郁了吧？"我小声地嘀咕着，为自己在学习上曾经承受过的巨大压力觉得悲哀，如果在这里我也接受一次"接种"，让知识自动传输进我的大脑，所有的考试都难不住我，我会不会成为老师、家长的骄傲以及同学们的崇拜对象？

# 六

我无法否认三个出问题的孩子都和我相处得不错，而且我们在同一个宿舍。如果让我认真地回忆，他们也都短暂地接触过那块我从冷湖镇翡翠湖边带来的小石头。因为好奇，王艺晨和刘一梦还在我睡着时把那块小石头带走，带回家过了一夜。后来，王艺晨在医院跟我说，他查了网上资料，怀疑这是一块包裹着金属的矿石，因为它在黑暗处用手电筒的强光照射会发出淡淡的银灰色光芒。而且，比同等体积的小石头更轻一些，用干燥的小木棍敲打还会发出当当当的异常回声。

"那天晚上我实在忍不住了，想用锤子敲开看看里面是什么东西。我用了很大的力，震得我手臂都痛了，但仍然敲不开。然后，第二天我就在课堂上晕倒了。"王艺晨有点神秘兮兮地告诉我。

"其实真正奇怪的事还不是这个。知道吗？当我在湖边沙地上捡起它后的那个晚上，我一直梦见是个少女把它交到我手上。我把它放在枕头边睡着的。夜间醒来时感觉枕头和身下的毯子像电热毯一样发热，帐篷外的温度大概零下20摄氏度，我却热得身上出汗，你说奇怪不？"

"这不会是块放射性的金属吧？如果是就糟糕了，那我们都会得放射病。但是，我拿它回家的那个晚上我也睡得很香。"王艺晨担心地说。

"我跟你说过我在冷湖边的奇遇吧？我看到了另一个世界……"

"又来了，别提这个了，鬼也不会信的。你曾经梦见过何小燕赠给你礼物，在梦中它像粒钻石，你醒来就变成了小石头。到底哪一个是真的？你再瞎说，任老师还会让你休学治疗。"

"完了，连你也不相信，那完全是一场幻觉？那些真切的经历是我的大脑自己杜撰出来的？"我想辩论一番，但王艺晨用手势制止了我。

第二天，学校来了一队专家，把我和另外三个同学接走了。我们被接到省城最大的省立医院，做了一次身体和智力的全面评估。情况是差不多的，最后的检查结果出来后，专家们都有些震惊，就是四个孩子身体上曾经检查出来的小的结石、肺结节、肠胃炎甚至骨折后的疤痕都完全消失了。而且，从智力层面评估，记忆能力、逻辑思维、推理思维的能力大概比平均水平高出百分之二十。他们无法解释这个问题，而且要求我们用文字的方式描述一下最近一段时间遭遇过什么特殊的事件。

第三天，有人从我口袋里收走那块小石头。奇怪的是，那块石头在我手里握着的时候是暖和的而且温度略高于我的体温，但到了他们手里，和普通的石头一样冷冰冰的。

专题组年轻的吴教授问我说："你是在哪儿得来的这块石头？"

我告诉他，我是在冷湖镇翡翠湖边的沙滩上捡来的。

"你到过那儿？你知道那儿的火星营地、冷湖实验室、石油基地旧址，以及深空探测天文台？"

"我在那儿露营过，拍过最美的星空照片。"

"你听说过冷湖出现海市蜃楼和时空隧道的传说吗？"吴教授盯着我好奇地问。

"我知道，如果有时间，我给你讲讲我在冷湖边遇到的奇事。"我赶紧凑近他，感觉终于有个人对我的经历有兴趣了解了。

这时，调查组的一个博士生走了进来，递给吴教授几张打印材料。吴教授紧皱眉头，仔细地看完那几张纸，然后对我说："张同学，你要好好跟我们配合，也许你能给国家做出很大的贡献。"他在屋里不安地踱着步子，最后站在我面前，眼睛里透着紧张和兴奋的神色。

"知道吗？这块小石头不简单，甚至它可能不是现在地球上的物质。它的外层硬度强过目前所知最硬的金属，材料分析显示这是一种陌生的复合金属。而且核心呈复杂的物理结构，目前的 X 射线衍射扫描仪及光谱扫描仪都无法透视和正确分析。而且应用 X 荧光分析仪的伽马射线照射时，并没有反射出常规的 X 射线。甚至可以断定，射线被这块石头吸收了。工业断层 CT 扫描也无法显示它的内部结构。而且在这个过程中，我们发现在同等的环境下，这块石头呈现 0.3 摄氏度到 5 摄氏度的温度变化，难道这是一块有生命的活的石头？我们初步的判断是：它可能是来自外星球的智能仪器。"

"如果它是来自外星世界，有没有可能是一个智能的疗愈机器人？"我问道。

"你说这块石头来自冷湖镇，难道你们在冷湖遇见了UFO？我们在那儿的赛什腾山顶有一个深空探测天文台，据他们观测，当地一年来没有发生此类事件。唯一可疑的是翡翠湖的水面扩大了三分之一，而且同一地区湖面水容积都有不同程度的扩大，但并非雪山融水造成的。奇怪的是，湖水中还检测出了一种未知金属元素，和一个地中海无名小岛上发现的金属类似。而地中海那个无名小岛上去年被观测到海市蜃楼影像，照片非常清晰，图片的内容在全世界找不到相对应的地点。难道外星飞船曾经降落在冷湖镇，或者翡翠湖的水底？如果真有未来的人类穿越到现代，并带来他们那个时代的东西，我们一定会发现它。不会像那些穿越剧一样，不值得考证。"吴教授双手搭在我肩上，用力摇晃着说。

我要不要告诉他我经历过的那些事？要不要让他知道可能真的会发生穿越剧中的情节？他会相信我的讲述吗？

如果我现在生活的现实世界可以称为 A 世界，我想把我经历过的那个高度发达的新世界暂且叫作 B 世界。在 B 世界里，人与人大概不会像我们一样有过分亲密的链接。因为他们都为任务而生。小 D 对我说过，每个出生的孩子都是根据社会需要而定制。当然，根据家长意愿可以附加一些他们的个性化需求。比如喜欢古筝的家长可以让自己的孩子加入古筝演奏的才艺基因，喜欢体育的家长就让自己的孩子加入体育的基因。每个孩子从受精卵开始就不需要父母亲参与养育了，胚胎被统一安排在拟人子宫内长大，发育成熟后由特制的全息机器人母亲养大，每个机器人母亲都是亲生母亲的全息复制品，方便孩子上小学时顺利接管。如果一个母亲只想得到成年时的孩子，那么他们的孩子就可以在机器人父母那里养到成年再完成交接。这些孩子长大后都是父母期待的模样，按照他们的喜好长大成人，也是他们所定制的性格和容貌。他们的才艺完全符合家长期待和社会需求。每个孩子都具有健康、聪明、智慧和完美的特点，是那个社会和家庭永不生锈的螺丝钉。

是的，当我带着那块冷湖镇的小石头返回到我们的小县城时，我常常忍不住想起我曾经的同桌何小燕，那个温婉漂亮性格内向的女孩子。人生不幸，偏偏让她遇到一位暴戾蛮横的酒鬼父亲。母亲常被家暴，已习惯逆来顺受，不能有力地保护她。酒鬼父亲的一生充满了打零工的挫折感，只在家庭里找到变态的权威与存在感。何小燕常常因为很小的事情就挨打，每个学期只要拿不到奖状，就会被父亲痛打一顿。晚上跳河自杀了。而那个晚上，她曾经在河岸边徘徊了三个小时，作为她在班上最要好的男同学，她连续给我发了十几条短信。而那天我的手机恰好被父亲没收，我埋头做功课没有及时发现，当第二天上午我取回手机给她打电话时，已经无法接通了……

从冷湖回来后，我希望阿拉丁神灯的故事在我身上发生。我时刻贴身带着那块小石头，并常常对它喃喃自语。神奇的是，它真的起作用了。我感觉我记住一篇课文只需要阅读一两遍，解决那些数学难题也好像不在话下。所以，我希望这样的奇迹也在其他抑郁的同学身上发生，先从我的好朋友们那里开始，我告诉他们可以把自己想要做到的事诚恳地跟这块石头请求，但不能恶意地破坏它。他们的好奇心显然比我更强烈……虽然尝试的人经历了一次昏迷，但身体和心理上所有的毛病都消失了。

# 七

1945 年 12 月 5 日，一队共五架"复仇者"鱼雷机和机上十四名机组人员从美军空军基地劳德代尔堡起飞，前往佛罗里达海岸外的大西洋上空执行训练任务，这个任务机群的代号为 FLIGHT19，他们在飞行指挥官查尔斯·卡罗尔·泰勒中尉的带领下执行这个任务，他是一名有着丰富战斗经验的飞行员，驾驶着一架 TMB-3D 复仇者鱼雷轰炸机。中尉有超过六百小时的飞行经验。他们以三角形的航迹迂回飞行，所有的机组人员都以为这是一次轻松的飞行任务，但在当天下午三点四十分左右，他们迷路了。一场突如其来的从乔治亚州向南到迈阿密的大风暴在八千英尺的高空形成，他们在风暴中穿行，莫名其妙地飞到了任务区域二百英里外的百慕大群岛的上空。泰勒中尉向基地报告，他们飞机的磁罗盘定位设备全部失效了，只能迫降到海面。然后所有的五架飞机神秘地失踪了。此后的几十年，相关的搜索一直没有停止，但是无论是失事飞机还是飞行员的遗体，都没有在他们当时报告的迫降地点及附近海域找到，泰勒中尉在最后的无线电通信中曾说过："我们迫降成功了。这是一个新世界。感谢上帝恩赐。"后来，该事件调查人员对泰勒中尉的最终推定为在失事当天"精神失常"。

在 B 世界的展厅，我看到了三架二战时的飞机，它们每一个部件都焕然如新，没有一丝生锈的痕迹。按照小 D 的介绍，当时他们的宇宙实验室正在进行第九千五百六十七次时空扭曲通道大功率开放试验，而那五架飞机恰好闯进了百慕大群岛海面上狭小的时空交汇点，来到了 B 世界。而那十四位飞行员，因为厌恶战争，都选择在 B 世界留下来。几十年来，他们中有的人还像当初一样年轻，有的已经死去，因为这儿是依据他们对社会的贡献以及他们自己的意愿来确定寿命。其中有一架飞机的飞行员利用时空隧道开放试验私自架机回到了 A 世界，飞行员不知所终。据小 D 的介绍是因为飞行员已经无法适应 A 世界的细菌环境及空气污染而迅速"堕化"，即在非常短暂的时间内生命体分解为分子级细小粒子的过程。1995 年，有人在太平洋上的一个无人小岛发现这架飞机，让人们感到非常惊奇的是：虽然过去了五十多年，但这架老爷飞机的电池是充满的，各个零部件完好无损，飞机仍然可以正常发动并飞行，油箱里也装满了五十多年前的油料。美国 51 区的研究人员甚至开着这架飞机回到了内华达州的外星文明研究基地。而泰勒中尉依然活在 B 世界，B 世界的行政部门给他设定的寿命是五百年，要求泰勒中尉领导的机构，在五百年内必须解决地球高等生命体的战争行为。把用于战争的资源和能量有效转化为开发宇宙的行为。这是一个困难的任务。

非常幸运，小 D 引导我在 B 世界的智慧院见到了泰勒中尉。泰勒中尉的整个头部看起来还很年轻，但他的身体已经适应了 B 世界智者的正常状态（四肢短小，头颅巨大，需要依靠流体智能机器人辅助行动，看起来像躺在多功能婴儿车里的大头孩子）。小 D 已经跟我介绍过了，B 世界的普通人头颅是小而细长的，他们的脑容量并不大，因为大量的知识和技能的掌握依靠记忆颗粒的接种，所以不会消耗太多的大脑能量，也不会促进更多的神经元增生。而这个社会的智慧院，类似于 A 世界社会中的科学院，"智者"是被授予研究和思考更高科技使命的人，除了在一级、二级仓育所完成"接种"以外，他们的一生需要大量的脑力劳动。为了促进他们的大脑更有效地工作，需要像种植高等植物一样把有利于提高脑神经思考效率的复合营养液时时补给，也需要流体机器人和智慧大脑支持系统的终生陪伴，所以他们的脑容量普遍过大，脖颈的肌肉和骨骼无法支撑，而需要注射对脖颈和腰椎起到加固功能的高强度液体记忆金属。他们的四肢不够发达，独立地行走变成高度耗能而危险的行为。而行动机器人会在一毫秒的时间内接受大脑的指令，所以不会影响到行动自由。他们休闲时仍然可以玩轻度对抗性的游戏，比如碰碰车之类的对撞比赛。有时玩得过度投入，需要对行走机器人做应急性修复。

我见到泰勒中尉时他已经懒于表达。看起来他有些厌倦目前这个状态。他对稀有的另一世界的来客看来也没有太多的兴趣。他对我说："如果你只是一个访客，你可以尽快在下一个时空切入点返回。而我，要在此终老。"他的方向就是如何制止战争，并在将来的某些时间阻止人类的互相残杀，而把全人类的注意力和地球资源，集中到太阳系以外的其他行星的探索和开发上。这个问题显然困扰着他。他阴沉着脸想要跟我探讨这个问题。

他说："如果邪恶的势力很强大，而又威胁到善良正义的人们的生命和健康，如何做才是正确的？"

"能否说服他们，或者用基因改变他们？"我怯怯地说。

"说服他们？人类的思想家已经为此努力了几千年。坏人可不接受。至于基因改变——如果基因改变的技术被邪恶的人掌控了怎么办？"

"那就消灭邪恶的人。"

"如此一来又回到了战争母题。"他轻蔑地瞥了我一眼说，"我当初就因为厌恶杀戮而选择留了下来，但逃避不是答案，而答案无处可寻。就像我们对宇宙的开发和拓展，是不是一种侵略？如果宇宙或地球是一个高维智慧体，是我们的宿主，我们寄宿于此，并通过不断繁衍扩张这种文明，因此破坏了它原有的秩序及合理性，它会做什么？这就像你的皮肤上的一些病毒进化出了文明，你暂时不会察觉出来吧？但若这种文明不断扩张和破坏，让你的皮肤红肿溃烂，你会怎么办？"

"抹上药膏，消灭它们。"小 D 抢着回答道。

"我们祈祷和平，最终却需要战争。"泰勒教授的大头颅轻轻地点了点，眼睛里露出满意的神色。"所以我所在的这个世界省略了多余的东西，让社会能量更加集中有效，才能应对那些随时降临的威胁。"

而我对那五架飞机的话题更加感兴趣，忍不住打断了他的思路。我提问道："五架飞机飞回去了一架，展厅为什么只剩下了三架？"

"你是个细心的孩子，另一架飞机也是我们在时空隧道试验时飞回去了，那次试验的地点在冷湖镇赛什腾山附近，因为那个地点的地理特性和地磁强度，更有利于我们的试验。"泰勒中尉说。

"那架飞机最终以潜隐的方式（无法观测到的摩擦或撞击爆炸）坠落在冷湖镇的翡翠湖底一千米处，导致当地地下蓄水层断裂上升，附近湖泊水容量扩增近一倍。"

"后来，我们诱发了一场小型地震，掩盖了这个事件。"小D又一次抢着说出来，好像在它的量子大脑里，无所不知，无所不能。

又一次与冷湖镇有关，而且就发生在我去过的翡翠湖，我惊讶地睁大了眼睛。


# 八


当我试图详尽描述那一晚所经历的事情时，才发现很难完整讲述出来。我的大脑和语言器官似乎被一种外来的力量限制了。在科学院宇宙所吴义明教授的坚持下，调查组的其他成员勉强同意对我进行独立特殊调查。为了确保这个调查客观、真实、严谨，他们邀请了几个国内顶级的精神病学专家，对我进行了精神健康程度深度测试和综合评估，他们首先要排除的是精神分裂症和双相综合征。这两种精神疾病都会导致严重的幻觉，就像《美丽心灵》电影中的约翰·纳什教授虚构出的特工生涯一样，充满强烈的现实体验和紧张气氛。因为我休学之前被确诊过抑郁症，不排除是精神病性的妄想虚构了那些奇怪的经历。

吴教授在所有这些严谨的检查结束以后，确保我的精神状态处于基本正常的前提下，才选择单独和我做进一步的深谈。奇怪的事不断出现，只要我开始讲述在 B 世界的经历，五分钟之内我就会陷入一种深度睡眠中，这个过程很自然地发生，就像在无聊的课堂上睡着一样。而吴教授的录音设备也会失灵，换了几次设备都只录下我开头讲述的几句话，后面全是空白。而且，那块被放置在保险箱中的石头也会在同一时刻发生温度变化，即使把它转移到一千公里外另一个城市的地下防空洞中也是如此。而且在我进入深睡眠的时候，调查组也对我的大脑活动进行了检查，发现与那块石头一样，会发出同频的阿尔法波，类似于人类被催眠状态或者深睡眠状态的脑电波，似乎我的大脑与那块石头发生了潜意识层面的有效沟通。

既然不能被讲述，我只好用速写加绘画的方式把经历记录在一个秘密的本子里。幸好这两个技能我在初中时都在辅导班里专门学过，我用猜谜一样的语言简要地描述记忆中的事件，并故意打乱合理的语言逻辑，即使外人阅读，也不能明白其中的内容。我想有一天会把它翻译出来，让更多的人了解真相。吴教授也同意实施这个方案，同时，认定那块石头与我本人有着超出正常物理规律的密切关联。

一时间，冷湖镇聚集了大批来自世界各地的科学家，各种监测设备也全部开动。冷湖研究基地和深空探测天文台的近期观测表明，在冷湖镇方圆一百公里内将在龙年春节前后发生巨大沙尘暴，级别将是百年不遇。翡翠湖底两千米处也会频繁发生不规律的地磁变化，会造成一定的地质变动。翡翠湖及周边湖泊水容量持续增加，水质显示有大量复杂的熔溶性金属矿物质，包括新发现的那种未知金属。种种迹象表明，这一地区预示着会发生某种天文上的"大事件"。科学家推断，有可能冷湖地区还会再次发生时空隧道开放通路。它的地理环境，显然更适合与未知的世界沟通。

"这是一个很好的机会，你可以作为一个B世界的访客再次进入，尝试建立沟通，以便获取更多的有价值的信息。"吴教授恳切地望着我，希望我答应他的请求。

事实上，我也记不太清楚我是怎么离开B世界的，因为根据我爸爸的描述，我只离开了两个小时。我在B世界参观完智慧院以后，小D就跟我说："你是个无意中进入的访客，你要尽快决定你的去留，我们正在试验时空隧道的稳定性，闯入的游客并不是我们试验的一部分。"

我鼓足勇气，跟她说出了何小燕的故事，希望她能帮助我。她听完之后沉默了一会儿，看出来她很为难。她告诉我即使她是一款智慧的全能机器人，也不可能让我所在的世界时间后退，因为这会消耗巨大的能源，甚至动用恒星的能量，把一个运载工具加速到超光速。"改变一个已经发生的并被时间固定下来的事件就会让更多事件陷入悖论和无解，我们的科学正在尝试解决这个问题，但目前做不到，还只能充分地发现和利用宇宙规律，无法创造宇宙规律。如果保有一个人的音像数据和 DNA 物质，可以让一个人以全息生物机器人的方式复活，拥有完整的人生记忆和生活能力，但这个全息的机器人只能活在 B 世界，对你而言又有什么意义？"

她犹豫着从自己身体的储物盒里取出一个圆形的彩色金属颗粒放到我手掌中，说："这个东西也许可以有限地帮助你和你的朋友，包括修复你的心理和身体病症，并提高大脑的神经机能。它会变成一枚小石头，在翡翠湖边的岸边与你相遇，祝你好运！"

我知道我的犹豫一定让她做出了决定。她把我带到星际及时空旅客发射站，一个高大得像海螺一样的建筑。最高处有一个细小的圆孔通向繁星点点的天宇。跨越了七道隐形门，经历了七种色彩的光波照射。感觉每一次照射都像是在身体上打上一层无形无色无法被皮肤感知的保护膜。终于，在一间漆黑的房间里停下来，四周是看似透明的全景空间，可以望见无限饱满的星空。但是，当我想移动脚步时却发现被什么力量固定住了。一个温柔的女声环绕着这个狭小的空间：

"你将在五秒内被时间引力弓发射，失去这个时间点你将无法回到你的世界，再见 10101 访客……"

我最后看了一眼小 D，向她挥手再见。忽然发现她在发射窗外的脸瞬间幻化成酷似何小燕的脸腔，那个温暖善良而内向孤僻的女同学，让我终生难忘的同桌女孩。

我在农历龙年正月初一的零点零零分来到冷湖镇翡翠湖边。科学院宇宙所的科学家们也来了一个团队。赛什腾山上的深空探测站人满为患，冷湖实验室周围，冷湖石油小镇的遗址内也扎满了帐篷，更不用说冷湖镇狭小的"火星旅行者之家"旅馆了。大多数游客被网络和报纸上充满神秘色彩的宣传吸引了，居然不听劝阻也来到冷湖镇，希望幸运会降临到自己头上，成为时空隧道的乘客，有机会到未知世界游历一番。

即使有大批的人来到此处，在这个农历新年来临的重要时刻，冷湖镇与中国大地上其他地方相比，还是冷清很多。没有此起彼伏的鞭炮声，没有闪耀在夜幕的灿烂礼花，也没有春节晚会里那喧闹而热烈的声浪。但在这里，有上千台快速运转的最精密的天文观测设施，有几千只屏声静气的耳朵，还有一颗颗在布满星光的天幕下压抑着激动和期待的心跳，有地球上最优秀的一群天文物理学家紧张而专注的眼神……在零点零零分到来的那个时刻，没有沙尘暴，没有地震，没有地磁的剧烈变化，一切都像一个最普通的冷湖镇的夜晚。

只有星光闪耀，密密麻麻地布满天空，像一双双神秘眨动的眼睛，故意在掩饰着一个巨大的秘密。

我在靠近湖边的一个帐篷里走出来，还像两个月前的那个晚上一样。按照吴教授的要求，贴身的口袋里放着那枚有温度的石头，还有一本我私自带着的笔记本，那是何小燕遗落在课桌里的《青春诗抄》，那本子里有她无意间留下的几根头发和一张两寸大头照。

这一天的翡翠湖美如幻境，湖水倒映着星空，几乎看不到清晰的分界线。仿佛有一双超自然的手，把天地缝合到一起了。月白色的水面上，连一丝波纹也没有。此时，我想起何小燕走向家乡小青河河岸的那个时刻，内心里突然涌出一种悲切的冲动，我不知道怎样能把那不幸离开的年轻生命挽回，我掏出那枚石头，用力地向湖心抛去……石头在水面打了好几个漂儿，飞出好远，一直到差不多湖心的位置，突然停住了。它悬立在水面之上，而且发出一种淡淡的天蓝色光彩，并快速地旋转。光晕越来越大，越来越明亮，很快弥漫了湖面，模糊了巍峨的雪山，迅速遮蔽了大半个天空。瞬时，一股巨大的风声自雪山山梁处响起，呼啸着奔驰而来，难道这是巨型沙尘暴的前奏。或者是预报中的暴风雪？我的身体和地面都在剧烈摇晃，感到自己像大地上一粒渺小的沙砾，正被飓风裹挟，跟着漫天飞沙，快速地上升，上升，一直到无限深远的新世界……

# 附录 1

# 在生活的中间部分，我们心系何处

## ——评闫峰的小说《刚好遇见你》

刘东衢

对于生活的中间部分，作家闫峰是这样定义的：

"自己过了四十岁，也算中年了，这是人生的中间部分。她总是在午夜时分醒来，在这一天与下一天的中间部分突然睁开眼睛……那些光顾她小店的人，总是匆匆而过的旅途中的人，她与他们在他们的旅行中间部分相遇。"

在作家的笔下，主人公张丽娜是一个对物质生活相对要求较低的女人，日子单调重复（日子挨着日子，有时又像古董算盘上的两粒算珠那样相互靠近），不追求时尚（不计较那件贴身灰夹袄的纽扣已脱落了两个，露出里面红毛衣破损的线头），为了生计不辞辛劳，但收入低微。她深知稳定的婚姻是一种可靠的保障，但由于早年被强暴的经历以及一次彻底失败的婚姻，尤其到了生活的中间部分，绝对不能将其当作儿戏，同时，也不能抱有不切实际的幻想。

由此可见，在闫峰的小说世界中，人生是混合着各种矛盾和困难的集合体，在看似宁静的生活之下，隐藏着难以言说的悲痛与苦楚。我们不否认有的人很幸运，而事实上，或许我们只看到了局部，或许每个人对命运的理解不同、把握方式不同，但显而易见的是，在生活中，像张丽娜这种境遇的女人并不少见。张丽娜的特别之处在于她很清醒，不过分奢望，她所坚持的"平淡"，更深层的意义是对强大现实的一种回避，甚至说，妥协。

在小说创作中，无论何种门派，其创作观念如何，人物塑造（或者说人物创造）是无法回避的基点，也是根本。经典作品的意义在于，在人物塑造上传达了时代的某种真实的回响，进而抵达了人类困境的层面。这个人，首先是"这一个"，然后才是"那一个"。

显然，闫峰的创作并没有仅仅停留在对人物琐碎的陈述上，他将小说的切入点置于人生中段，进而提出这样一个问题：

明明知道生活的终点就在那里，在某列火车的终点站，我们将以何种方式走完与上半程同样重复的下半程呢？

张丽娜的方法是，以诗歌的方式宣泄自己的体验、渴望与挣扎，以及不甘沉沦的反抗：

"只剩下紧咬牙关的恐惧。"

"我想死，也想去巴黎！"

"如果上苍不嫌／做只蝼蚁又如何……在温暖的季节／干干净净地走完一生。"

"我想在孤独中终了一生，孤独就是我的身份证。"

也就在这里，闫峰的笔墨开始慢慢伸入张丽娜的内心世界。对于曾经试图侵犯她、如今在严冬的路口被冻伤的落魄男人，张丽娜的善良令人动容：

"蝼蚁虽小也是条命啊，何况人呢？那次他酒醒了还到我店里赔过礼呢，抱了一箱方便面，往屋里一扔，转身就跑开了……这个人倒不至于那么坏，人都说他老婆在的时候，他不这样。"

正因为她如此善良、富有同情心，广场对面的杨老太相中了她，意欲把她娶进门，给自己那五十多岁的智障儿子当老婆，自己赔上全部家当。杨老太深信，她死后，张丽娜绝不会欺负她的儿子。

但这时候，张丽娜心有不甘，在闫峰隐隐的笔端，流露出张丽娜的价值观：先有精神和灵魂上的共通，才有肉体的结合，才能一起过日子。闫峰以他细腻、准确、陌生化的语言，在舒缓的语调中慢慢勾勒出一个内心纯洁善良、注重灵魂与生活的中国传统女性形象，召唤着世间的温暖之美、纯净之美、坚贞之美。

市井百态，在某些人的价值体系中，钱几乎代表一切，是一切幸福的前提，而人的良知、悲悯、尊严、生命的价值、与命运抗争的勇气等，都可以被置换、忽略，尤其到了人生的中间段。

闫峰沿用中国传统小说的笔法，并且颇有新意。开篇就是张丽娜上场，以大量的笔墨不断丰富她的私人生活，在这些细微枝节的背后，一个坚忍、勤劳、处于困境却满怀希望的女性形象慢慢浮现出来，继而，她的质感、鲜明的形象也呼之欲出。

正如一只巨大的金属球，当它逐渐往天平的一端滑去时，另一端的失衡总让我们心惊肉跳。在小说中，当笔墨的重心越来越集中于生计、不幸的婚姻、龌龊的男人、母亲的肺气肿时，另一端的悬念越来越令人揪心。我们总想看到，最后究竟发生了什么。

张丽娜究竟会怎样呢？她的诗歌，她精神世界的灼灼生机，会得到一种怎样的释放呢？是绽放出清香四溢的花朵，还是由于突然一阵寒流，枯败于冰雪之中？

作家设置了一个小小的风暴眼。在张丽娜的潜意识中，正如文中艾玛的一句隐喻之言："我想死，也想去巴黎！"张丽娜的心已经喊出来：我想死，也想去恋爱！

这是她精神世界的爱与渴望。

对杨太太的智障儿子，张丽娜没有爱的冲动，只有囿于生计的迷茫和无奈。那是一片干涸的土壤，那是一眼即穿的终点，那是她生活的末尾部分——从中间过去，闫峰试着表现的绝不是一条下弧线，而是微微的上扬、攀升，哪怕一贫如洗，她也要真正的爱、真正的灵魂与肉体的共振，而非下坠的枯叶。

她的心在哪里呢？

在一个被女人欺骗、落魄、心灰意冷的异地中年男人身上。

"他脸上空旷辽阔的虚无感那么强烈，像锥子一样刺中了张丽娜内心深处柔软的部分。"作家闫峰对此作了如下注解："她在自己的小屋里莫名哭了三个晚上，她不知自己为什么会哭，为一个男人心痛地流泪，除掉父亲死去的那年，再没有第二个了，何况是一个萍水相逢的陌生男人。"

张丽娜在这个男人的眼中看到了曾经的自己以及正苦挨着无数个孤独日夜的自己，更进一步说，她被男人的绝望和无助打动了。闫峰试图让人物的灵魂发生一次地震，其巨大的能量来自对两个悲剧命运的认同、同病相怜的境遇以及在生命中孤立无援的苦楚。

在天平高高扬起的一端，我们看到这样一幅令人惊惧的孤立无援之景：

张丽娜的父亲怯懦寡言、胆小怕事、多病。"张丽娜从小到大几乎没听到过他们激烈地吵架", "他那随着年龄增长而逐渐委顿的男人气概曾经让张丽娜又生气又心疼，还觉得可怜"。

那她的母亲怎么样呢？

"她开始坚持不答应这门婚姻，但是强势的母亲用威吓的方式逼她就范，父亲则只会用无奈沉默的表情面对她，而她又不敢坦白一切，只好屈从了。"

原来，张丽娜从小生活在一个男权被严重削弱的家庭中，母亲一人独揽家中重活，在这种成长氛围中，子女要么极度自卑，要么极度叛逆，这两者之间则是矛盾的鸿沟。张丽娜十分渴望一个强大有力、爱她的男人，出于自卑，又极其软弱、无力，在恋爱期间，她虽默默反抗，但仍一次次屈从于男人的强暴，让她对男人既依恋又恐惧，既渴望又憎恨，既欲逃离又难以割断，直至到了中年，仍难以摆脱自己的心理阴影以及十分矛盾的心理，而诗歌，就成了这两者的平衡点。

作家如此这般展示了张丽娜充满矛盾的内心世界。

男人与女人的关系是人类最根本的问题，也是文学所表现的基本主题。身为医生兼作家的闫峰在这篇小说中还涉及了一个严肃的人性问题：

作为女儿，应当如何对待一个曾经严重伤害过自己，如今已病入膏肓、如婴儿般不能自理的母亲呢？

她曾经告诉自己，眼泪从来都不是通向未来的路，眼泪只是即将消失的痛。

母亲到了晚年，似乎也走到了这一步：

"有时闭着眼睛，有时又无力地睁开一条缝，浑浊的眼神总是定在一个方向，她仿佛在挣扎，又像是祈求，妥协和害怕，好像有一个无力而瘦弱的小孩子藏在母亲的躯壳里，正在慢慢地从这躯壳里撤离，带着急促、无奈和慌张的绝望，从每一寸皮肤和每一处血肉里撤离。"

这个"无力而瘦弱的小孩子"正是张丽娜心之所系：如果时光重回到十九岁，她将竭力挣脱母亲的掌控，到外面寻找一个属于自己的自由、爱的天地。她的人生悲剧是由母亲亲手造成的，如果再有一次，她要自己决定人生——不依赖别人、不屈从于他人、没有强暴没有悔恨充盈的爱的人生。

至此，小说的浪漫主义情怀得以释放：丽娜书屋。忘掉不堪的往事，丢掉龌龊的人，心怀纯净，在平凡、简朴而又充实的时光中度过人生的下半场。闫峰以他内心的温暖与渴望点燃了张丽娜中间部分的生活，一个悲剧的始，并非一个悲剧的终。

但愿，作家以他的人文和悲悯情怀所编织的梦最终能够实现，在凄冷的雪光中，为人生旅途中的每个人送去一只温暖的小火炉，陪伴他们走向人生的下半场。小说如此，人性如此，每一个生命也都如此。

加缪说过："如果将心灵置于阳光之下，人这一生便不会后悔。"这也是小说所肩负的使命之一，让人性焕发出仁爱的光芒，去照亮在黑暗、冰冷中跋涉的人，给他们以希望、温暖、美好的祝愿，高举着火把，去穿越险象丛生、孤苦无依的困境，抵达人类的美好家园。

发表于《大地文学》杂志 2020 年第 65 卷

刘东衢，中国作家协会会员。著有《黑河的孩子》《捕鱼人》《花与棋》《飞翔》等。曾荣获第六届紫金山文学奖。有作品译为英、韩等文字。

# 附录 2
# 黑暗里怀抱一粒草籽酣眠
## ——小说《刚好遇见你》摭谈

吕芳江

　　阅读小说《刚好遇见你》的开头，我便被带入一部黑白电影中的画面：冬日清晨雾蒙蒙的火车站，出站口"像吐烟圈一样吐出的人群"，黯淡陈旧的街道，冷风中瑟索的小卖部、水果摊、垃圾桶……镜头推向一个铁皮小屋——它一定锈迹斑斑——慵懒的主人公打开小窗，扭亮日光灯，开始她一天的生活。

　　看似不经意间，作者把主人公张丽娜推到读者面前。这个中年下岗女工，在站前经营一爿商店，养活自己和养老院中昏昏沉沉的母亲。比现实更加凄怆的，还有那些不堪的过往：她在造纸车间做工，被后来成为自己丈夫的车间组长粗暴地侵害；婚后，她活在暴力的阴影下，直到被欺骗并抛弃；父亲去世，她和母亲流离失所；工厂倒闭，她失业，母亲患病不能自理……

一个人的命运往往就是一群人的命运。在社会生产生活中，由于力量、权力相对较弱，因而较少较难获取社会财富，处于相对贫困状态的群体，人们赋予其一个颇具意味的称谓——弱势群体。他们像"黑暗里的草籽"，卑微，渺小，沉郁，却拥有顽强的生命力。有生命力就有希望。他们怀抱着希望，如"黑暗里怀抱一粒草籽"，因为太容易被忽略，人们往往看不到他们的另一面——执着、坚定，令人肃然起敬。

不容置疑，张丽娜是"弱势群体"的一员。然而，在作者笔下，这个弱势分子却拥有磅礴的力量。这力量既不是逆风生长，也不是电闪雷鸣，更不是改天换地，它怦然萌动，无声地茁壮。

这力量如灯豆状之火，亦如悠远星辰之光。作者仿佛手握一根纤细的火柴，以细腻入微的笔调，不疾不徐，不蔓不枝，悄悄点燃希望之火，升腾希望之光。

正因生存压力之大，方显生命尊严之高贵。张丽娜在贫苦中写诗，这是其高贵之一。"她坚持一星期写一首诗，写在加厚的大本子上，用加长的订书针把两个本子订在一起，连反面也不浪费，写满了就放在柜台下面那个锁着现金的木箱子里。"她的诗彻底远离世俗和功利，当诗作发表，她因为得到认可兴奋不已，"一天犯了几次错，不是找人家的钱找多了，就是拿了东西给人家但没有收款"。当旅客以半价买走发表其诗作的杂志，她的感受是"没想到现在还会有人读诗……也许旅行的人都太无聊了吧"。她有一个奢侈的期望："有一个顾客翻着书看到她的照片，并且惊奇地打量着眼前的她，然后给她一句夸赞，并让她签上自己的名字……"她写诗，因为爱诗；她爱诗，因为爱生命——这无须解释的热爱，如一面明镜，照出许多追名逐利的所谓诗人和诗作的虚伪和拙劣。

张丽娜作为作者塑造的形象，坚决抗拒庸庸碌碌的小市民生活，这是其高贵之二。身在底层，她却从不认为自己卑贱。"我总是流浪在生活的中间部分"是她妙手偶得的诗句，她认为切合自己，"像一个装修工把合适的零件安装在恰当的位置，使其与机器本身完美结合在一起了"。当读者几乎为她的境遇感到呼吸困难时，读到这里，终于可以放下压在心头的巨石。因为内心的精神追求，张丽娜没有把自己的未来与杨老太的傻儿子捆绑在一起，因而并未止步于"有吃有喝有个伴"。当杨老太亲自前来提亲，张丽娜脑海里跳出《包法利夫人》中艾玛的名言："我想死，也想去巴黎！"巧妙地点明了主人公不被常人所理解的执着信念。由此，我们相信，张丽娜内心有一个世界，充满光芒，充满温暖，也充满力量。

"在温暖的季节／干干净净地走完一生"。作者为张丽娜设计了一首深情的短诗，透露出主人公人性的"温暖"，这是其高贵之三。《华严经》曰："不忘初心，方得始终；初心易得，始终难守。"恻隐之心即人的初心之一。张丽娜的恻隐之心，既体现在她对杨老太及其傻儿子的同情之上，也体现在她与许姑娘倾心相处的每个细节。当她对胡二麻子以德报怨，主动打急救电话，仅仅因为她认为"这个人倒不至于那么坏"，言行中彰显悲悯之心。尤其是三年前，她无私帮助一个万念俱灰的南方男人，至此，人物的形象更加丰满，也更令读者深感其可亲可敬。

然而，车站广场即将改造，张丽娜面临经济来源枯竭的问题，"她感到一阵慌乱"。读者的心再度高高悬起。令人惊喜的是，张丽娜终于迎来了梦幻般的"遇见"——丽娜书屋。正是因为遇见困苦、遇见贫穷，甚至遇见绝望，也正是因为遇见善良、遇见同情、遇见爱，张丽娜遇见了美好！转机终于出现了，当那个南方男人说，"从那年你送我上车时我就知道我还会在这个地方遇见你"，这"刚好"的"遇见"，阐明了小说的主题：进窄门，走远路，见微光，恰是永生之路。

作者以诗入文，既是刻画人物形象的需要，也表达了写作的态度。诗歌与小说融会贯通，使小说通篇洋溢着诗的美感、诗的情怀。至小说结尾，作者写道："她想抬起头对整片天空说：'这辽阔的夜晚，我要用诗歌充满！'"可谓水到渠成、水乳交融。

在苏童的《妻妾成群》中，无论妻妾、丫鬟、女佣，都有强烈的人身依附意识，这种意识使她们处于无可选择的境地。与此不同，《刚好遇见你》除了主人公张丽娜，还有一个许姑娘，她们具备一个共同的特点，身在底层，自食其力，艰难生存，打上了鲜明的时代烙印。而主人公张丽娜因为不息的精神追求，终将成就自身的价值，这也是《妻妾成群》中的女大学生颂莲不敢想象的结局。

小说中有个看似漫不经心的细节：张丽娜教许姑娘操作智能手机。我们相信，信息化时代必定是变革的时代。对信息化时代的女性而言，生命价值的实现具备无穷无尽的可能性。我们祈愿，这一切都有一个童话般的结局——刚好遇见！

恰如我们惊喜地发现，一粒草籽在黑暗中醒转，坚定地鼓出鲜嫩的芽苞……

发表于《大地文学》2020 年 5 月

吕芳江，江苏省作家协会会员，作品散见于《飞天》《雨花》《当代小说》《诗歌报月刊》《诗神》等。

# 阳光照亮的冬天（代后记）

冬天的某些日子，阳光沉静而温柔。一层淡薄舒缓的光与暖，安静地罩住一本书和一个我……天空清澈蔚蓝，白云悠悠闲闲。这样的情景对于我，就是印在脑子里的一个画面。我喜爱那种状态和那种感觉，因为童年的那个冬天。

那一年寒假，母亲奖励了我一本书，是埃德加·斯诺的《西行漫记》。那一轮红日背景下绣着八角军帽的封皮让我印象深刻。为了独占这本书，让漂亮的书页不再沦落为方宝纸，或者成为哥哥讨好女同学的工具，我把它藏在米缸里。每天早上等他们吆三喝五地出去玩了，我才小心地扒开一层厚厚的大米，取出书本，掸净书页，慢慢悠悠揣着书，翻过家后那堵矮墙，进入县城浴池后面的巷子，再沿着锈迹斑斑的十几级梯子，爬上浴池二层小楼的楼面。那里有一个很大的平台，堆着些破烂杂物，还有一个青砖垒砌的蓄水池。我会在那杂物里找来几块木板，垫着些柔软的东西，搭成一个小小的半躺座位。翻开书本，一抬头，眼前就只有安安静静澄澈碧蓝的一片天空了。

对于文学的亲近，就是从那个冬天开始的。一本《西行漫记》，一个懵懂的少年，一段躲在浴池楼顶平台上度过的寒假时光。我记住了那个冬天的每一个洒落阳光的好天气。安安静静躺在我的太师椅上，没有小伙伴们的喧闹，没有大人的斥责，没有老师严厉的注视。墙垛上一两只安然晒太阳的野猫，几只飞来飞去的麻雀，伴着我，还有书里遥远年代的战斗故事，那种记忆就像一棵树长在生命里，越来越茂盛，越来越清晰。

1986 年，我十八岁，第一次离开家，走出生活了十八年的小县城，到遥远而美丽的杭州去旅行。直到火车离站，我自己都有点惊奇，这是真的吗？在同学们艳羡的目光里，我第一次离家远行，竟然是因为一篇文章得了奖。是《语文新圃》中学生征文全国一等奖，学校里贴了喜报，在家乡的小县城里，在那一年的高中生里，是一件不大不小的轰动事件。怀揣着二百元的"巨额"奖金，这一趟旅行去了杭州，去了宁波，去了上海，从没到过大城市的我真是大开眼界，结交了一大帮文学少年。我清楚地记得和一帮获奖少年参观宁波，走在停泊着巨大轮船的北仑港码头，我志得意满地以为，写作，大概可以成为我一生的职业吧？

从那时起，我写诗，写散文，写小说，有成功的喜悦，更多的是失败的挫伤。那些曾经并肩前行的文学青年，有人离开了家乡奔向了大城市，为写作背水一战；有的选择在中文系的作家班深造，毕业后却回到单位里写工作总结；有的把文学当成了业余消遣，有事没事弄几句放在网上聊以自慰，偶尔参加文学会议，回来后心潮澎湃几天，留下几篇感想或游记；更多的人是自觉地放弃，匆忙地逃离。人生的选择太多太多，文学之路又窄又挤，何必自讨没趣？那些年里，我总是迷失在庸常的生活里，人生的斗志渐渐消解。也曾挣扎着树目标写计划，规划着写作的梦想，却为灵感和激情的缺失，阅读量的减少，文学触觉日渐粗糙而迟钝，写作变得异常艰难。文学梦想成了搁浅的破船，充满伤痕累累的印记，写作成为一种无望，它让我觉得，不是每个人都适合文学，不是每个人都可能在写作上成功。让文学成为朋友吧，至少，也可以成为冬天里的那些好天气。

我总是感念冬天，感念那个给我文学启蒙的冬天。现在仍然喜欢在冬天的阳光下读书，那种感觉最丰满，最文学，最有情调。所以，冬天里的好天气，差不多都成为与写作相关的日子。但是，我要说，作为一个业余作家，这么多年了，文学对于我，并没有像当初期待和梦想的那样，有多么了不起的成绩。有时候她离得很远，有时候她又靠得很近。当我选择了一种谋生的职业以后，有那么一段日子，她好像再也不会出现了。其间娶妻生子拼搏事业，文学在生活里渐行渐远。忽而有一天，因一本书，一句话，一件事的触动，那种感觉重回心中，仿佛久别重逢的骨肉，没有丝毫的生疏。写作中的快乐是如此强烈，使我震颤地激动着。我寝食难安地焦虑着，苦苦地找寻着，原来文学并没有远离啊，它只是躲在心中某一角落里，暗自生长着，守候着。

人生一晃，三十多年过去了，我从一个文学少年变成了文学中年人。最近几年，因为文友的督促，写了大约五十多万字的中短篇小说，发表了大约三十万字，结成目前这个短篇小说集。写作对于我，大概也只能出于一种业余的热爱，不至于有更宏伟的构想。但因为写作，因为文学历练有了一定的文字功底，从青年时代起我就因此获益，有了职业上的进步，也有了人生的成长。就在数年前的那一个冬天，阳光温暖明媚，仿佛是一种感应或召唤，文学又一次来到我心中，来到书本上，来到我的笔尖。我相信，世界上可以没有那么多的文学大家，却可以有那么多的文学心灵。因为读了一本好书，会觉得内心温暖平静；因为写出一段意料之外的文字，会觉得日子丰盈而快乐；因为惦记着写作，才有动力常常思考。因为有思考，思想才不会停滞，时间就不会贫瘠，人生就不会荒芜。因为文学这个念想，让你觉得与现实世界有了那么一段不远不近的审美距离，生活的质地更显轻灵，精神世界丰沛而鲜丽。因为文学，你会觉得内心柔软的部分壮大了，感觉到善良的力量，关怀的力量，珍惜的力量。文学喂养了我们生命中那些温暖的情感，使一个人更悲悯，更自觉，更真实。

我欣赏那句话："选择了文学，就是选择了精神生活的价值观。"对一个写作者而言，文学不一定需要多大的成功，但文学的脚印可以落在你人生中的每一步，每一天，每一个时段。她总会给你留下一些记忆，刻下一些印痕，塑造出你人生的整体格调和趣味倾向。

我所在的家乡是接近北方的小城，冬天里偶尔会有漫天飞雪或阴云密布，但对于我，总是惦记那些冬天里阳光普照的天气，记得童年那个冬天落在书页和脸颊上的阳光。因为，那些记忆是和书本有关的，和文学有关的，将会永远和值得珍惜的美好感觉在一起。

……

此文集中随兴而作的小说占多数，并无过于缜密的构思和重大题材。文中人物都是普通人，但大多侧重于心理探索和思考，或可归类于心理小说，与我的工作方向和写作努力方向一致。现在物质生活如此丰富，但心理问题的发生率却明显增多，是时候重视普通人的心理建设与心理完善了，我希望通过小说表达细小的呐喊与期待。当然，人和故事是"写"出来的，些许人间小事，统统来自文学的想象和"创造"，或许不足挂齿，但江苏省作家协会的祁智副主席却欣然为本书作序，并对小说给予了精细的分析与较高的评价，让我深为感动。我与祁智副主席只一面之交，他却能真诚而细致地审读，在此表示我由衷的敬意！在成书的过程中言实出版社的王昕朋老师、史会美老师给予具体指导和建议，中国一级作家、著名诗人陈广德也给予我很大帮助和热情鼓励，一并表示真诚的敬意和感谢！

这本书的出版还得益于"花厅小说同题写作群"文友们的激励，特别是好友刘飞、同远、芳江、东衢的鼓励与催促，感谢他们多年来给予的支持、帮助与温暖的友情。

因成书时间较为短促，书中个别文字尚显粗稚，甚至难免疏漏，敬请读者谅解。